招魂
壹
山栀子 著

目錄
CONTENTS

第一章　雨霖鈴

風雨晦暝，霧濕燈籠。

少年垂裳而跪，伴隨門檻外的雨珠劈啪，一記長鞭重重抽打在他的後背，衣料被一道血痕洇濕，他頸側青筋微鼓，卻仍一言不發地忍耐。

「我如何養得你這個豎子！倪青嵐，你說，祖宗家法你全都忘了麼！」又一記鞭子抽來。

「忘了，也沒全忘。」

少年這一句話與他板正嚴肅的聲線格格不入。

處在暴怒之中的倪准聽得這話，臉色更為鐵青：「你說什麼！你可知外頭如何說你？說你與那賀劉氏不清不楚，說你們私相授受！我倪家的臉都被你丟盡了！」

「賀劉氏三十餘歲，我們嵐兒才十六，難道主君您也相信外頭那些流言蜚語？賀劉氏生產後身上便不好，屢出惡露，她婆家又不肯為她求醫用藥，也是沒有辦法才……」

「妳教出來的好兒子！」

岑氏扶門而入，裙袂將將拂過門檻，話還沒說罷，倪准便轉過臉來瞪她：「他堂堂一個男兒郎卻鑽研婦科，如今竟還敢趁我不在，私自為賀劉氏診病，男女大防他是全然不顧！如今賀家正要狀告他，說他與賀劉氏私通！」

倪准暴怒的吼聲幾乎要蓋過天邊的驚雷，被女婢擋在門外的女童看見岑氏杏黃輕薄的裙袂微揚，岑氏的語氣平靜：「您不是已經在縣太爺那處打點過了麼？」

「子淑！」

倪准好似忍無可忍般，難以相對這母子兩個如出一轍的情態，「妳到底知不知道，他替賀劉氏看了病，名聲就壞了！」

「難道見死不救，才是醫者本分？」

倪准才落聲，卻聽身後少年又道，倪准提鞭回頭狠抽他數回，鞭聲摩擦著門邊女童的耳膜，她卻沒聽見倪青嵐發出一點兒聲音。

岑氏發現了她，瞥了門口的女婢一眼，女婢立即走出門檻，將女童抱起，還沒撐起傘走入庭中，急促的步履踩踏雨水的聲音越來越近，女婢抬頭，發現是老內知，他一手遮頭，匆匆趕來，還沒上階便喊：「主君！出事了！」

倪准正在氣頭上，回頭便罵：「這家裡真是一點兒規矩也不要了！」

「主君……」老內知抖了一下，收回手，雨珠大肆打在他的面門，「去外頭跑腿買香燭的小廝說，那賀劉氏不堪夫家折辱，投河自盡了！」

這一聲落，倪准手一顫，鞭子墜地。

夜雨更濃，不堪雨露的蟬落了幾隻在樹蔭底下，發不出聲音。

女童看著祠堂裡滿身血痕的少年回過頭來，鬢邊與鼻梁的汗珠細密，燈燭映出他愕然的神情。

冗長的寂靜後，倪准再度看向跪在地上的倪青嵐，他滿面的怒色已失，取而代之的，是一種無可奈何的嘲諷：「小子，好好瞧瞧，你以為冒醫者之大不韙，到底是在救她，還是害她。」

倪准連打，也沒有力氣再打他了。

夜雨不靜，倪青嵐在祠堂跪了半夜，雙膝麻木不剩多少知覺，忽聽「吱呀」聲響，他回神，轉頭不經意一眼，向來不苟言笑的少年禁不住微扯了一下唇角。

那個小女孩沒有徹底推開沉重木門的力氣，只能從不甚寬敞的那道縫隙裡側身擠進來。

她半夜來此，身上的外衣繫帶都綁錯了，倪青嵐朝她抬了抬手：「阿喜，來。」

倪素立即乖乖地跑到他面前，很小聲地喚：「兄長。」

倪青嵐心不在焉地「嗯」一聲，一邊替她重新繫衣帶，一邊道：「好好的不睡覺，來這兒做什麼？妳不是說祠堂有好多鬼，妳很害怕嗎？」

「所以我來陪兄長。」

倪素扯來一個蒲團，擠到他身邊坐著，一點兒也不敢看供桌後那一排又一排黑漆漆的牌位。

「兄長，你疼不疼？」

她看著倪青嵐滿後背的血痕。

「不疼的那是鬼。」倪青嵐少年老成，從衣袖裡摸出來一塊油紙包的麻糖遞給她，「拿了這個就回去吧。」

倪素接來麻糖，卻一分為二，塞了一塊到他嘴邊，又將自己帶來的小枕頭往他膝下墊。

「妳素日討厭過硬的枕頭，只這麼一個合乎妳意的，怎捨得拿來給我？」倪青嵐心中熨貼，伸手摸了摸她的腦袋。

「兄長有難，我自然捨得的。」

倪素仰頭望他：「錢媽媽說，兄長認錯就不會挨打了。」

錢媽媽是倪素身邊的僕婦。

「阿喜也覺得我那日救人是錯？」倪青嵐吃掉那半塊麻糖，好些個時辰沒進水的嗓子沙沙的。

倪青嵐出城為附近村落中的百姓義診那日，賀劉氏步履蹣跚地在山徑上攔下了他的馬車，那婦人哭得厲害，也疼得厲害，直喊「先生救我」。

她行來每一步路都帶血，倪素在車中看到她身後蜿蜒的血跡，嚇得連餵到嘴邊的糕餅也吃不下。

「她很疼，可是兄長看過她，給她苦苦的藥汁吃，她就不疼了。」

倪素記得那婦人手捧那麼苦的藥汁卻滿心歡喜，像喝蜜糖水一般。

「可是阿喜，」雨滴拍窗，倪青嵐聲線更迷茫，「妳今日聽見了麼？她投河自盡了。」

到底還是個十六歲的少年，倪青嵐在面對這樣的事情時，並不能尋得一個坦然的解法。

「她不疼了，為什麼要死？」

倪素不過八九歲，尚不能明白「死」這個字真正的含義，可是她知道，人死了，就會變成祠堂供桌後那些漆黑單薄的牌位，只有名字，無有音容。

「因為我以男子之身，為賀劉氏診女子隱祕之症。」

「可是為什麼男子不能為女子診病？」倪素撐在膝上的雙手捧住臉，懵懂地問。

不是不能診病，是不能診隱祕之病。

但這些，倪青嵐也無心對小妹說，他垂下眼簾，庭內婆娑的樹影透過窗紗落在他面前的地磚上：「誰知道為什麼。」

雨勢不減，淋漓不斷。

倪素看著兄長的側臉，騰地一下站起來。

倪青嵐抬眼，對上小妹一雙清澄天真的眼睛，她那麼小，燈影落在她的肩，她脆生生道：「兄長，我是女孩子，若我像你一樣，學我們家的本事，是不是就能讓她們不疼，也不會死？」

她們。

倪青嵐一怔。

雨夜祠堂，少年審視小妹稚嫩又純真的面龐，他微揚唇角，揉了揉她的腦袋：「阿喜若有此志，她們一定不疼，也不會死。」

雨聲漸退，拍窗一聲響，倪素滿鬢汗濕，睜眼醒來。

「姑娘，可是吵醒您了？」才將將扣下朱窗的女婢星珠回身，柔聲道：「外頭落了雪，奴婢怕朔氣進了屋子，您若傷寒可不好了。」

年關才過，雖是早春，天卻還不見轉暖。

星珠見倪素窩在被中不答，到床邊關切道：「姑娘怎麼了？」

「夢見兄長了。」

倪素好似才清醒，她揉了揉眼睛，坐起身。

星珠忙從木椸上取了衣裳來伺候倪素，「冬試已經過了兩月，依著咱們郎君的能耐，此番一定能得中，說不定消息很快就送來了！」

雲京到雀縣，足有兩個多月的腳程，消息來得並不快，倪青嵐離開雀縣已有小半年，送回的家書也不過寥寥兩封。

穿戴整齊，洗漱完畢，倪素才出房門，老內知佝僂著身子從纏著綠枝的月洞門那處來了，也顧不得擦汗，「姑娘，二爺他們來了，夫人讓您在房裡待著。」

說罷，他揮手讓底下的小廝將食盒塞到星珠手中，又道：「早膳夫人也不與您一道用了。」

「二爺這時候來做什麼？」星珠皺了一下眉，嘟囔道。

老內知只聽夫人話，倪素見他不搭腔，便知二叔此番來者不善，否則母親也不會要她待在房裡不出去。

院牆旁綠竹孤清，春雪如細塵般穿堂而來，岑氏端坐在廳中，身旁的僕婦錢媽媽適時奉上一碗茶，她接來卻沒飲，碗壁暖著掌心，她聲線卻清寒平淡：「大清早的，天又寒，二弟帶著一大家子人到我這寡婦院裡，可是憐我這裡冷清，要給我添些熱鬧？」

「大嫂，年關時事忙，咱們一家人也沒聚上，今日就來一塊兒補個年過，妳看如何？」那倪家二爺倪宗眼珠一轉沒說話，坐他身邊捧著茶碗的柳氏一貫是個笑臉，不忍屋裡就這麼冷下去，忙和和氣氣地開了口，哪知一轉臉，正見倪宗狠瞪了她一眼。

柳氏一滯，垂首不言。

岑氏冷眼瞧著，緩慢開口：「我這一向吃得清淡，也沒備著什麼好東西，也不知弟妹你們吃不吃得慣。」

柳氏瞧著倪宗，正斟酌自己該不該接話，卻見倪宗站起身來，將茶碗一擱，「大嫂，怎麼不見我那小姪女？」

「姑娘天不亮時發熱症，吃了藥，如今還睡著。」錢媽媽說道。

「發熱症？」倪宗捋著鬍鬚，「倒是巧了，咱們一來，她就病了。」

「二爺這是什麼話？」錢媽媽將岑氏那碗半溫不熱的茶收了，「姑娘若非病著，定是要出來見客的。」

見客二字，意在提醒倪宗，他們二房與大房早已分家。

倪宗冷哼，睨她，卻對岑氏道：「大嫂，要我說，妳是太仁慈寬和了，不但身邊的老奴沒規矩，就連我那姪女也越發不像話了。」

「妳可知倪素在外頭做了什麼？」倪宗幾個步子來回邁，「她與那些下九流的坐婆來往！咱們是什麼人家，她是什麼身分，如此不知自珍，大嫂妳說，若傳揚出去，外頭人要如何看咱們倪家？」

「二爺說話可要講憑證，不好這麼平白汙衊咱們家的姑娘。」岑氏不說話，立在她身邊的錢媽媽只好又開口道。

「誰平白汙她？大嫂大可以讓她出來，妳問問她，昨日是否去過棗花村？又是否在一農戶家中與那坐婆一塊兒幫農婦生產？」倪宗不理那老奴，盯住岑氏，「大嫂，要我說，這麼一個妾生的女兒哪裡值得妳護著她？她娘死了妳才認她到自己膝下，難道還真將她當自己的親骨肉養？」

「怎麼我家的事，二叔知道得這樣清楚。」

細雪在簷外紛揚，一道女聲將近，帶些氣弱無力，一時堂內之人無不側目去瞧庭內越來越近的一行人。

被女婢扶著的那少女淡青衫子霜白羅裙，梳三鬟髻，戴帷帽，面容不清，步子邁得慢些，似在病中。

「倪素，妳這是認了？」

倪宗抬著下頷，做足了為人長輩的威風。

「認什麼？」

倪素上階，咳嗽了幾聲，寡言的岑氏瞥了後頭跟來的老內知一眼，那老內知在門檻外不敢進來，佝僂著身子擦汗。

他哪裡攔得住姑娘。

「請二叔見諒，我病著不好見人，怕失了禮數，便只好如此。」岑氏身邊的錢媽媽來扶著倪素坐下，又叫一名女婢遞了碗熱茶來給她暖手。

「妳昨日戴的也是這帷帽！」

倪宗的女兒倪覓枝見父親的眼風掃來，便起身道：「我從我家的莊子上回來，路過棗花村就瞧見妳了，莫以為妳戴著帷帽我便不知道妳，妳的馬夫和女婢星珠我可都認得！」

倪宗看向岑氏，但見岑氏跟個悶葫蘆似的不搭腔，他臉色更不好，正欲再說話卻聽那戴著帷帽的少女道：「是嗎？可有人證？」

「總不能只因妳一面之詞，便定我的罪過。那農婦和坐婆，可有證實？妳從妳家的莊子回來要路過棗花村，我從我家的莊子回來也要路過那兒，我自然不能說沒去過，可後頭的事，我可不認。」

「這……」

倪覓枝抿唇，「誰與妳似的不自重，與那些腌臢下九流來往。」

她不是沒想過要將人找來作證，可那農婦才生產完，不便下床，也咬死了說倪素只是路過借了碗水喝，至於那另一個坐婆，也與農婦一般，並不承認倪素與她一齊給人接生。

「妳說的腌臢下九流，是那農婦，還是那坐婆？」

岑氏盯住倪覓枝，冷不丁地開口：「我不知咱們是什麼樣的人家，可以造如此口業，輕賤旁人，覓枝，妳母親生妳，難道家中是不曾請過坐婆的？她進你們家的門，妳也覺得是髒的？」

一時，堂內之人不由都想起倪宗的大哥倪准。

五年前，倪准為附近村民義診，歸程時遭遇土石流被埋而死，縣衙請了塊「懸壺濟世，德正清芳」的匾送來給倪准的遺孀岑氏。

倪准尚不曾輕視窮苦農戶，岑氏自然也聽不慣倪覓枝這番話，倪宗看倪覓枝那副不敢言語的模樣便揮手讓她坐下，自己則軟了些聲音：「大嫂，大哥他一向心慈，可心慈有時候也是禍啊，行醫的，沒有要女子承這份家業的道理，大哥在時，也是不許倪素學醫的，可她不但偷學，還走了霽明的老路……盼大嫂明白我這份苦心，大哥用他的性命才使得咱們家的名聲好些，可莫要再讓她糊里糊塗地敗了！」

霽明是倪青嵐的字。

自他十六歲那年不忍賀劉氏被疼痛折磨致死而為她診隱祕之症，賀劉氏不堪流言投河自盡後，倪家的醫館生意便一落千丈。

直至倪准死後，官府的牌匾送到倪家，生意才又好了許多。

「杏林之家，再不許學，也難抵耳濡目染，二弟何必如此錙銖必較，且拿我嵐兒說事？嵐兒如今已棄醫從文，是正經的舉子，再者，覓枝一面之詞也無實證，你要我如何信你？」岑氏手中捻著佛珠，「你們家也知道，我並不是什麼慈母，我管束阿喜比你家管束覓枝還要嚴苛，阿喜有沒有到外頭去賣弄她那半吊子的醫術，有沒有破了咱們家的規矩，我再清楚不過。」

這一番話，岑氏說得不疾不徐，也聽不出什麼尖銳。

但倪宗的臉色卻難看許多，他如何聽不出這般看似平靜的話底下，意在指責他家中對女兒的教養不及。

又在提醒他，她的兒子如今是縣內看重的舉子，此番入雲京冬試，說不定要拿什麼官回來。

可惜撬不開那農婦與坐婆的嘴，他使銀子也說不動她們，也不知倪素給那二人灌了什麼迷魂湯。

「二弟一家子來也不易，若不嫌我這處的粗茶淡飯，便與我一道用些。」岑氏淡聲說道。

倪宗氣勢洶洶地來，卻憋得滿肚子火氣，他哪裡吃得下，只一句「家中有事」便拂袖去了，倪覓枝心中也不痛快，瞪了戴帷帽的倪素一眼，趕緊跟著去了，只有倪宗的兒子倪青文慢悠悠地站起來，咬了口糕餅，那視線時不時黏在倪素身邊的星珠臉上，直到身邊的柳氏推他一下，他才哼著小曲兒大搖大擺地出去。

「嫂子……」柳氏不敢多耽擱，她喚岑氏一聲，欲言又止。

「回吧。」岑氏清寒的眉眼間添了一絲溫和，朝她頷首。

柳氏只得行了揖禮，匆匆出去。

春雪融化在門檻上落了水漬，堂內冷清許多，岑氏不說話，倪素便掀了帷帽起身，上前幾步，在岑氏面前跪下。

岑氏垂眼瞧她，「昨日真去了？」

「去了。」

倪素低頭，咬字清晰，再無方才那般病弱氣虛之態。

岑氏清臞的面容倦意太重，她起身也有些難，卻不要倪素相扶，錢媽媽忙來將岑氏攙扶起來，岑氏也沒多看倪素，只平淡道：「那便去祠堂跪著吧。」

自倪青嵐被倪准逼著走仕途後，跪祠堂的人便從他變成了倪素，有時是因倪准發現她偷看他的手記，有時是因她偷跑出去跟著藥農在山中辨識百草。

後來她漸大，比以往會藏事，倪准不知道，她祠堂便跪得少些，倪准去世後，這是倪素第二次跪祠堂。

祠堂裡多了倪准的牌位，供桌上香燭常燃，煙熏火燎。

「幸好姑娘昨兒也瞧見了覓枝姑娘的馬車，事先與那農婦和坐婆通了氣，」星珠蹲在倪素身側，「真是好險，若是二爺使了銀子，她二人改了口就不好了。」

「二叔平日裡是吝嗇些，但這件事他未必不肯使銀子，只是那二人不肯要他這份銀子罷了。」倪素跪了有一會兒了，腿有些麻，她伸手按了按，星珠見她蹙眉，便忙伸手替她按。

「為什麼不要？」星珠想不明白。

昨日倪素在那房中與坐婆一塊兒幫難產的農婦生產，星珠不敢進門，便在外頭待著，她瞧那院子那茅舍，怎麼看都是極清苦的人家，如何能不缺銀子？

「我與那坐婆也算頗有交情，與那農婦雖不相熟，可人心是血肉，妳若看得到她們的難處，她們自然也看得到妳的難處。」

星珠似懂非懂，撇嘴，「可我看那位覓枝姑娘的心便不是肉長的，她在家中受罰落下頭疼的毛病，來咱們家的小私塾念書時暈了過去，您好心替她施針，她卻轉過臉便回家去告狀，說您偷學醫術，那回夫人也罰了您跪祠堂。」

自那以後，倪宗便時時注意倪素是否有什麼逾矩的舉止。

「這回夫人問您，」星珠的聲音小下去許多，湊在倪素耳朵邊，「您怎麼就說了實話呢，您若搪塞過去，也不必來祠堂罰跪。」

「我從不騙母親。」倪素搖頭，「以往是她不問，她若問我，我必是要實話實說的。」

在祠堂跪了大半日，直至星幕低垂，倪素已是雙膝紅腫，麻木疼痛到難以行走，老管家叫了幾個女婢來與星珠一道，將倪素送回房去。

岑氏不聞不問，也沒讓錢媽媽送藥過來，星珠只得叫小廝去尋倪家僱傭的坐堂大夫拿了些藥油回來給倪素擦。

「姑娘，夜裡涼，早些睡吧。」星珠替倪素擦完了藥油出去淨了趟手回來，見倪素披衣坐在案前，手中筆不停，便上前輕聲勸。

「兄長快回來了，我要將我這小半年的心得都整理好給他看，」兩盞燈燭映照倪素白皙秀淨的側臉，沾了濕墨的筆尖在紙上摩擦，「比起他走時，我如今更有所得，婦人正產胞衣不下該如何用藥，我已有更好的辦法。」

她只顧落筆，根本忘了時辰，星珠進來剪了幾道燈芯，睏得在軟榻旁趴著睡著了，倪素起身喝了口冷茶，在木桁上拿了件衣裳披在星珠身上。

後半夜倪素在書案前睡著，幾盞燈燭燃到東方既白，才融成一團殘蠟，滅了焰。

「姑娘，雲京來信了！」門外忽然傳來一名女婢清亮的聲音。

倪素猛地驚醒，她起身，身上披著的衣裳落了地，蜷縮著睡了一夜的星珠也醒了，忙起來伺候倪素更衣洗漱：「姑娘，郎君定是中了！」

若不是中了，此時也不會只是信來，而不是人了。

倪素昨日才跪過祠堂，今日走路走得慢，她到了岑氏的院子裡，卻發現奴僕們都立在庭內，老管家臉色煞白得厲害，在石階上不安地走來走去。

小廝領著好些個倪家的坐堂大夫從倪素身邊匆匆跑過，進了岑氏的屋子，倪素被星珠扶著快步上前：「母親怎麼了？」

「夫人她暈過去了！」

老內知鬍鬚顫顫的，眼眶發紅地望著倪素：「姑娘，咱們郎君，失蹤了！」

什麼？

倪素腦中轟鳴。

倪青嵐是在冬試後失蹤的。

信是一位與倪青嵐交好的衍州舉子寄給倪青嵐的，他在信中透露，倪青嵐冬試後的當夜從客棧離開，那友人以為他冬試發揮不利，心中鬱鬱，故而依照倪青嵐往日與他提及的家鄉住址寫了信來悉心安撫，約定來年相聚雲京。

依照這衍州舉子的口吻來看，倪青嵐冬試的確未中，可友人信至，為何倪青嵐卻並未歸家？

一開始岑氏尚能安慰自己，也許兒子是在路上耽擱了，說不定過幾日便回來了，可眼看一兩月過去，倪青嵐不但未歸，也沒有隻言片語寄回家中。

岑氏的身子本就不好，近來更是纏綿病榻，吃得少，睡得更少，人又比以往清減了許多。

她不許倪素診她的脈，也不許倪素過問她的病情，平日裡總來給岑氏看診的老大夫口風也嚴，倪素只好偷偷帶著星珠去翻藥渣，這一翻，便被人瞧見了。

「妳起來，我不罰妳。」

岑氏倚靠在軟枕上，審視跪在她榻前的少女，「但妳也別覺得妳沒做錯什麼，只是妳近來幫我擋著倪宗他們那一大家子人，不讓他們進來汙我耳目，也算抵了妳的罰。」

「母親……」

倪素抬頭，岑氏瘦得連眼窩都深陷了些，她看著，心中越發不是滋味。

「我請大鐘寺的高僧為平安符開光，近來病得忘了，妳替我去取回來。」

岑氏氣弱無力的嗓音透著幾分不容拒絕的威嚴。

這當口，倪素哪裡願去什麼大鐘寺，可岑氏開了口，她沒有拒絕的餘地，只得出了屋子，叫來老管家交代好家中事，尤其要防著倪宗再帶人過來鬧。

大鐘寺算是前朝名寺，寺中銅鑄的一口大鐘鐫刻著不少前朝名士的詩文，在一座清清幽幽的山上，靜擁山花草色不知年。

也因此，大鐘寺常有文人雅士造訪，在寺中留下不少絕佳名篇，使山寺香火鼎盛綿延。

倪素近來心神不寧，一路在車中坐，也滿腦子都是兄長失蹤，母親生病。馬車倏爾劇晃，外頭馬兒嘶鳴一聲，星珠不作他想，喚聲「姑娘」，同時下意識將倪素護在懷中。

只聽得「咚」的一聲，倪素抬眼，見星珠的額頭磕在車壁，瘀紅的印子起來，很快腫脹。

「星珠，沒事吧？」

馬車不走了，倪素扶住星珠的雙肩。

星珠又疼又暈，她一搖頭就更為目眩，「沒事姑娘……」

粗糲的手掀開簾子，一道陽光隨之落來倪素的側臉，老車夫身上都是泥，朝她道：「姑娘，咱們車軲轆壞了，昨兒又下了雨，這會兒陷在濕泥裡，怕是不能往前了。但姑娘放心，個把時辰，小老兒能將它弄好。」

「好，」倪素點頭，她並不是第一回來大鐘寺，見前面就是石階山道，便回頭對星珠道：「妳這會兒暈著不好受，我自己上去，妳在車中歇息片刻。」

「奴婢陪姑娘去。」

星珠手指碰到額頭紅腫的包，「嘶」了一聲。

「等回了府，我拿藥給妳塗。」

倪素輕拍她的肩，一手提裙，踩著老馬夫放好的馬凳下去，好在濕泥只在馬車右軲轆下陷的水窪裡，這山道已被日頭晒得足夠乾，她踩下去也沒有太泥濘。

大鐘寺在半山腰，倪素踏著石階上去，後背已出了層薄汗，叩開寺門，倪素與小沙彌交談兩聲，便被邀入寺中取平安符。

在大殿拜過菩薩，又飲了一碗清茶，寺裡鐘聲響起，曠遠綿長，原是山寺的僧人們到了做功課的時辰，他們忙碌起來，倪素也就不再久留。

出了寺門，百步石階底下是一片柏子林，柏子林密，枝濃葉厚而天光遮蔽，其中一簇火光惹眼。

她記得自己來時，林中那座金漆蓮花塔是沒有點油燈的，高牆內，僧人誦經聲長，而柏子林裡焰光灼人。

倪素遠遠瞧見那蓮花塔後出來一個老和尚，抱著個漆黑的大木匣子，幾步踉蹌就在濕泥裡滑了一跤。

他摔得狠，一時起不來，倪素提裙匆忙過去扶他，「法師？」竟是方才在寺中取平安符給倪素的老和尚，他鬍鬚雪白，也不知為何都打著捲兒，看起來有些滑稽，齜牙咧嘴的也沒什麼老法師儀態，見著這少女梅子青的羅裙拂在汙泥裡落了髒，他「哎呀」一聲，「女施主，怎好髒了妳的衣裳。」

「不礙事。」倪素搖頭，扶他起身，見他方才抱在懷中的匣子因他這一跤而開了匣扣，縫隙裡鑽出些獸毛邊，迎風而動。

老和尚觸及她的視線，一邊揉著屁股，一邊道：「哦，前些日子雨下不停，沖垮了蓮花塔後面那塊兒，我正瞧它該如何修繕，哪知在泥裡翻出這匣子來，也不知是哪位香客預備燒給已逝故人的寒衣。」

大鐘寺的這片柏子林，本就是留給百姓們每逢年節燒寒衣冥錢給已逝故人的地方。

倪素還不曾接話，老和尚聽見上頭山寺裡隱約傳出的誦經聲，他面露難色，「寺中已開始做功課了。」

他回過頭來，朝倪素雙手合十，「女施主，老衲瞧匣中的表文，那已故的生魂是個英年早逝的可憐人，這冬衣遲了十五年，老衲本想代燒，但今日寺中的功課只怕要做到黃昏以後，不知女施主可願代老衲燒之？」

老和尚言辭懇切。

「我……」

倪素才開口，老和尚已將手中的一樣東西塞入她手中，隨後捂著屁股一瘸一拐地往林子外的石階上去，「女施主，老衲趕著去做寺中的功課，此事便交託與妳了！」

他與倪素以往見過的僧人太不一樣，白鬚老態，卻不穩重，不滄桑，更不肅穆。

倪素垂眼看著手中的獸首木雕珠，猙獰而纖毫畢現，但她看不出那是什麼凶獸，心中無端怪異。

「老衲的獸珠可比女施主妳身上那兩道平安符管用多了。」

老和尚的聲音落來，倪素抬首回望，柏子林裡光影青灰而暗淡，盡頭枝葉顫顫，不見他的背影。

誠如老和尚所言，那木匣中只有一件獸毛領子的氅衣，還有一封被水氣濡濕的表文，表文墨洇了大半，只依稀能辨出其上所書的年月的確是十五年前。

收了老和尚的木雕珠，倪素便只好借了蓮花塔中油燈的火來，在一旁擱置的銅盆中點燃那件厚實的玄黑氅衣。

火舌寸寸吞噬著氅衣上銀線勾勒的仙鶴繡紋，焰光底下，倪素辨認出兩道字痕：

「子，凌……」

那是氅衣袖口的繡字。

幾乎是在她落聲的剎那，蓮花塔後綁在兩棵柏子上，用來警示他人不可靠近垮塌之處的彩繩上，銅鈴一動，輕響。

人間五月，這一陣迎面的風卻像是從某個嚴冬裡颳來的，刺得倪素臉頰生疼，盆中揚塵，她伸手去擋。

金漆蓮花塔內的長明燈滅了乾淨，銅鈴一聲又一聲。

風聲呼號，越發凜冽，倪素起身險些站不穩，雙眼更難視物，林中寒霧忽起，風勢減弱了些，天色更加暗青，她耳邊細微的聲音輕響。

點滴冰涼落入她單薄的夏衫裡，倪素雙眼發澀，後知後覺，放下擋在面前的手臂，抬眼。

若不是親眼所見，誰會相信，仲夏五月，山寺午後，天如墨，雪如縷。

雪粒落在倪素烏黑的鬢髮，她的臉色被凍得發白，鼻尖有些微紅，不敢置信地愣在眼前這場雪裡。

骨頭縫裡的寒意順著脊骨往上爬，倪素本能地想要趕緊離開這裡，但四周霧濃，裹住了青黑的柏子林，竟連山寺裡的誦經聲也聽不見了。

天色轉瞬暗透了，倪素驚惶之下，撞到了一棵柏子，鼻尖添了一道擦傷，沒有光亮她寸步難行，大聲喚山寺的僧人也久久聽不到人應答。

不安充斥心頭，她勉強摸索著往前。

山風、冷雪、濃霧交織而來。

腳踩細草的沙沙聲近。

身後有一道暖黃的焰光鋪來她的裙邊，倪素垂眸。

雪勢更重，如鵝毛紛揚。

倪素盯住地面不動的火光，轉過身去。

霧氣淡去許多，雪花點染柏枝。

鋪散而來的暖光收束於不遠處的一盞孤燈，一道頎長的身影立在那片枝影底下，幾乎是在倪素轉過身來的這一剎那，他又動了。

她眼睜睜的，看著他走近，這片天地之間，他手中握著唯一的光源，那暖光照著他身上那件玄黑的氅衣。

漆黑的獸毛領子，衣袂泛著凜冽銀光的繡紋。

他擁有一張蒼白而清瘦的面龐，髮烏而潤澤，睫濃而纖長，赤足而來，風不動衣，雪不落肩。

他近了，帶有冷沁的雪意。

燈籠的焰光之下，他站定，認真地審視倪素被凍得泛白的臉龐。

倪素瞳孔微縮，雪粒打在她的面頰，寒風促使強烈的耳鳴襲來，她隱約辨清他清冽的、平靜的聲線：「妳是誰？」

燈籠的焰光刺得人眼眶發澀，耳鳴引發的眩暈令倪素腳下踉蹌，站不穩，她雙膝一軟，卻被人攥住手腕。

極致的冷意從他的指腹貼裹她的腕骨，那是比冰雪更凜冽的陰寒，倪素不禁渾身一顫，她勉強穩住身形抬頭，「多謝……」

她被凍得嗓音發緊，目光觸及他的臉，那樣一雙眼睛剔透如露，點染春暉，只是太冷，與他方才收回的手指一般冷。

正如仲夏落雪，有一種詭祕的凋敝之美。

燈籠照得那座漆金蓮花塔閃爍微光，他的視線隨之落去，山風捲著銅鈴亂響，他看著那座蓮花塔，像是觸碰到什麼久遠的記憶，他清冷的眼裡依舊沒有分毫明亮的神光，只是側過臉來，問她：「此處，可是大鐘寺？」

倪素心中怪異極了，她正欲啟唇，卻驀地瞳孔一縮。

如星如螢的粼光在他身後漂浮，它們一顆接一顆地凝聚在一起，逐漸幻化出一道朦朧的影子。

「兄長！」倪素失聲。

粼光照著男人蒼白無瑕的側臉，他靜默一瞥身後，幻影轉瞬破碎，晶瑩的光色也碾入風雪。

大片的鵝毛雪輕飄飄地落來，卻在將要落在他身上的頃刻，被山風吹開，他始終片雪不沾。

倪素的視線也順著雪花下落，燈火顫啊顫，她發覺他身上氅衣的銀線繡紋縹緲乘雲，振翅欲飛。

袖口邊緣的字痕隱約閃爍。

子凌。

「你……」天寒雪重，倪素不知道她方才用過的銅盆哪裡去了，可她仍能嗅到山風中仍殘留的灰燼揚塵，嵌在骨頭縫裡的陰寒更重，她怕自己錯看，本能地伸手去觸碰他的衣袖。

這一觸，卻沒有任何實感。

寒風穿過倪素的指縫，她看見面前這個始終平靜凝視她的年輕公子的身形一剎那融化成冷淡的山霧。

消失了。

倪素的手僵在半空，凍得麻木，雪還在下，但濃如墨色的天幕卻有轉明之象。

山寺裡的誦經聲停了有一會兒了。

老方丈與僧人們聚在大殿外，連連稱奇。

「怎麼無端下起雪來？」

一名小沙彌仰頭。

「這可不是什麼好徵兆。」有人說。

老方丈搖頭，念了聲「阿彌陀佛」，按下他們的議論聲，「不得胡言。」

今日值守寺門的小沙彌厭煩極了這怪天氣，他身上僧衣單薄，哪裡防得住這嚴冬似的冷意，正琢磨要不要回禪房去翻找一件冬衣來穿，卻聽「篤篤」的敲門聲響，急促又驚慌。

小沙彌嚇了一跳，忙打開寺門探頭出去。

外頭的女施主他見過，是不久前才來寺中取平安符的那位，只是她此時鬢髮汗濕，衣裙沾汗，臉色也是煞白的。

「女施主，妳這是怎麼了？」小沙彌愕然。

「小師父，我要找那位取平安符給我的老法師。」倪素冷極了，說話聲線也細微地抖。

小沙彌雖不明緣由，卻還是邀她入寺。

「寺中的功課停了？」

倪素入寺也沒聽到誦經聲。

「原本還要一盞茶，只是忽然遇上這遮天蔽日的下雪奇觀，才結束得早些。」小沙彌一邊領著倪素往前，一邊答。

一盞茶。

倪素挪不動步子了。

她分明記得在柏子林中，那老法師對她說，今日寺中的功課要到黃昏才畢。

「慧覺師叔，這位女施主來尋您。」小沙彌的聲音響起，倪素下意識地抬頭。

那慧覺身形臃腫，目慈而鬍鬚青黑，笑咪咪地走過來，念了聲「阿彌陀佛」，道：「女施主去而復返，可是平安符有誤？」

「您是慧覺？」倪素難以置信。

慧覺不明所以，與小沙彌相視一眼，雙手合十，和氣道：「貧僧慧覺。」

「女施主，妳不是才見過慧覺師叔麼？怎麼就不認得了？」小沙彌有些疑惑。

倪素本能地後退一步，兩步。

她的臉色更為蒼白。

此時天色恢復澄明，這佛寺古樸而巍峨，日光落簷如漆金。

不對，全不對。

在寺中遞平安符給她的，是那個鬍鬚雪白打捲兒的老和尚，無論是身形，還是面容，亦或是聲音，他與眼前這個慧覺，沒有分毫相似之處。

山寺滿殿神佛，此時卻給不了倪素任何心安，這雪，這寺，這人，扭曲成荒誕奇詭的繩索狠狠地扼住她的咽喉。

慧覺見她魂不守舍，聲帶關切：「今日遇著怪雪，冷得竟像是寒冬臘月似的。」

他轉頭對那小沙彌道：「快去為女施主尋一件披風來。」

小沙彌才要點頭，卻見那位女施主忽然轉身跑了，他在後頭連喚了幾聲，卻催得她步履越發的快。

「今日不但雪怪，人也怪……」

小沙彌摸著光頭，低聲嘟囔著。

大雪瀰漫一日，整個雀縣城中都落了一層白，茶樓酒肆，街巷之間，多的是人議論這場怪雪。

倪素自大鐘寺回到家中便病了一場。

她高熱不退，錢媽媽每日要在岑氏那兒伺候又要來她院中時時探看，倪家醫館的坐堂大夫每一個都來替倪素診過病，開的湯藥卻大同小異。

岑氏拖著病體來看過一回，聽幾個大夫說了會兒退熱的方子，她病得蠟黃清臞的臉上也看不出什麼表情。

夜裡聽見錢媽媽說倪素的高熱退了，岑氏一言不發，卻極輕地鬆了一口氣，才張嘴喝下錢媽媽舀來的一勺藥汁。

第三日倪素才算清醒，星珠喜極而泣，一邊用繡帕小心擦拭倪素額上的汗珠，一邊道：「姑娘，您渴嗎？餓不餓？」

倪素反應遲鈍，好一會兒才搖頭，「母親呢？」

她的嗓音嘶啞極了。

「姑娘您別擔心，夫人好些了。」星珠端了一碗熱茶來餵她。

其實星珠並不能去岑氏院中，她只聽老管家說岑氏今日已能下地，便以為岑氏的病好些了。

哪知倪素才將養了一兩日，岑氏便開始嘔血。

若非倪宗聞風而來，岑氏昏睡著起不了身，錢媽媽沒有法子才到倪素院中來，倪素只怕還被蒙在鼓裡。

「妳的風寒之症尚未好全，這幾日又要應付妳二叔，又要在我跟前伺候，苦了妳了。」岑氏看著錢媽媽將被血染紅的一盆水端出去，視線回落到面前這個女兒身上，她才嘔過血，嗓子都是啞的。

「女兒不苦，」倪素握住岑氏的手，「母親才苦。」

岑氏扯了扯唇，那並不能算是一個笑，她向來是不愛笑的，「這些天，妳趁我睡著，應該偷偷替我診過脈了吧？」

倪素沉默，才要起身，卻被岑氏握緊了手。

「妳不必跪我。」岑氏的眼窩深陷，極盡疲態，「我如今並不避著妳用藥看病，妳又診過我的脈，我這副身子還能撐幾天，妳已心知肚明。」

倪素迎向她的視線，「母親……」

「在咱們家，女子是不能有這種志向的，」岑氏靠著軟枕，說話間胸口起伏，「妳父親打過妳，罰過妳，但妳這性子倔，挨了疼受了苦也不肯服軟。」

「我知道，都是嵐兒教的妳。」

岑氏提及倪青嵐，泛白的唇才有了些柔軟的弧度。

「……您知道？」倪素喃喃，愕然。

「若不是嵐兒傾盡所學地教妳，單靠妳在醫館偷師又能偷得多少？妳父親當初防妳如防賊。」岑氏病得氣力全無，提及這些事來，卻有了些許的精神，「自從他十六歲替賀劉氏診病，賀劉氏投河死後，妳父親逼著他讀書，他便帶著妳在身邊偷偷地教妳，有一回他教妳背湯頭歌訣，我就在書房門外。」

倪素原以為她與兄長瞞得很好，家中人只知她偷學醫術不成常挨父親的罰，卻不知兄長一直在教她。

她更沒料想到，一向反對她學醫的岑氏，竟然早就發現她與兄長的祕密，卻沒有在父親面前戳穿。

她不是岑氏的親生骨肉，而岑氏卻不曾苛待她半分，將她認到膝下，也認真將她當作親生的女兒教養，可岑氏從來一副冷臉，話也少，天生有一種疏離阻隔著她的親近，故而倪素自小敬愛她，卻不能如倪覓枝與柳氏那對母女一般自在。

其實岑氏並不只是對她這樣，而是岑氏性子使然，令人難以接近，即便是倪青嵐，他們這對親母子之間的相處也平淡。

「妳兄長可有告訴過妳，他一個兒郎，當初為何要鑽研婦科？」

「沒有。」倪素恍惚搖頭，不受控制地想起大鐘寺的柏子林，那個身著玄黑氅衣，身骨單薄的年輕男子。

她在他身後那片詭異的光裡，短暫看見過倪青嵐的影子。

岑氏徐徐地嘆了一口氣，「他啊，是個孝順孩子，我生了他以後身上便有些隱病，原本也沒什麼大不了的，哪知年深日久，病就越狠了些，妳也知道這世上的大夫們大都不通婦科也不屑婦科，妳父親也是如此，我身上的事我也不願對他說。」

「可這病越發不好忍，有一回我實在難受，被嵐兒瞧見了，他那時還是個孩子，我對著自己的兒子也實在難以啟齒，可他性子倔，我不肯說，他便要去找他父親來給我診病，我沒法子，才告訴他我這病他父親治不了，也不能治。」

「可他上了心，竟去外頭找了個藥婆偷偷帶回來給我瞧病。」

當下世道，三姑六婆是不折不扣的下九流，藥婆便是六婆之一，多在鄉下賣藥給身上有隱症的女人，沒正當名聲，為人所不齒。

倪青嵐小小年紀，自己一個人跑到村裡頭去找了個藥婆回來給岑氏診病。

「妳小娘是個苦命的女人，她生了妳，卻沒能將妳養大，」岑氏提起那個溫柔恭順的女子，神情平和，「她生妳弟弟難產，坐婆沒法子，妳父親其實也不忍妳小娘和妳弟弟就這麼沒了，可他不通婦科，拋卻那些禮法，進了房裡也沒能留住他們兩個的性命。」

岑氏端詳著倪素，「那時妳很小，哭得很慘，嵐兒買麻糖給妳也哄不住妳。」

「阿喜，」岑氏說道：「妳兄長甘冒醫者之大不韙，一是為我，二是為妳，他見不得我受隱症之苦，也見不得妳喪母之痛，他因妳我而對女子有這份世上難得的憐憫之心，自然也見不得其他女子受隱症折磨。」

可惜，倪青嵐第一回真正為女子診病，便成了最後一回。

「他立志於此，卻不為人所容。」

「阿喜，其實我應當謝妳，他少年時便被流言蜚語所裹挾，受妳父親所迫不得不棄醫從文，妳敢延他之志，大約是他這些年來，心中唯一的慰藉。」

聽著岑氏的字句，倪素想起昔年雨夜，她與兄長在祠堂中說過的那些話。

「母親，等妳好了，我去雲京找兄長。」倪素輕聲道。

「何必等？咱們遣去雲京的人到如今也沒個信，妳倒不如現在就去。」

「母親？」倪素驚愕抬眸，隨即搖頭，「要我如今拋下您進京，您要我如何安心？」

「妳兄長生死不知，妳我就能安心了嗎？」岑氏說著咳嗽起來，緩了好一陣才掙脫倪素輕撫她後背的手，喚錢媽媽進來。

「阿喜，我讓妳跪祠堂，是因為妳父親從沒有什麼對不住妳的，妳在他心裡與嵐兒一樣重要，只是他有他的道理，妳違逆了他，違逆了他倪家的規矩，是該跪他和他家的祖宗。」

岑氏摸了摸她的臉，「妳別怪我。」

倪素眼眶發熱，她跪下去，「母親，我從來沒有怪過您，我知道您待我好。」

「好孩子。」

到了這分上，岑氏也難掩淚意，「妳也知道我就這幾日了，守著我倒不如替我去找妳兄長。妳父親死前搏了個好名聲，縣衙送的這塊匾在咱們家裡，妳二叔這幾年礙於我這個節婦，也不敢不要臉面的明搶咱們大房的家財，可如今妳兄長下落不明，我身子不好的事他們也知道了，一旦我過了身，妳一個孤苦的女兒家又如何能防得住妳二叔那般狼子野心？」

「沒有男丁在，外頭那些人也不會在意他這些事，因為妳是女兒，他們倪家沒有讓妳得了家業的道理，便是找縣太爺說理他也名正言順，大可以胡亂將妳嫁了。」

岑氏看了錢媽媽一眼，錢媽媽當即會意，從櫃門裡捧來一個小匣子，在倪素面前打開。

匣子雖小，裡面卻是滿滿當當的交子。

「妳去大鐘寺取平安符那日，我就讓錢媽媽將咱們家的莊子田地都賣了，我的嫁妝首飾也都當了，換成這些錢給妳上京傍身用。」

岑氏憔悴的面容上浮出一絲冷笑，「咱們也不能事事由著他倪宗欺負，倪家的醫館生意他要接手便由他，但這些田宅家產，他做夢。」

「母親……」

「妳聽我的話。」

倪素才開口，便被岑氏強硬打斷，「妳若真為我好，便趁早走，別讓妳二叔算計妳，妳去找妳兄長，帶他回來，到時再名正言順地拿回咱們家的醫館。倪宗他就是再不情願，也得風風光光的辦我的身後事，至於家中的這些奴僕，等我一過身，錢媽媽自會替我遣散。」

錢媽媽不說話，卻忍不住用袖子邊擦淚。

交代完這些話，岑氏彷彿已花完所有的氣力，她也不容倪素再說一句話，閉起眼，平靜道：「去吧，我累了。」

倪素捧著匣子，強忍著鼻尖的酸澀，她站起身，被星珠扶著走到門口，那片仲夏的日光明亮而熾熱，鋪在門檻。

「阿喜。」

忽地，她聽見身後傳來岑氏的聲音。

倪素回頭，床幔擋著，她站在門檻處以不能看清岑氏的面容，只聽她道：「此道至艱，天底下多的是小心眼的男人，妳怕不怕孤身一人？」

鑽研婦科的女子，多與下九流的「六婆」無異。

倪素忍了好久的眼淚如簌跌出，她站在日光裡，影子靜靜垂落，她望著淡青床幔裡的人，清晰地答：「母親，我不怕。」

夜雨聲聲，碾花入泥。

倪覓枝攜女婢穿過廊廡，還沒走近書房，她回頭接來女婢手中的熱羹，上前幾步停在門前。

「咱們大齊律法都准許女子改嫁，偏她岑子淑貪慕我倪家的家業，不惜為此做了多年的節婦，連縣太爺都嘉獎她，還弄了一個貞節牌坊給她！她住的那可是咱倪家的祖宅，可我如今想踏進那門檻都難！」

房內又是摔盞又是怒吼，倪覓枝雙肩一顫，抿起唇，有些不敢敲門。

「主君何必動怒，這幾日小的看醫館裡的坐堂大夫去她那兒去得很勤，她以往就是再不待見您，也是會請您進門用茶的，如今幾次三番閉門不見，只怕是病得起不來了，」內知一面躬身拾掇碎瓷片，一面抬起頭諂媚道：「她病得起不來，那青嵐郎君又活不見人死不見屍的，不正是您光明正大收回自家家業的機會麼？」

倪家的家業原也豐厚，當年在澤州也算風光一時，只是在倪准、倪宗這對兄弟十幾歲時，他們的父親倪治光經營不慎，加之北邊打仗，將家底賠了大半。

醫館是倪家祖上的立身之本，若非倪治光貪心插手旁的生意，他也不可能會賠得太狠，倪治光痛定思痛，帶著一家子人從澤州回到雀縣老宅，用僅剩的家財重開幾間醫館，又添置了布莊生意。

倪宗雖是庶子，但倪治光也准許他與倪准一起學醫，只是倪宗學得不好，常有錯處，倪治光深以為他這條路走不通，故而倪治光去世前，讓他們兄弟二人分了家，倪家的祖宅與醫館都歸嫡子倪准，而布莊生意則歸倪宗。

可布莊生意哪裡比得上老字號的倪家醫館？

這些年來，倪宗一直對此心存不滿。

尤其倪准死後，倪家的醫館生意握在一個寡婦手裡，每回他上門，他那孀居的嫂嫂，還總是那副高高在上的模樣，他心中大為窩火。

「倪素那個油鹽不進的小庶女，也是個棘手的禍患，」倪宗坐回折背樣椅上，撇過臉迎向案上那一盞燈燭暗光，「她岑子淑難道真敢將咱們倪家的醫館交到那樣一個女兒家手上……」

「主君，哪能呢，就沒這樣的理兒，再者，」內知殷勤地奉上一盞茶，「女子終歸都是要嫁人的，那嫁了人，可就算是外人了。」

倪宗接來茶碗，熱霧熏染他臉上的皺痕，他一頓，抬起頭來，微瞇眼睛，「這倒是了，叫她倪素平日裡學她母親那清高的做派，不早早地挑個郎婿。」

他驀地冷笑一聲：「如今，她是想挑也挑不成了。」

夏夜的雨並不冷，但倪覓枝隔著單薄的門窗，卻從父親隱約的話聲中感受到一股令人心驚的寒意，她險些捧不穩瓷碗，回過神才發覺碗壁已經沒那麼熱了，她拉住女婢的一隻手，一股腦兒地往回走。

挑不成，是何意？

倪覓枝回房的路上想了又想，她驀地停步，跟在後頭的女婢險些撞上她的後背，懵懂地喚她：「姑娘？」

閃電的冷光閃爍入廊，雨霧交織，倪覓枝掙扎了一會兒，還是轉過身，對她道：「妳悄悄去大伯母家找倪素，就說，就說……」

她抿了一下唇，「讓她近日不要出門，恐有強人汙她清白。」

「是。」

女婢揖禮，找來一柄紙傘，匆匆奔入雨幕裡。

倪家祖宅。

錢媽媽早張羅著讓人將行裝收拾到馬車上，如今正下著雨，又是夜裡，倪宗遣來盯梢的家僕都在食攤的油布棚底下躲雨去了，沒人注意倪家祖宅後門的巷子，正是倪素離開的好時候。

「您別看那姓張的馬夫老了，他年輕時也是走過鏢，學過拳腳功夫的，所以夫人才放心讓他送您上京去。」

錢媽媽為面前的少女撐著傘，替她拂去披風上沾染的水珠，眼有些酸，「姑娘，一個人上京，要好好的，啊。」

倪素兒時，多是錢媽媽在照看，她握住錢媽媽的手，「我哪裡是一個人，張伯與星珠都陪著我，錢媽媽您放心，請您……」

倪素忍著酸楚，喉嚨更乾澀，「請您照顧好我母親，也照顧好您自己。」

「放心吧姑娘，夫人跟前有我。」

錢媽媽拍了拍她的手背，隨即扶著她要往車上去，但倪素踩上馬凳，回頭望向半開的門內，一庭煙雨，燈影茸茸。

她忽然鬆開錢媽媽的手，從傘下走出，上前幾步跪在階下。

裙袂濕透，雨珠劈啪打在倪素的眼睫，她俯身，重重磕頭。

錢媽媽捂著嘴，側過臉默默垂淚。

「這個星珠，怎麼還不回來？」老馬夫將馬車套好，往巷子口張望了一番。

倪素被錢媽媽扶上馬車，星珠遲遲不歸，她心裡也頗不安寧，便對馬夫道：「我們去書齋找她。」

以往倪青嵐在家中教倪素學醫多有不便，便用攢下的銀子在城東買了一間極小的院子做書齋用。

天才暗了些，岑氏見了雨便臨時起意，讓倪素趁夜便走，匆忙之下，倪素放在書齋的一副金針，還有幾本醫書也沒來得及去取，家裡的行裝也要收拾，星珠便自告奮勇，去書齋幫她取來。

星珠自小跟著倪素，也知道她將東西收在何處，倪素便叫上一兩個小廝，陪著她一塊兒去了。

夜雨漸濃，滴答打在車蓋，老馬夫駕車，軲轆匆匆碾過泥水，朝城東方向去。

雨熄了不少燈籠，街上昏暗，進了巷子就更暗，老馬夫憑著車蓋底下搖晃的燈籠，看見書齋的院門外，有幾個披著蓑衣的小廝擠在牆根底下笑，見著有馬車駛來，他們立即收斂了笑，臉色變得緊繃起來，推搡著身邊人。

「哎呀，那是不是大房的馬車……」

有人覷起眼睛看馬車上帶「倪」字的燈籠。

暗處裡被捆成粽子的兩個小廝聽見這聲，立即掙扎著滾到了燈影底下，被塞了麻布的嘴不斷發出「嗚嗚」的聲音。

老馬夫認出被捆的兩人，又辨認出那幾名小廝中的其中一個，是常跟在倪宗的庶子倪青文身邊的，他回頭，「姑娘，是青文郎君的人！」

倪素掀簾，那小廝目光與她一觸，膽戰心驚，轉身便要跑進院門裡去通風報信，哪知老馬夫動作俐落地下了車，擋住他的去路。

「張伯，給我打！」

雨勢更大，淹沒諸多聲音，倪素心中更加不安，顧不上撐傘，沒有馬凳，她提裙跳下車崴了一下腳踝。

跟著倪青文的這幾人都跟瘦雞崽子似的，張伯將他們按在水裡痛打，倪素則忍著疼，快步進院。

「救命，救命啊……」

緊閉的門窗內哭腔淒厲。

細眉細眼的年輕男人按著地上女子的肩，笑道：「好星珠，妳識相些，與其做她倪素的女使還不如跟著我，她沒了兄長，大伯母那病得也要不成了，倪家的家業，遲早都是我的！」

星珠滿眼是淚，尖叫地想要躲開他的手，卻迫於男女氣力的懸殊而掙扎不開，男人扯開她的衣衫領子，衣褲半褪，他獰笑著，正待俯身。

「砰」的一聲，房門被人大力踹開。

倪青文嚇了一跳，電閃雷鳴，他不耐地轉頭：「誰他媽……」

冷光交織，迎面一棍子打來，倪青文鼻骨痛得劇烈，溫熱的血液流淌出來，他痛叫著，看清那張沾著雨水的臉。

「倪素！」

倪青文認出她，當即鐵青著臉朝她撲去奪她手中的木棍，倪素及時躲開他，正逢張伯跑進來，攔下倪青文，與他撕打起來。

星珠躺在地上動也不動，直到一個渾身濕透的人將她扶起來，抱進懷裡，她眼眶裡積蓄的淚才跌出，她大哭起來：「姑娘，姑娘……」

為防星珠逃跑，倪青文竟還唆使小廝將她的右腿打斷。

倪青文一個不學無術的敗家子，力氣還不如張伯這個五旬老漢，被張伯打得連聲慘叫。

倪素充耳不聞，幫星珠整理好衣裳，又摸著她的關節，溫聲道：「星珠，妳忍著點。」

話音才落，不等星珠反應，手上忽然用力，只聽得一聲響，星珠痛得喊了一聲，眼圈紅透。

星珠渾身都在發顫，那種被人觸摸的恥辱感令她難以扼制心頭的嘔吐欲，倪素輕聲哄她，倪青文鼻青臉腫的，被張伯按在地上，他大喊：「倪素！妳有什麼好得意的！妳娘就要死了，祖宅、醫館遲早都是我們家的！妳算什麼東西，不在我面前搖尾乞憐，妳竟還敢打我！」

倪素鬆開星珠，起身走到倪青文面前，居高臨下般，盯著他。

水珠順著她烏髻一側的珠花下墜，在她的耳垂又凝聚晶瑩一滴，她俯下身，重重地給了倪青文一巴掌。

「如今就是我肯向堂兄你搖尾乞憐，你只怕也不願大度地放過我。」

倪青文被這一巴掌打愣了，他又聽見她的聲音，遲緩地抬眼，面前的這個少女一身衫裙濕透，濕潤的淺髮貼在耳側，那樣一雙眼清亮而柔和，白皙的面頰沾著水澤。

倪青文眼看她又站起身，從張伯的手中接過棍子來，他瞪大雙眼，「倪素妳……」

一棍子打在他的後腦，話音戛然而止。

張伯見倪素丟了棍子，去外面的藥簍子裡翻找了一陣，用繡帕裹著嫩綠團花狀的莖葉進來，他喚了聲：「姑娘，您要做什麼？」

「張伯，星珠遭逢此事，腿又傷著，只怕不便與我上京，更不便留在雀縣，」倪素將帕子連帶著包裹其中的草葉都扔到倪青文的右手裡，「故而，我有一事相求。」

張伯看她抬腳，繡鞋踩上倪青文的手，重重一碾，根莖裡白色的汁液流出，淌了倪青文滿手。

「星珠的家鄉欒鎮很多年前遭逢水患，星珠幼年與母親逃難至此，母親病逝後，她沒了生計才來我家做我的女使，聽說她在欒鎮還有個親戚在，我給您與她留一些錢，請您送她回欒鎮，您最好也在欒鎮待著先不要回來，避一避風頭。」

倪青文有個極厲害跋扈的妻子，他家裡的生意又是仰仗他妻子娘家的救濟才好了許多，即便他今夜在這裡吃了啞巴虧，只怕也不敢聲張，而倪宗新娶進門的妾又有了身孕，倪青文正怕那妾的肚子裡是個小子，倪宗礙於兒媳婦娘家的面子也不許倪青文納妾，又討厭他不學無術只知玩樂的做派，這個節骨眼，倪青文也不敢找倪宗告狀，卻一定會私下裡報復。

呆滯的星珠聽見倪素的這番話，她動了動，視線挪來，卻先看見從繡帕裡落出來的莖葉。

五鳳靈枝，藥稱澤漆，能清熱解毒，鎮咳祛痰，對付癬瘡，但它根莖的新鮮汁液卻有毒，沾之皮膚潰爛。

星珠跟著倪素，這麼多年耳濡目染，她如何會認不得這東西。

外頭藥簍裡那些還沒來得及晾晒的草藥，也都是她去找藥農收來的。

「姑娘……」星珠喃喃地喚了一聲。

她是奴婢，且不提倪青文還未得逞，即便他得逞，大齊也沒有一條律法可以為她討回公道。

雨霧茫茫，在門外的燈下忽濃忽淡，有風鼓動倪素的衣袖，她回頭來對上星珠紅腫的雙眼：「星珠，妳不要怕，他哪隻手碰妳，我就讓他哪隻手爛掉。」

庭內的槐樹被雨水沖刷得枝葉如新，濃濃的一片陰影裡，年輕的男人擁有一張蒼白的臉。

他靠坐在樹上，身上穿著一件與仲夏不符的狐狸毛領子的玄黑氅衣，裡面雪白的衣袂垂落，他的影子落在淺薄暗淡的燈影底下，卻是一團無人發現的瑩光。

他在枝葉縫隙間，靜默地望向那道門內。

清冷的眉眼之間，盡是嚴冬的雪意。

雨下了整夜，東方既白時才將將收勢。

倪家祖宅裡的消息一送來，倪宗便匆匆披衣起身，帶著妻子柳氏，女兒倪覓枝與兒媳田氏前往祖宅。

「大嫂何時去的？」倪宗面露悲色，立在門外問那老管家。

「夫人是卯時去的。」老內知一面用袖子揩眼淚，一面哽咽著答。

倪宗抬頭，看見門內柳氏坐在床沿嗚嗚咽咽地哭，他目光再一掃，只瞧見一旁站著個錢媽媽，他皺起眉頭，這才想起自己進院以來，除了這位老內知與那錢媽媽以外，竟沒再見著一個奴僕。

就連他那個姪女倪素，竟也沒露面。

「府裡的奴僕呢？還有我姪女倪素呢？」

倪宗覺得很不對勁。

「夫人臨終前將府裡的奴僕都遣散了，」錢媽媽聞聲，從房中出來，朝倪宗揖禮，又接著道：「至於姑娘，夫人不忍她在跟前看著自己走，昨日就將她支去了大鐘寺，姑娘如今正在寺中為夫人祈福，咱們這兒的消息才送去，只怕要晚些時候姑娘才能回。」

倪宗不知這對假母女哪裡來的這些情分，但眼下這當口，他也不好說什麼，只得點了點頭，又招手叫來自己府裡的內知，讓他帶著自己府中的奴僕們過來張羅喪事。

倪宗心中有氣，氣岑子淑死前還給他添堵，明知她自個兒的身後事少不得人張羅，竟還先遣散了奴僕。

不過轉念一想，岑子淑定是知道她走後，她一直緊緊攥在手裡的家業便要名正言順地落到他倪宗的手裡，她嚥不下這口氣，才存心如此。

倪宗有些得意，面上卻仍帶悲色，見著一個小廝躬身從旁路過，他踢了那小廝一腳，「青文呢？這節骨眼他跑哪兒去了？快帶人去給我找！」

「是！」

小廝後腰挨了一腳，摔倒在地，又忙不迭地起身跑走。

倪宗在祖宅裡忙活了半日，也沒等著倪素回來，卻聽內知回稟說，倪青文正在倪家醫館裡。

倪宗趕到醫館裡，兒媳田氏正哭天搶地，「哪個天殺的，竟對官人下如此狠手！」

什麼狠手？

倪宗走進堂內，穿窗而入的陽光照見倪青文那隻皮肉潰爛的手，他只覷一眼，瞳孔微縮，沉聲問：「這是怎麼回事？」

坐堂大夫是個有眼色的，倪家大房的主母過了身，他對這位二爺便更恭敬許多，「二爺，青文郎君這是沾了貓兒眼睛草的汁液。」

貓兒眼睛草是當地藥農喊的俗稱，它正經的名字是五鳳靈枝，晒乾用作藥，便稱澤漆。

「我自己吃醉了酒，不知摔在哪處，就這麼沾上了。」倪青文痛得臉色煞白，說話聲線都在抖。

凶悍的妻子在旁，倪青文哆哆嗦嗦的，一點兒也不敢透露實話。

「老子怎麼養了你這麼個……」倪宗怒從心頭起，指著倪青文，見他那隻手血淋淋的，他把頭一偏，沒罵完的話嚥下去，又催促著大夫：「你快給他上藥啊！」

大夫連聲稱是，替倪青文清理完創口，便喚藥童取來傷藥。

「老爺！」

倪宗府裡的內知滿頭大汗地跑進門，也顧不上歇口氣，「小的依您的吩咐去大房的莊子上查帳收田，哪曉得大房的田地莊子全被轉賣了！」

什麼？

倪宗只覺眼前一黑，管家忙上前扶住他。

「都賣了？」倪宗不敢置信地喃喃。

「是，都叫李員外收去了，走的是正經的手段，小的還差人去李府問了，說是前些天岑氏身邊的錢媽媽親自料理的這些事。」內知氣喘吁吁。

「岑子淑！」

倪宗回過神，怒火燒得他面色鐵青，拂開管家的手，他在堂內來回踱步，又朝管家吼道：「倪素呢？倪素在哪兒？岑子淑換了那些錢，除了留給她還能給誰？」

「老爺，咱們遣去大鐘寺的人也回來了，祖宅那兒根本沒人去大鐘寺傳話，最要緊的，是那素娘根本沒去大鐘寺！」內知擦著額上的汗，憤憤道。

「沒去？」

倪宗胸腔內的心突突直跳，他心中不好的感覺越發強烈。

「她去什麼大鐘寺？我昨兒可在外頭見過她！」倪青文瞧著父親那越發陰沉的臉色，他劇痛之餘，不忘顫著聲音添一把火，「她和倪青嵐兄妹兩個在外頭有一個書齋，她昨兒就去了那兒！我還瞧她收拾了幾樣東西，若她昨夜沒回府，只怕是帶著那些錢跑了！」

「你既瞧見了為何不回來告訴我？你在外頭喝什麼花酒？要不是看你手傷著，老子非打斷你的腿！」倪宗氣得將坐在椅子上的倪青文一腳踹到地上。

倪青文昨夜本就在書齋挨了打，正被倪宗踹中衣裳底下的傷處，他卻不敢聲張，見妻子田氏俯身，他便要伸手借她的力起來，哪知她逕自拽住他的衣襟，狠狠瞪他：「倪青文，你去喝花酒了？」

「沒有，沒有……」

事實上倪青文在去書齋前是喝了的，但他哪敢跟田氏說實話。

田氏仗著娘家對他家的救濟，在倪青文這兒是跋扈慣了的，哪肯跟他甘休，醫館裡一時鬧騰極了，倪宗也懶得管，他快步走出門去，靠在門框上，儼然氣得話也說不出了。

「老爺，依著郎君的意思，素娘是昨兒夜裡才走，可那會兒雨勢不小，怕是走不遠的，如今才過午時，叫人去追，也是來得及。」內知跟出來，低聲說道。

「叫人？」倪宗停下揉眼皮的動作，「你的意思，是叫什麼人？」

內知神祕一笑，「聽聞城外金鵲山上有強人出沒，他們都是些拿錢辦事的主兒，若老爺肯花些錢，讓他們去，肯定能將人帶回來。」

倪宗沉思片刻，縱然平日裡百般吝嗇，但這會兒他只要一想起大房那些變賣的莊子田地加在一起值多少錢，他便蜷緊了手，「此事你趕緊去辦，但你絕不能與那些人說她身上有什麼，只說她是逃婚的，務必讓他們把人給我帶回來。」

「是。」內知應了一聲，瞧著倪宗的臉色，又小心翼翼地問：「可眼下，岑氏的喪事，咱們還辦麼？」

倪宗聞言，臉色更加不好。

誰讓他的兄長倪准當年治好了縣太爺身上的頑疾呢？縣太爺對他們倪家大房一向多有照拂，岑氏這一過身，只怕縣太爺也要來弔喪，倪宗要想將倪家的醫館名正言順地都握進手裡，便不能撒手不管。

他臉頰的肌肉抽動，咬牙道：「辦，還得風風光光的，給她大辦。」

倪素昨夜送走張伯與星珠後，也沒立即離開，而是讓兩個小廝回去找了馬車來，先去了棗花村尋一個藥婆，那藥婆手中有她半生所見女子隱疾的詳細記載，也有她年輕時從旁的藥婆那兒學來的土方子手段。

倪素一月前便付了銀錢給她，讓她請一個識字的人，她來口述，記下自己半生的所見所聞，藥婆活了半輩子還沒見過這樣年紀輕輕還沒成親便敢與她們這些人來往的姑娘，加之又有相熟的坐婆引見，她便滿口應下了。

從藥婆那兒拿到東西，倪素立即乘車離開，但夜裡的雨到底下得急了些，馬車在泥濘的山道上陷了兩次，蹉跎了不少時間。

天近黃昏，兩個小廝將馬車停在溪水畔，解開馬來，讓其在溪邊食草飲水，倪素吃了幾口小廝拿來的乾糧，望著斜映在水面的夕陽發呆。

此處距離最近的橋鎮還有些路程，可天已經要黑了，兩個小廝不敢耽擱，餵飽了馬便又上路。

路行夜半，眼看橋鎮就要到了，趕車的小廝強打起精神，推醒身邊人，正欲說話，卻聽一陣又一陣的馬蹄聲疾馳臨近。

另一個驚醒的小廝回頭張望，月色之下，一片浸在光裡的黑影伴隨馬的嘶鳴聲更近，不知為何，小廝心頭一緊，忙喚：「姑娘，後頭來了好些人！」

倪素聞聲掀簾，探出窗外，果然見那片黑影臨近，她心中也覺不好，卻來不及說些什麼，那些人輕裝策馬，比晃晃悠悠的馬車快多了，很快跑上前來將馬車團團圍住，來者竟有十數人。

倪宗這回是真捨得了。

「姑娘……」兩個小廝哪見過這陣仗，一見那些人手中的刀，嚇得連忙往馬車裡縮。

緊接著，為首的大鬍子在外頭一刀割下簾子，接著用刀鋒取下掛在車蓋底下的燈籠往車內一湊，旁邊另一個身形高瘦騎馬的男人將畫像展開來，瞇起眼睛一瞧，「得了，大哥，就是她。」

大鬍子盯著倪素的臉，有點移不開眼，「都說這燈下看美人，是越看越漂亮，這話果然不錯。姑娘到底是家底殷實的閨秀，沒出過雀縣，也不知道這一路可有比官道更近的山路，我們哥兒幾個緊趕慢趕，可算是將妳逮住了。」

「倪宗給你們多少錢？」倪素靠在最裡側，盯著那掛了一盞燈籠的利刃，強迫自己鎮定。

「怎麼？姑娘也有銀子給？」那大鬍子吊兒郎當的，在馬背上用一雙凶悍的眼睛審視她，「咱們可不是三瓜兩棗就能打發得了的。」

「倪宗給得起，我也給得起。」倪素手心滿是汗意，「只要諸位不再為難於我。」

「大哥，她一個逃婚的姑娘能有幾個錢？」那瘦子瞧著倪素一身衣裙還沾著泥點子，髮髻也唯有一枚珠花做襯，可視線再挪到她那張臉上，瘦子嘿笑起來，「要我說，她這般姿色的小娘子我還沒見過，若是賣了，只怕價錢比那財主開得還高呢！」

「你們敢。」

大鬍子本被瘦子說得有點動搖，卻聽得車內那女聲傳來，他一抬眼，見那小娘子手中已多了一柄匕首，正抵在她自己頸間。

「有話好好說嘛……」瘦子傻眼，他還沒見過這樣的，遇到他們這群人，她一個柔弱女子竟還拿得穩匕首。

「我知道你們所求的不過就是錢，我給得起比倪宗更高的價錢，願意花這個錢來保我的平安，可若你們敢動別的心思，我便讓你們人財兩空。」

倪素一邊說話，一邊觀察那大鬍子的神色，見他果然為難，她便知自己猜對了，倪宗要的是活口。

她立即道：「我死了，你們不知道我藏的錢在哪兒，我這兩個僕人他們也不知道，倪宗那兒的錢，你們也得不到。」

「大哥……好像還真是。」瘦子撓了撓頭，再看倪素頸間已添一道血痕，他有點惱怒，「我說妳這小娘子，還真他媽烈性！」

大鬍子銳利的目光在倪素臉上掃視，他似乎仍在忖度，而這一刻的寂靜於倪素而言無疑是煎熬的，她沉默與其相視對峙，不敢放鬆半分，後背卻已被冷汗濕透。

兩個小廝抱著腦袋更是瑟瑟發抖，動也不敢動。

「妳說得是。」大鬍子冷笑一聲，「可老子最煩女人的威脅，既殺不了妳，那就殺妳一個小廝先洗洗刀！」

若不見血，只怕還真不能叫這小小女子知道什麼是害怕，只要她嚇破了膽，就不會有那麼多的條件了。

「你住手！」

倪素眼見那大鬍子刀鋒一轉，燈籠滾落在車中，那刃光凜冽，直直迎向其中一個小廝的後頸。

燈籠的光滅了。

這一剎那吹來的夜風竟凜洌非常，騎在馬背上的瘦子被揚塵迷了眼，他揉了一下眼睛，不知為何後背陰寒入骨，他一轉頭，只見朗朗一片月華底下，他們這些人的包圍之中不知何時多出了一道身影。

「大哥！」

瘦子嚇得不輕，才喊了一聲，寒風灌入口鼻，堵了他的話音，那人手中一柄劍脫手，從他頰邊掠過，刺穿大鬍子的腰腹。

大鬍子完全沒有防備，他的刀鋒離小廝的後頸還差半寸，卻忽然停滯，一名小廝抬頭，正看見刺穿他腹部的劍鋒，小廝嚇得驚叫起來。

倪素渾身僵冷，她看著那個身形魁梧的大鬍子瞪著雙目從馬背上摔下去，發出沉重的悶響。

玄黑的氅衣隨著那人的步履而動，露出底下雪白的衣袂，他銀冠束髮，側臉蒼白而無瑕，濃睫半垂，俯身在死去的屍體身上抽回那柄劍。

瘦子看見他的劍鋒，血珠滴答而下。

他太詭異了。

悄無聲息地出現，但這殺人的手段卻又不像是鬼魅，瘦子心中越發害怕，但周圍其他人已經一擁而上，他也只好衝上去。

馬蹄聲亂，慘叫更甚。

兩個小廝哆哆嗦嗦的，根本不敢探頭去看，而倪素趴在馬車的簾門邊，只見賊寇接二連三地從馬背跌落。

天地忽然安靜下來，凜冽的風也退去，蟬鳴如沸。

倪素見那些受驚的馬匹逃竄跑開，有一個人立在那些躺在地上，動也不動的賊寇之間。

她大著膽子從車上下去，雙膝一軟，她勉強扶住馬車緩了一下，挪動步子朝前去。

月華銀白，而他身上的氅衣玄黑，繡線飄逸。

倪素驀地停住。

大鐘寺柏子林的種種盤旋於腦海。

倪素不自禁後退兩步，卻見他稍稍側過臉來，眼睫眨動一下，手中所持的劍仍在滴血，他半垂的眸子空洞而無絲毫神采。

第二章 臨江仙

也許是他周身自有一種嚴冬的凜冽，倪素看見伏在他腳邊的屍體汩汩的鮮血流淌，竟在月輝之下瀰漫著微白的熱霧。

山野空曠，唯蟬鳴不止。

「死，都死了？」

倪素聽到身後傳來一名小廝驚恐的叫喊，她回過頭，見那兩人趴在車門處，抖如篩糠。

倪素再轉身，山道上死屍橫陳，而方才立於不遠處的那道身影卻已消失不見。

她渾身冰涼，深吸一口氣逼著自己鎮定地回到馬車上，從包袱中取出一些交子分給兩個小廝。

「姑、姑娘，是誰救了咱們？」其中一個小廝手裡捏著交子，才後知後覺，抖著聲音問。

「不知道。」倪素抿唇，片刻又道：「你們是跟著我出來的，若再回倪家去，二叔也不會放過你們的，不如就拿了這些錢走吧。」

「可姑娘您……」

那瘦小些的小廝有些猶豫，卻被身邊人拽了一下衣角，他話音止住，想起那柄差點砍了他脖子的刀刃，他心裡仍後怕不止。

「多謝姑娘！多謝姑娘！」皮膚黝黑的小廝按著另一個小廝的後腦勺，兩人一齊連連磕頭，連連稱謝。

這一遭已讓他們兩個嚇破了膽，而雲京路遙，誰知道一路上還會不會再遇上這樣的事？倪素知道這兩個人留不住，她看著他們兩個忙不迭地下了車，順著山道往漆黑的曠野裡跑，很快沒了影子。

而她坐在車中，時不時仍能嗅到外頭的血腥氣。

馬車的門簾早被那賊寇一刀割了，月光鋪陳在自己腳邊，倪素盯著看，忽然試探地出聲：「你還在這裡嗎？」

她這聲音很輕，如自言自語。

炎炎夏夜，忽來一陣輕風拂面，吹動倪素耳畔的淺髮，她眼睫微顫，視線挪向那道被竹簾遮蔽的窗。

胸腔裡的那顆心跳得很快，她幾乎屏住呼吸，大著膽子掀開竹簾。

極淡的月光照來她的臉上，倪素看見他站在窗畔，整個人的身形有些淡，是那種趨於半透明的淡。

好像只要她一碰，他就會像那日在山寺柏子林中一樣，頃刻融霧。

倪素倏爾放下簾子，她坐在車中，雙手緊緊地揪住裙袂，冗長的寂靜過後，她才又找回自己的聲音：「你……一直跟著我？」

微風輕拂，像是某種沉默的回答。

倪素側過臉，看向那道竹簾，「你為什麼跟著我？」

「非有所召，逝者無入塵寰。」

簾外，那道聲音毫無起伏，凌冽而死寂。

倪素立即想起那件被她親手燒掉的寒衣，她唇顫：「是一位老法師，他請我幫他的忙。」

倪素如夢初醒，從袖中找出那顆獸珠。

「妳手裡是什麼？」

外面的人似乎有所感知。

倪素抿唇，猶豫片刻，還是將手探出窗外。

竹簾碰撞著窗發出輕微的響，極年輕的男人循聲而偏頭，他的眉眼清寒而潔淨，試探一般，抬手往前摸索。

他冰涼的指骨倏忽碰到她的手，倪素渾身一顫，像是被冰雪裹住，短暫一瞬，她雙指間的獸珠落入他掌中。

他的眸子無神，手指略略摩挲獸珠的紋路，眼瞼微動：「是他。」

「誰？」倪素敏銳地聽見他篤定的兩字。

「幽都土伯。」

幽都？土伯？

倪素不是沒聽過「幽都」其名，只是如今最普遍的說法，應該是黃泉亦或地獄，可土伯，又是誰？

他又為何要設計這一局，引她招來這道生魂？

「妳此時不走，或將見官。」

獸珠被從外面丟了進來，滾落在她的腳邊，倪素被他這句話喚回神，心知他是在提醒自己，將有人來。

倪素只好拾起獸珠，生疏地拽住韁繩，馬車在山道上走得歪七扭八，倪素始終不得要領，卻不敢耽擱，朝著一個方向往前。

走了好久也沒看見橋鎮的城廓，倪素才發現自己似乎走錯了方向，所幸她找到一處破舊的山神廟暫時棲身。

廟中燃起一盞燈燭，倪素抱著雙膝坐在乾草堆中，恍惚一陣，淚濕滿臉。

她知道，倪宗如此捨得下本錢抓她回去，定然是他已經發覺岑氏賣了田地莊子，也知道那筆錢在她手中。

這無不說明一件事。

母親，去了。

眼眶紅透，倪素咬緊牙關，將臉埋進臂彎，忽覺後背清風拂過，她雙肩一顫，本能地坐直身體。

她沒有看向身後那道廟門，良久，卻出聲：「你為什麼幫我？」

聲音裡有一分壓不住的哽咽。

廟內鋪陳而來的焰光雖昏暗，但照在徐鶴雪的臉上，他眼睫眨動，那雙空洞的眸子竟添幾分神光，他挪動視線，看清廟門內背對著他，蜷縮在乾草堆中的那個姑娘。

「如今是哪一年？」

倪素等了許久才聽見他冷不丁的一問，她沒有回頭，卻如實答：「正元十九年。」

正元十九年。

徐鶴雪一怔。

人間一月，即幽都半載。

他在幽都近百歲月，而人間才不過十五春秋。

倪素再沒聽見他說話，可她看著地面自己的影子，卻想起之前看到的幻影，她不由追問：「為什麼那日大鐘寺外柏子林中，我會在你身後看到我兄長的影子？」

「也許我沾到了他的魂火。」

徐鶴雪立在簷下，聲線冷淡。

「什麼意思？」倪素這麼多天都不敢想一件事，她猛地回過頭，燭光照見她泛紅的眼眶，「你是說我兄長他……」

燭焰閃爍，門外那道原本比月光還要淡的身影竟不知何時添了幾分真實。

「幽都與人間相隔恨水，恨水畔的荻花叢常有新魂出沒，其中也不乏離魂者的魂火。」

只有人患離魂之症，才會有零星如螢的魂火落在恨水之畔，唯有其血親方能得見魂火所化之幻影。

「我兄長怎會患離魂之症？」倪素心中亂極，想起母親的囑咐，她眼眶又熱。

也不知母親如今是否已在恨水之畔，荻花叢中？

倪素壓抑滿腔的悲傷，抬起眼，那個人身長玉立，背對著她，抬著頭也不知在看長夜裡的哪一處。

這樣看他，似乎又與常人無異。

他好似忽有所感，驀地轉過臉來，那雙剔透而冷極的眸子迎向她的視線，淡色的唇輕啟：「倪素。」

他不只一次聽人這麼喚過她，也知道她要去雲京。

倪素怔怔望他。

「我受妳所召，在人間不能離妳半步，但我亦有未了之事。」徐鶴雪盯著她，「既然如此，不如妳我做個約定，此去雲京，我助妳尋得兄長，妳助我達成所願。」

山間破廟，夏夜無邊，倪素隔了好一會兒，才出聲：「你的未了之事，是什麼？」

「與妳一樣，尋人。」

「尋什麼人？」

徐鶴雪聞聲垂眸，而倪素也隨著他的視線落在他衣袖邊緣那一道銀線字痕上。

「故人。」

他簡短兩字。

也許是那位明明預備了這件冬衣，也寫了表文，卻遲了整整十五年都沒有燒給他的友人。倪素記得那日老和尚說過的話。

倪素不說話，他立在門外也不出聲，而她發現他落在地上的影子，是一團浮動的、瑩白的、毛茸茸的光。

與鬼魅同路，倪素本該沒有這樣的膽子。

「好。」

倪素喉嚨發緊，卻迎上他的目光，「只要不傷無辜性命，不惹無端之禍，我可以答應你。」

說罷，她在乾草堆躺下來，背對著他，閉起眼睛。

可是她一點也睡不著。

且不說門外有一個擺脫不掉的鬼魅，她閉起眼便是母親的臉、兄長的臉，倪素眼角濕潤，她又坐起身，從包袱中找出來一塊乾糧，一口一口地吃下去。

她回頭，又看到了他的影子，毛茸茸的，似乎還有一條尾巴，像不知名的生靈，生動又可愛。

倪素抬頭，不期與他視線相觸。

她不知道自己眼角還掛著淚，只見他盯著自己，便垂眼看向自己手中的乾糧。

倪素取出一塊，朝他遞去。

可他沒動，神情寡淡。

倪素收回那半塊餅，盯著燭焰片刻，又從包袱中翻出一支蠟燭，沉默了片刻，遞給他：「你……要嗎？」

倪素從沒像如今這樣狼狽過，棲身破廟，蜷縮在乾草堆中，枕著枯草安靜地煎熬長夜。

地上那支白燭孤零零的，倪素盯著看，不由回想起以往看過的志怪書籍裡幾乎沒有鬼魅不食香燭，不取精氣。

但他卻並非如此。

一翻身，身下的乾草又窸窣地響，倪素看見門外那個人不知何時已坐在了階上，背影孤清如竹，時濃時淡，好似隨時都要融入山霧裡。

不知不覺，倪素好似淺眠了一陣，又好像只是迷迷糊糊地閉了一會兒眼睛，天才泛魚肚白，晨光鋪陳眼皮，她就警惕地睜起眼。

清晨薄霧微籠，有種濕潤氣，倪素踏出廟門四下一望，卻沒有看見昨夜孤坐階上的男人，時有清風拂過她面頰，倪素聽見馬兒吐息的聲音，她立即下去將馬匹卸下。

馬車中有錢媽媽為倪素收拾的行裝，其中有她的首飾衣裳，還有她常看的書，常用的墨，但眼下都不方便帶了。

倪宗不可能輕易放過她，倪素便也不打算再找車夫，倒不如輕裝簡行，暫將這些東西都藏起來。

她只帶了要緊的醫書與岑氏交給她的交子，以及一副金針。

雀縣也有跑馬的去處，倪素也曾跟著倪青嵐去過，只是那時她只在旁看倪青嵐與他那些一起讀書的朋友騎馬，自己並沒有真正騎過。

她記得兄長腳踩馬鐙翻身上馬一氣呵成，但眼下自己有樣學樣，馬兒卻不配合，尾巴晃來晃去，馬蹄也焦躁地踩來踩去。

倪素踩著馬鐙上下不得，折騰得鬢邊冒汗，林間簌簌而響，她只覺忽有清風相托，輕而易舉地便將她送到了馬背上。

朝陽的金光散漫，年輕而蒼白的男人立在一旁，察覺她的視線，他輕抬起那雙比昨夜要清亮許多的眸子，修長的指骨挽住轡繩，他的手輕撫過馬兒的鬃毛，「馬是有靈性的動物，妳要駕馭牠，就要親近牠。」

倪素不言，只見他輕輕撫摸過馬，牽扯轡繩往前，這匹馬竟好像真的少了幾分焦躁，乖乖地跟著他往前走。

不知為何，倪素看他撫摸馬鬃，便覺察出一絲他的不同，彷彿這是他曾無數次重複過的動作。

他將馬牽到草葉豐茂之處，倪素見其迫不及待地低頭啃食野草便恍悟，昨夜到今晨，她沒有餵過牠。

倪素握住他遞來的轡繩，「多謝。」

清晨附近村莊中總有零星的農戶上山砍柴，倪素慢吞吞地騎著馬走在山道上，遇見一名老翁，她簡單問了幾句，便知自己果然走錯了路。

往橋鎮去的一路上倪素漸得騎馬要領，雖不敢跑太快，但也不至於太慢，她並沒有在橋鎮上多做停留，只買了一些乾糧，便繼續趕路。

母親新喪壓在倪素心頭，兄長可能罹患離魂之症的消息又壓得她幾乎要喘息不得，倪素恨不能日夜不休，快些趕去雲京。

可夜裡終歸是不好趕路的，倪素坐在溪邊吃又乾又硬的餅時，被從山上打柴回來的農婦撿回了家中。

「小娘子趕上好時候了，咱們對門的兒媳婦正生產呢，說不得晚上就要擺席。」農婦家裡是沒有什麼茶葉的，用葫蘆瓢舀了一碗水給她。

倪素道了謝，將自己身上的麻糖都給了農婦家的小女孩，那小女孩在換牙期，收到麻糖，便朝倪素燦爛一笑，露出缺了兩顆門牙的牙床。

「長生？長生啊……」

門裡出來一個顫顫巍巍的老媼，渾濁的眼不知在看著哪處，一遍遍地喊一個名字。農婦趕緊放下手裡的活計，一邊輕哄著，一邊將那老媼送回了房中，過了好一會兒她才又出來。

「我那郎君去年修河堤被水沖走了，婆婆她受了刺激，常常不記得兒子已經去了的事。」農婦笑了笑，主動提及家中的事。見倪素一副不知該說些什麼的模樣，農婦一邊做著繡活，一邊道：「好在去年孟相公還在咱們這兒做官，朝廷發的撫恤金才沒被那些天殺的私吞了去，我也就不用改嫁換些聘禮錢給婆婆過活了。」

倪素是聽過那位孟相公的。

孟雲獻行伍出身，後來卻做了文官，在文士治國的大齊占得一席之地，早年官至副相主理新政，但十四年前新政被廢，孟雲獻也被罷相貶官到了小小文縣。

「蔣姐姐，孟相公今年便不在文縣了嗎？」倪素捧著碗，問道。

「前幾月剛走，聽說官家改了主意，將孟相公召回雲京，這回好像是要正式拜相了。」蔣娘子有時也會去文縣的酒樓茶肆裡找些洗碗的活計，這些事，她也是從那些人多口雜的地方聽來的。

烈日炎炎，一片碧綠濃蔭之下卻清風徐徐，穿梭於枝葉縫隙的日光細碎，落在徐鶴雪的肩上。

「孟相公」三字落到耳畔，他睜開眼。

蟬聲太近，聒噪不停。

「張敬，今日你就是讓他跪死在這裡，只怕也難改其志！雛鳥生翼，欲逆洪流，縱為師長，焉能阻之？」

夏日黃昏，雲京永安湖上，謝春亭中，十四歲的少年跪在階下，聞聲抬首，濤聲起伏，二人怒目爭執，背影雋永。

樹下的雜聲喚回徐鶴雪的神思，他輕抬眼簾，看見方才還坐在桌旁的年輕姑娘匆匆擱下碗，跟著那蔣娘子跑去了對面那戶人家。

倪素沒等到吃席，全因那戶人家的兒媳難產，聽見聚在對面門口的村鄰議論了幾聲，倪素便跟著蔣娘子一塊兒過去。

聽見房中的坐婆驚道「不好」，產婦的丈夫即刻慌了神，忙要去請大夫，卻被自己的母親攔住：「兒啊，哪能讓那些個大夫進去瞧你媳婦兒啊？」

「可月娘……」男人被老母親攔著，他急得滿頭大汗，「可月娘她怎麼辦？我兒子怎麼辦？」

「我去看看。」倪素不打算再看他們這一家子的糾結戲碼，挽起衣袖只道了一聲，便淨手入了房中去。

大家面面相覷，怎麼也想不起方才那個姑娘是誰家的。

「蔣娘子，那小娘子是誰？」

有人瞧見她是跟蔣娘子一塊兒來的，便湊到蔣娘子跟前問。

「這，」蔣娘子用手背蹭了一下鬢角，路邊才撿來的姑娘，她哪裡來得及問她家中的事，「她姓倪，是從咱這兒過路的。」

有個跟進去的婦人跑出來，「她好像是個藥婆！」

什麼？藥婆？

眾人又你看我我看你，蔣娘子也是面露驚詫，道：「藥婆哪有這樣年輕的，她瞧著也不過是個十五六的小娘子。」

那舉止看著也不像尋常農戶家的孩子，倒像是個落魄了的閨秀，可哪家的閨秀會做這藥婆的勾當？

天漸黑，外頭的人等了許久，方聽得一聲嬰兒的啼哭，那產婦的丈夫腦中緊繃的弦一鬆，回頭緊盯著那道門。

坐婆推門出來，臂彎裡小心護著一個嬰兒，她先瞧了那老媼一眼，笑著走到男人的面前：「孫家大郎，是個女兒。」

此話一出，男人倒還好，小心地接過坐婆手中的嬰孩來瞧，那老媼卻沉下臉，拐杖重重一杵，瞥著那道門：「生個女兒頂什麼事！」

村鄰們不好說話，在旁裝沒聽到，老媼聲音不小，裡頭才從鬼門關挺過來的年輕媳婦兒聽見了，眼角浸出淚來，泛白的唇輕顫：「多謝小娘子救命之恩。」

「妳好好休息。」

屋中沒了乾淨的水，倪素滿手是血，衣裳也沾了不少血跡，她看了榻上的婦人一眼，走出門去，聽見那老媼仍在嘟囔嫌棄兒子懷裡的女嬰，便道：「夫人不也是女子麼？」

老媼眼一橫，視線落到她身上，初時被她滿手的血嚇了一跳，隨即又審視起她來，眉眼生得倒是齊整，那身衣裳瞧著也是好料子，挽著三鬟髻，雖無飾物作襯，卻越發顯出這女子的乾淨出塵。

「哎呀倪小娘子，快回我家洗一洗吧！」蔣娘子哪不知這家的老媼是什麼脾性，見老媼臉色越發不對，便忙扶著倪素穿過人堆。

「年紀輕輕做什麼藥婆……」那老媼在後頭冷哼著，盯著倪素的背影，小聲嘟囔。

「母親啊，人家好歹救了月娘和妳孫女的命，快別說！」那男人抱著自己的女兒，無奈地嘆氣。

「姑娘快去淨手，再換身衣裳，他家的飯吃不成倒也罷，我給妳做好飯吃！」蔣娘子將倪素帶回院中，又將她推進偏房裡。

倪素不只一次幫農婦生產過，她當然知道有個不成文的規矩便是即便家中媳婦生產，也不留「六婆」之流宴飲用飯。

倪素不在乎，入了房中洗淨雙手，才要解開衣帶，卻驟然停住，隨即四下一望，試探般：「你……在吧？」

蔣娘子的女兒正在院中玩石子，忽聽一陣風動，她抬起腦袋，看見自家院中的那棵大樹枝葉搖晃，樹蔭底下如縷輕煙飄出，落入燈籠所照的光裡，消失不見。

房中的倪素沒聽見什麼響動，她才稍稍放下心，拉下衣帶，卻聽「哐當」一聲，木凳倒地。

她嚇了一跳，隔著簡陋的屏風，她隱約看見一道影子立在桌旁，他的舉止有些怪，那雙眼睛似乎也有些不對勁。

倪素重新繫好衣帶，扶燈走近，果然見他雙目空洞，神采盡失，她伸手在他眼前晃了晃，影子隨之而搖曳，但他眼睫未動，毫無反應。

「你的眼睛……」

倪素愕然。

明明白日裡他尚能視物，但思及遇到賊寇那夜，他在車外似乎也是如此，倪素恍然，「難道，是雀盲？」

可鬼魅，也會患雀盲之症？

徐鶴雪不答，但倪素見他抬手之間，有風拂來，她手中的燈燭熄滅，房中昏暗許多，只有簷外燈籠的光順著窗櫺鋪陳而來。

倪素不明所以，卻還是從自己的包袱中摸出火摺子，重新將燈燭點燃放到桌上，隨即她一抬頭，正對上他的雙眼。

徐鶴雪隱在濃深的陰影裡嵬然不動，嗅到燭芯熄滅的煙味，便道：「點燃它。」

春暉粼波，剔透而清冷。

「你……」倪素驚詫地望著他片刻，隨即又去看那盞燈燭，再看向自己的雙手。

她終於明白，原來只有她親手點燈，才能令他在夜裡得以視物。

「你們鬼魅，都是如此嗎？」倪素只覺怪誕。

「我生前這雙眼受過傷，非妳點燈而夜不能視物。」徐鶴雪平淡道。

他本是傷殘之魂，除非回到幽都，否則夜裡若沒有招魂者親手點燈，他便不能視物。

倪素一怔，隔了好一會兒，她忽然吹熄了燈燭。

毫無預兆的，徐鶴雪眼前又歸於一片漆黑。

「我等一下再給你點燈。」倪素說著，走回屏風後面去。

徐鶴雪聽見衣料的摩擦聲，他大約也反應過來她在做什麼，他纖長的眼睫垂下去，背過身。

「妳本可以不必遭受那些非議。」

倪素才脫了沾血的衣裳，忽聽屏風外傳來他的聲音，意識到他說的是什麼事，倪素回頭，透過縫隙，看見他立在那片陰影裡，好像攜霜沾雪的松枝。

「這些話我不是第一次聽，但我救過的女子從不曾輕賤於我，她們將我當救命稻草，我也樂於做她們的救命稻草，至於旁人怎麼說，我管不住他們的嘴，只求我行止光正，無愧於心。」

房中再燃燈燭，倪素已換了一身衣裳，她在桌前磨墨，影子映於窗紗上，蔣娘子的小女兒在院子裡洗菜，她的麻糖吃完了，有點期望那個姐姐能再給她一塊，可她一點也不好意思要，只能這樣時不時地回頭往偏房望上一望。

可是她歪著腦袋，看見窗紗上那個姐姐的影子旁邊，有一團毛茸茸的瑩光浮動。

她「咦」了一聲，也不洗菜了，跑到偏房的門窗前，好奇地朝那團映在窗紗上的瑩光伸出手。

「吱呀」一聲，房門忽然開了。

小女孩仰頭，看見她心心念念的麻糖姐姐。

「阿芸，幫我將這個送去給對面那個孫叔好嗎？」倪素蹲下去，月白的羅裙邊堆疊在地面，她摸了摸女孩的腦袋，遞給她一張藥方。

阿芸點點頭，小手捏著那張單薄的紙，轉頭就往院子外跑。

倪素舒了口氣，抬頭看見窗紗上的瑩光，她回過頭，「我本以為鬼魅是不會有影子的。」

而且他的影子很奇怪。

「除妳之外，只有七八歲以下的孩童能看見。」

稚兒的雙目尚與成年之人不同，能洞見常人所不能見之事。

「那要怎麼辦？一會兒她回來，我將燈熄了？」倪素站起來，合上門走過去。

徐鶴雪沒抬眼，輕輕頷首便算作應答。

他身上仍穿著那件與夏不符的獸毛領子氅衣，蒼白瘦削，目清而睫濃，淺淺的陰影鋪在眼瞼底下，瀰漫著沉靜而死寂的凋敝之感。

「倪小娘子，出來用飯吧！」蔣娘子的聲音傳來。

倪素應了一聲，隨即吹滅燭火，她在簷外落來的昏暗光線下辨清他的身影，道：「徐子凌，我會很快吃完的。」

大鐘寺那一紙表文雖洇濕模糊，卻也依稀可辨他的姓氏應該是一個「徐」字。

陰影裡，徐鶴雪沒動，也沒有出聲。

倪素推門出去，蔣娘子已將飯菜擺上桌，正逢女兒阿芸從對面回來，見她手裡捧著一碗醬菜，蔣娘子便問：「妳這是做什麼去了？怎麼還端了一碗醬菜回來？」

「我讓阿芸幫我送了一張藥方子去，孩子好不容易生下來，那位月娘姐姐也需要用藥調理。」倪素走過去說道。

「好歹是讓送了碗醬菜過來，那孫家大郎不像他娘，還有些良心。」蔣娘子從阿芸手中接來醬菜，她做的是鮮菇素麵，正好添一些醬菜到裡頭。

蔣娘子邀請倪素坐下吃麵，又回房中去服侍婆婆吃了小半碗，才又出來與阿芸、倪素兩個一塊兒吃。

「倪小娘子莫嫌棄，咱們這兒也就時令菜拿得出手。」蔣娘子朝她笑笑。

「蔣姐姐手藝很好。」倪素一邊吃，一邊道。

兩人又閒聊了幾句，蔣娘子猶豫了會兒，還是忍不住問：「依我說，小娘子看著便不像是尋常人家的，年紀又這樣輕，怎麼就……」

她後半句話斟酌了一下還沒出口，見倪素抬頭來看她，她便換了話頭，「小娘子莫怪，只是妳做這些，實在是吃力不討好。」

若不是日子難過，逼得人沒法，也沒幾個女人家敢去做藥婆的勾當，名不正言不順的，白白讓人唾棄。

蔣娘子不是沒見過藥婆，那都是些年紀大的老媼，半截身子入了土。

倪素笑了笑，「好在蔣姐姐妳不但不趕我走，還好飯招待。」

「妳救的是月娘和她女兒的命，我哪能輕看了妳去？」蔣娘子嘆了口氣，「我生阿芸的時候，我公公還在，他也跟月娘那婆婆似的，指桑罵槐地說我不爭氣，但好在我婆婆不那樣，人家的媳婦兒前一天生了孩子第二天就得下地，我婆婆愣是將我照顧了個把月，後來她跟我說，她生我郎君長生的時候差點沒命，只有女人才知道女人的苦。」

「可我看，女人也未必知道女人的苦，」蔣娘子吃了一口醬菜，筷子指了指對面，「妳看那孫家大郎的娘，這世上，還是她那樣的人多啊。」

「倪小娘子妳做這些事，只怕不好嫁人。」

這話並非冒犯，而是很早就擺在倪素眼前的一個事實，行醫的男子是大夫，為人所敬，行醫的女子多數來路不正，醫術參差不齊，與藥婆無異，為人所惡。

這世間之人多如孫老媼，少如蔣娘子。

「我兒時立志，豈因嫁娶而易？」倪素將碗擱到桌上，對上蔣娘子複雜的目光，她坦然而輕鬆，「我不信救人是錯，若我未來郎君覺得這是錯，那麼錯的也不是我，而是他。」

蔣娘子哪裡見過倪素這樣奇怪的小娘子，嫁娶是女子一生中最重要的大事，可很顯然，這似乎並不是她眼前這個素衣烏髮的小娘子心中最重要的大事。

在農戶家沒有每日沐浴的可能，出門在外，倪素不得不忍下在家中的那些習慣，這夜和衣而睡，總有光影透過屏風鋪來她的眼皮。

倪素睡了一覺醒來天也沒亮，她起身繞過屏風，只見桌上一燈如豆，那人卻不在。

外頭的燈籠已經滅了，倪素扶燈而出，夏夜無風，但院中槐樹卻簌簌輕響，她一手護著燭焰，走到樹蔭底下去。

倪素仰頭，濃蔭裡垂落他衣衫的袍角，他輕靠在樹幹上，大約是察覺到了光亮，睜開眼睛，他眼底少有地流露一絲茫然。

「你怎麼在樹上待著？」倪素仰望著他。

她手中捧燈，而燈影落在她的臉上。

徐鶴雪垂眼看她，並不說話。

只是這一刻，倪素忽然覺得他好像親切了那麼一點，也許是因為他手中抓了一隻蟬在玩。

倪素忽然就想與他說話，「你知不知道這隻蟬的外殼也能入藥？」

「不知。」

徐鶴雪手指按住的蟬，發不出一點聲音。

「藥稱蟬蛻，可疏散風熱，宣肺利咽，止定驚痙。」倪素信手拈來，燭焰的影子在她側臉輕晃，「我去年七八月中，還去過山中跟藥農們一起撿，才蛻下來的知了殼在陽光底下晶瑩剔透，像琥珀一樣，好看極了。」

樹上的徐鶴雪看著她片刻，卻道：「妳母親生前無惡，如今魂歸幽都，也定會有個好去處。」

他輕易看穿她夜半驚醒是因為什麼，心中又在難過什麼，為什麼會立在這片樹蔭底下與他沒話找話說。

倪素沉默了片刻，垂下眼睛，問他：「人死之後不會立即入輪迴嗎？」

「幽都有濃霧終年不散，可濯魂火，可易容顏，但這些，都需要時間。」

幽都半載，人間一月。

時間一直是遺忘的利器，幽都的濃霧可以濯洗生魂的記憶，也會慢慢改變魂魄的形容，一旦期滿，再入輪迴，那就徹徹底底的是另外一個人了。

倪素從小到大聽過很多鬼神傳聞，也看過不少志怪書籍，但那些都遠不如今夜，這個來自幽都的生魂親口與她所說的一切來得直觀而真實。

倪素又在看地上那團浮動閃爍的瑩光：「可你好像沒有忘。」

不然，他也不會與她約定去雲京找什麼舊友。

「我雖身在幽都，但並不屬於幽都。」

徐鶴雪簡短作答。

所以幽都的濃霧濯洗不了他的記憶，也未能改換他的形容。

倪素聽不太明白，但也知分寸，不欲再追問，她盯著搖晃的燭焰片刻，忽而仰頭：「不如我們現在就趕路吧。」

心中裝著母親臨終的囑託，倪素想夢見她，又怕夢見她，這後半夜再也不能安睡，她索性收拾了自己的行囊，留了字條與一些錢壓在燭臺下，提著一盞燈籠，牽起馬，悄無聲息地離開蔣娘子的家。

夜路並不好走，倪素騎馬慢行，有道生魂靜默在側，在淺淡吹拂的夜霧裡，伴她一道前行。

在馬背上晃晃悠悠，倪素早前丟失的睡意不知為何又無聲襲來，壓得眼皮有些沉，她強打起精神，晃了晃腦袋，又禁不住側眼，偷偷打量他。

他看起來年輕極了，走路的姿儀也很好看。

「那時，你幾歲？」

徐鶴雪半垂的眼睫因她忽然出聲而微抬，領會她所說的「那時」，他手提孤燈，啟唇：「十九。」

倪素吃了一驚，「十九你就……」

她的後半句話音淹沒於喉。

「是因為什麼？」

倪素想像不到，十九歲本該是最好的年紀，他又因何而英年早逝，游離於幽都。

徐鶴雪聽她問「為什麼」，他也想了片刻是為什麼，但最終，他搖頭，答：「不知。」

「你不知道自己是怎麼死的？」

燈影溶溶，鋪陳在徐鶴雪的衣袂鞋履，他逕自盯著看，聽見一側江河濤聲翻湧，他抬首看去，山如墨，水粼粼。

他不說話，倪素想了想，說：「人生之半數都還不到，你一定有很多遺憾吧？」

「時間太久，忘了很多。」徐鶴雪棲身於霧，更襯面頰蒼白，「如今只記得一件。」

「就是你在雲京的那位舊友？」

倪素看著他身上的氅衣。

徐鶴雪聞言，側過臉來對上她的視線，卻不說是與不是。

「就像我們說好的，你替我尋兄長，」倪素握著轠繩，聽見馬兒吐息的聲音便摸了摸馬鬃，又對他說：「我也會幫你找到你的舊友，盡力一圓你的憾事。」

遠山盡處隱泛白鱗，徐鶴雪靜默地審視馬背上的少女，片刻他移開眼，淡聲道：「妳不必幫我什麼，只要妳肯為我點燈就好。」

燈籠裡的燭焰熄滅，天色越見青灰，右側綠樹掩映之間這一河段靜謐許多，有一橫跨兩岸的石橋在上，牽牛的老翁慢慢悠悠地從另一頭來，斗笠往上一推，他瞇起眼睛瞧見那山道上有人騎馬走近。

馬蹄輕踏，馬背上那名年輕女子腦袋一點一點的，身體時而偏左時而偏右，老翁正瞧著，見那馬兒屁股一轉，衝到草木豐茂的溝渠旁，而馬背上打瞌睡的女子沒有防備，身子一歪眼看就要摔下來。

老翁張嘴還沒喊出聲，卻見她歪下來的身體好像被什麼一托。

老翁疑心自己錯了眼，揉了揉眼皮，見那女子在馬背上坐直身體，茫然地睜著眼。

「怪了……」

老翁嘟囔著，下了橋往河岸的小路上去放牛。

倪素才覺手中空空，垂眼看見握著韁繩的那隻手，蒼白單薄的肌膚之下，每一寸筋骨都漂亮而流暢。

她身後有個人，可她察覺不到他的鼻息，只是他的懷抱很冷，冷得像雪，好像要將她的瞌睡蟲都一股腦兒地凍死。

他忽有所覺，與她稍稍拉開些距離，道：「若是睏，就睡吧。」

倪素沒有回頭，看著原本該在她身上，此時卻掛在馬脖子上的包袱，她輕應了一聲，還沒被凍死的瞌睡蟲壓著她的眼皮，在晃晃悠悠的這一段路中，她打起瞌睡竟也算安心。

眼下正是炎熱夏季，即便是日頭不再，天已見黑，青州城內也還是熱得很，松緣客棧的掌櫃在櫃檯後頭撥弄著算盤，時不時地用汗巾擦拭額頭的細汗。

幾個跑堂的忙著在堂內點上燈籠，掌櫃的瞧見櫃檯上映出來一道影子，他一抬頭，看見個風塵僕僕的姑娘。

「小娘子可是住店？」掌櫃臉上掛笑。

「兩間房。」

倪素將錢往櫃檯上一擱。

兩間？

掌櫃伸長了脖子往她身後左右張望，也沒見有第二個人，他疑惑道：「瞧著您是一個人啊。」

倪素一怔，她險些忘了旁人並不知徐子凌的存在，她「啊」了一聲，也沒改口，「我等一個朋友，他晚些時候過來。」

掌櫃的點了點頭，「您放心，咱們客棧夜裡也有人在堂內守著的，您的朋友若來敲門，定能迎他進來。」

「多謝。」

倪素簡短地應了一聲，隨即便提裙跟著店小二上樓。

簡單向店小二要了飯菜，倪素將包袱放到床上，回身便滅了房中燈燭，又親手點燃，她一連點了五盞燈燭，果然見那道身影在燈下越發真切。

「是不是我多點一些，你在旁人眼前顯出身形的時間就越長？」倪素在桌前坐下，倒了一碗茶喝。

徐鶴雪掃了桌上的燈盞一眼，輕輕頷首：「這些足以支撐一些時間。」

他並非是不能顯身，而是招魂者為他點的香燭越多，他的身形就會越發真實，以至於與常人一般無二。

「那等你去見你那位舊友時，我給你點一屋子的燈。」倪素撐著下巴，對他道。

徐鶴雪抬眸，片刻，卻道：「其實妳不用再要一間房。」

「我不再要一間房，那你今夜在哪裡棲身？又在外面找一棵樹嗎？」

見他又不說話，倪素放下茶碗，「我豈能因你是鬼而不對你以禮相待？與我兄長有關的線索如今全在於你，請你不要推拒。」

她這樣說，不過是為了讓徐鶴雪接受她的好意。

他這樣守禮知節，生前一定不是尋常人，而孤魂棲身人世，若無片瓦遮頭，豈不更加徬徨？

畢竟，他也曾是一個活生生的人。

「多謝。」

半晌，徐鶴雪垂下眼簾。

趕了整日的路，倪素疲乏不堪，所幸客棧有人打水，她終於沐浴洗漱了一番，換了一身乾淨的衣裳，沾枕即眠。

萬籟俱寂的夜，店小二強撐著睡意在堂內守夜，有一瞬，他覺得樓上有孤光一晃，壓下去的眼皮立刻挑起來，往上一瞧，那間還沒人住進去的房內燭火明亮，樓上靜悄悄的，並無人聲。

店小二百無聊賴，想起那間房中燃的數盞燈燭還是他去替那位姑娘找來的，明明她那位朋友還沒來，也不知她為何要在那空房中點那麼多的燭火。

心裡總覺得有種說不上來的怪異，店小二懶懶地打了個哈欠，心中期盼著這夜快點熬過去，他才好回去睡上一覺。

樓上燈籠遇風搖晃，一抹極淡的霧氣順著半開的門縫潛入房中，在燈燭明亮的焰光裡，化為一個年輕男子的身形。

徐鶴雪靜默地打量房中簡潔的陳設，半晌，他在榻旁坐下，就那麼安靜地坐了一會兒，直到他輕皺起眉。

他挽起左袖，暖黃的燈火照見他肌膚慘白的手臂，完好的皮肉在他的目光注視下寸寸皸裂，形成血線般凌亂的刀傷劍痕。

殷紅的血液順著他的手腕流淌滴落，一觸地面卻轉瞬化為細碎的瑩塵，浮動，散開。

徐鶴雪放下衣袖，指骨觸摸綿軟的床被，他試探般，舒展身體，就像好多年前，他還曾作為一個人時，那樣躺下去。

房中瑩塵亂飛，又轉瞬即逝。

他閉起眼。

聽見右側窗欞外松風正響，雀鳥夜啼，還有……篤篤的敲門聲。

徐鶴雪一瞬睜眼。

他起身下榻，走過去一打開房門，便見外面立著一個睡眼惺忪的姑娘，她烏黑的長髮披散著，幾縷淺髮貼在頰邊，聽見開門聲就睜大了些眼睛，望他。

「怎麼了？」徐鶴雪出聲。

「忘了問你，你要不要沐浴？」倪素忍著哈欠沒打，眼睛卻憋出了一圈水霧。

這一段路風塵僕僕，他看起來就乾乾淨淨的，一定也很愛乾淨。

徐鶴雪一怔，沒料到她覺睡一半，起來竟是為了問他這個。

「我，」他斟酌用詞，答：「不用水。」

「不用水？那用什麼？」聽見他的回答，倪素的睡意少了一些，她毫不掩飾自己的好奇。

底下的大堂內，店小二已趴在桌上熟睡了，鼾聲如雷。

倪素輕手輕腳地下了樓，掀簾走到客棧的後院裡。

渾圓的月被簷角遮擋了大半，但銀白的月輝鋪陳院中，倪素看見徐鶴雪站在那兒，他身上沒穿那件氅衣，一身衣袍潔淨如雪。

被廊廡裡的少女注視著，徐鶴雪清寒的眸子裡流露幾分不自然的神情，他雙指稍稍一動，倪素只覺這院中的月華更如夢似幻。

照在他的身上，點滴瑩光從他的衣袂不斷飛浮出來，很淺很淡，比他地上的影子還淡。

倪素實在難以形容自己此刻看到的這一幕。

她幾乎以為自己身在夢中。

晒月亮……就可以嗎？

倪素滿目愕然，幾乎是呆呆地望著立在庭內的年輕男人，不，應該說他尚是個少年的形容，神清骨秀。

此時身在一片光怪陸離的瑩塵裡，且帶疏離，又具神性。

「你一點也不像鬼魅。」

倪素走到他的身邊，伸手觸碰點滴瑩塵，只顧仰頭，卻不知她手指相觸一粒瑩塵時，他的眼睫細微地顫動了一下。

地上那團毛茸茸的瑩光也晃動了一下尾巴。

「我覺得……」倪素仰望著飛簷之上的那片夜幕：「星星一樣。」

雲京，集天下繁華於一城，帝居壯麗，芳桂祥煙。

今日天陰，瓦子裡樂聲隱約，雲鄉河上虹橋寬闊，兩旁的攤販們顧不上吆喝，一個個地都在朝不遠處的御街上張望。

河上行船，船工們也心不在焉，都搶著往那處看。

「那穿紫袍的，便是孟相公吧？」

有人伸長了脖子，看見那堆青綠朱紅的顏色裡，那道紫色顯眼極了。

「不是孟相公還能是誰？」光著膀子的大漢擦了擦額上的汗水，「孟相公從文縣回來便正式拜了相，如今又受官家器重，卻還不忘親自來迎舊友回京。」

「哪裡還算得是舊友喲。」

一個儒衫打扮的白鬍子老頭在橋上言之鑿鑿，「當初兩人一個貶官，一個流放，就在那城門口割袍，不少人都看得真真兒的，再說，如今孟相公拜同平章事，是正經的宰執，而那位張相公呢？這一流放十四年，聽說他兒子死在了流放路上，前兩年，他的妻子也因病去了，如今他孤身一人回來，卻屈居與他恩斷義絕的故交之下，拜參知政事，是為次相，這兩人如今在一塊兒，只怕是不好相與的。」

說話間，眾人只見乾淨整潔的御街盡處，有一輛馬車駛來，那馬車破舊而逼仄，沾滿泥濘。

老馬夫驅趕著馬車近了，風拂起破了洞的簾子，隱約顯露端坐其間的一道人影。

「張相公來了。」

一名綠服官員瞧見那馬車，便露出笑臉。

而立在所有官員之前的紫袍相公年約五十餘歲，鬢邊有斑白之色，玉簪束髻，神清目明。

他靜默地看著那輛馬車停穩，馬夫扶著車中那白髮蒼蒼的老者一出來，他臉上才不由露了些詫色。

奉旨前來迎次相張敬回京的一眾官員中，也有幾個張敬早年收的學生，十四年後再見老師，幾人皆是一怔，隨即紅了眼眶。

張敬比他們印象中的模樣老得多了，後背稍顯佝僂再打不直，頭髮全白了，面容清臞又鬆弛，這幾步路走到他們前來，還要拄一根拐。

其實他也只比孟相公孟雲獻年長五歲，但如今卻是傷病加身，不良於行了。紫袍相公一見他走近，心中滋味百轉，才要張口，卻聽他道：「有勞孟相公與諸位前來相迎，張敬謝過。」

隨後張敬錯開眼，稍微一頷首，極盡疏離的態度令場面一度有些冷卻。

張敬不作停留，步履蹣跚地往前，聚在一處的官員們立即退到兩旁，他的幾位學生哭腔哽咽地連聲喚「老師」，張敬也不理。

「張相公。」

才行過禮，卻生生被忽視的一名緋服官員重新站直身體。

張敬停步，回頭，他仔細端詳了那名官員的容貌，視線定在他長在鬢邊的一顆黑子痣：「是你。」

「下官蔣先明，不想張相公還記得，實乃榮幸。」蔣先明已至中年，蓄著青黑的鬍鬚，端得一副板正的好儀態。

「如何不記得？我離開雲京時正是你蔣大人春風得意之際，十四年過去，聽說你如今已是御史中丞了？」張敬雙手撐在拐杖上。

蔣先明迎著那位老相公的目光，「張相公這話，可是還氣我當初在雍州……」

「你確定要在此提些與我不相干的往事？」

話沒說罷，張敬神色一沉，打斷他。

這一霎，場面更添劍拔弩張，御街上無有百姓，翰林院的一名學士賀童不由憤聲：「蔣大人，今日我老師回京，你為何要提及那逆臣？官家已許老師再入兩府，你當街如此，意欲何為？」

「賀學士這是何必？我只是好奇，你們這幾位張相公的學生在旁，張相公為何理也不理。」蔣先明上前兩步，聲音卻壓低了些，「還是說，在張相公眼中，原有比你們幾位，更重要的學生？」

「蔣大人這話是怎麼說的？」孟雲獻倏爾出聲，見蔣先明垂首，又笑，「張相公最討厭人哭哭啼啼的，七尺男兒當街無狀，他不理，又有什麼奇怪的？」

蔣先明聞聲，再看向被他那幾個學生護在中間的張敬，縱然華髮衰朽，依舊氣骨清傲。

片刻，蔣先明鄭重再行一禮，這一番態度忽然又鬆懈許多，帶些尊敬，「懇請張相公勿怪，只因先明多年未忘您當初離開雲京前在城門處對下官那一番痛罵，先明今日誠心來迎相公，並非有意為難，十五年了，先明承認當初任雍州知州時，對逆臣徐鶴雪所行凌遲之刑罰實為民憤，也為吾憤，確有私心所致，大齊律法無剮刑在前，我先刑罰而後奏君，的確有罪。」

「官家不是已免了蔣大人你的罪責麼？」有名官員小心搭腔，「您當日所為即是民心所向，快不必為此耿耿於懷，那逆臣叛國，若非凌遲，也該梟首。」

「可我想問張相公，」蔣先明仍躬身，「您心中，如今是怎麼想的？」

什麼怎麼想的？

孟雲獻眼底的笑意淡去許多，但他沒說話，張敬的幾個學生正要幫老師說話，卻見老師抬起手來，他們一霎噤聲。

天陰而青灰，雲鄉河畔柳樹成碧，瓦子裡的樂聲傳至御街更為隱約，張敬雙手拄拐，闊別已久的雲京清風吹動他的衣袖，「那逆臣十四歲時，便已不再是我的學生了。」

作為張敬的學生，賀童為首的幾名官員無不鬆了一口氣。

要說朝中官員最怕的，還得是這位以剛直嚴正著稱的御史中丞蔣大人，他手握彈劾之權，官家且許其以風聞言事，不必有足夠證據，哪怕只是隻言片語也能成為彈劾之詞，上奏官家案頭。

再者，誰又能保證他今日這番詰問，不是官家授意？

「下官蔣先明，敬迎張相公回京。」

話至此處，蔣先明的神情更為恭謹，他朝這位老相公再度俯身。

御街上的官員們來了又走，簇擁著當今大齊的兩府相公往禁宮的方向去，守在道旁的官兵也分為幾隊，陸陸續續地離開。

「徐子凌？」

倪素在橋上看夠了熱鬧，才轉過臉，卻見身邊的孤魂身形好似更加單薄，天色陰沉日光淺薄，而他發呆似的盯著一處。

「你看見誰了？」

倪素又回頭，御街上已經沒有什麼人影了。

清風拂煙柳，滿河波光動，這是徐鶴雪離開好多年，也忘記好多年的地方，可是他此刻再站在這裡，過往種種，又明晰如昨。

「我的老師。」他說。

那是他年少時，在永安湖謝春亭中，對他說「你若敢去，此生便不要再來見我」的老師。

「你想見他嗎？」倪素問他。

徐鶴雪不言，只是目光挪回到她的臉上，半晌卻道：「我這裡仍有妳兄長的魂火，只要我將它放出去便知妳兄長行蹤。」

這一路魂火毫無異樣，正說明倪青嵐並沒有離開雲京。

他話音才落，倪素便見他輕抬起手，也不知施了什麼術，比火星子還要散碎細小的光痕從他袖中飛出，倪素順著它們漂浮的方向轉過身，看見它們飛躍至雲京城的上空，掠入重樓瓦舍之後。

「要多久？」

倪素望著那片瓦簷。

細如銀絲的流光在徐鶴雪指尖消失，他的臉色更蒼白了些，衣袖遮掩之下的無數傷痕寸寸皸裂，殷紅的血液順著手腕淌進指縫，滴在橋上又化瑩塵，他強忍痛楚，聲線冷靜：「魂火微弱，也許要些時辰。」

倪素回頭之際，他收攏袖袍，玄黑的氅衣也看不出血跡浸潤。

「與我兄長交好的那位衍州舉子在信中提過他與我兄長之前在雲京住過的那間客棧，我們不如先去那裡？」

「好。」徐鶴雪頷首。

倪素一到慶福客棧，便照例要了兩間房，才在房中放好包袱，她便下樓與掌櫃交談。

「小娘子啊，先前的冬試是官家臨時御批的一場會試，以往可沒這先例，也是因著官家想迎孟、張二位相公回京再推新政，才辦了這冬試為新政選拔新人才，那些天不光咱們這兒住滿了舉子，其他客棧也是啊，那麼多人，我哪記得住您問的那麼一個人啊……」掌櫃被問得頭疼，連連擺手，「您要問我殿試的三甲，我還能跟您說出名姓來，只不過住在我這兒的，沒一個中的。」

倪素沒問出一點消息來，更不知她兄長之前住在這客棧的哪一間房。

天色漸暗，雲京的夜市顯露出有別於白日的另一番熱鬧，窗欞擋不住瓦舍裡的絲竹之聲，倪素卻無心欣賞雲京這番與眾不同的風情，只吃了幾口飯菜，她便擱下碗筷跑到隔壁房門前，敲了敲。

榻上的徐鶴雪睜眼，他艱難起身，啞聲：「妳進來。」

倪素聽見他的聲音推門而入，桌上燃的數盞燈燭皆是她先前為他點的，她走近，見徐鶴雪坐在榻上，披起氅衣。

「你的臉色不好。」倪素看著他，說。

「沒事。」徐鶴雪撫平衣袖，遮住手腕。

倪素在他對面的折背椅坐下，燈燭在側，她順手再點一盞，「我來是想問你，你的舊友叫什麼名字？如今芳齡幾何？」

聽清「芳齡」二字，徐鶴雪倏爾抬眸。

「倪素，我從沒說過故交是女子。」

「不是女子？」

倪素望向他，明亮的燭光裡，她依稀還能看見他衣袖邊緣的繡字，「對不住，我見你衣袖上的字跡娟秀，所以……」

她理所應當地以為那位預備寒衣給他的，應是一個女子，畢竟一般而言，是沒有男子會在寒衣上繡一個名字的。

「他有一位青梅，這繡字應當是出自她之手。」徐鶴雪說道。

「是我會錯意了。」

倪素赧然，看著榻上端坐的年輕男人，他臉色蒼白，連唇也淡得沒什麼血色，衣襟嚴整，風姿斐然。

徐鶴雪正欲說些什麼，卻見她身後那道窗欞外絲縷銀光纏裹而來，其中卻並無他白日放出去的點滴魂火。

他神色微變，本能地站起身，卻不防一陣強烈的眩暈襲來。

倪素只見他一個踉蹌，便立即上前扶他，這一相觸，倪素握著他的手腕只覺自己握住了一捧雪，冷得她一個寒顫。

但倪素沒鬆手，將他扶到榻上，「你怎麼……」

手指觸摸到冰冷且濕潤的一片，她的話音倏爾止住，垂眼才覺他藏在氅衣之下，雪白的衣袖染了殷紅的血跡，血珠順著他的手臂蜿蜒而下，弄髒了他瘦削蒼白的手，修長的指節蜷縮起來，以至於單薄的手背肌膚下青筋微鼓。

無聲昭示他此時正承受著什麼。

倪素鬆手，看著自己掌中沾染的，屬於他的血液一點點化為漂浮的細碎瑩塵，在燭火之間轉瞬即逝，倪素意識到了什麼，猛地抬眼：「你幫我找兄長，會讓你自己受傷？」

「我的傷多是生前所受，妳不必多想。」

衣袍之下肌膚緩慢皸裂，滿身的刀傷劍痕洇濕他的衣衫。

他沒有血肉之軀，身上的傷與所流的血，其實都是魂體受損的具象表現，像一個活生生的人一樣帶著滿身傷口，淌出殷紅血液，但其實那血液，是他減損的魂火。

只要他在陽世動用術法，那麼不論他生前還是死後所受之傷，都將成為嚴懲他的刑罰。

「可是你幫我，的確會讓自己很痛苦。」縱然他常是一副病弱之態，但倪素也能分得清他此時比之以往又是何種情形。

難怪，從虹橋之上到此間客棧，他行走有些緩慢。

「我雖通醫術，卻於你無用，」倪素蹲下去，望著他，「你告訴我，我要怎麼樣才能幫你？」

徐鶴雪垂著眼簾，看倪素趴在他的床沿，她身後數盞燈燭同燃，明亮暖融的光線為她的髮髻鑲上一層淺金的茸邊。

「勞煩再點一盞燈。」他說。

「好。」倪素聞聲立即起身，回到桌前再添一盞燈燭，她放穩燭臺回頭，見徐鶴雪緩緩坐起身。

他又在看窗外。

倪素順著他的視線轉身，窗欞畔，絲線般的銀光纏繞著一粒魂火。

「倪素。」身後傳來他虛弱的聲音：「找到了。」

雲京夜落小雨，不減夜市風光，氈棚底下多的是消夜閒談之人，臨河的瓦舍裡燈火通明，層層燈影搖落雲鄉河上，掛燈的夜船慢慢悠悠地從橋洞底下穿過。

街市上人太多，何況天子腳下，本不許騎馬夜馳，倪素在人群裡疾奔，綿軟如絲的小雨輕拂她的面頰，多少雙陌生的眼睛在她身上短暫停留，她渾然不覺，只知道跟著那一粒旁人看不見的魂火跑。

雲京城門猶如伏在晦暗光線裡的山廓，倪素眼睜睜看著那粒魂火掠過城牆，她倏爾停步，看向那道緊閉的城門前，身姿筆挺，盔甲冷硬的守城軍。

一陣清風吹斜了雨絲，天邊悶雷湧動，倪素只覺被一隻手攬住腰身，她抬頭望見一個人的側臉。

又濃又長的睫毛在他的眼瞼底下留了片漂亮的影子，倪素手中提燈，頃刻乘風而起，隨著他悄無聲息地掠去城牆之上。

燈影在頭頂輕輕一晃，城門處與城樓上的守城軍幾乎是同時抬頭，卻只見夜幕之間，雨霧越濃。

風雨迎面，倪素看見其中夾雜瑩塵浮動，立即去拉他的衣袖：「我們快下去。」

哪知話音才落，徐鶴雪便脫了力似的，失去支撐，與她一齊墜向林梢之下。

雨聲沙沙的，預想的疼痛沒有來，倪素睜眼，最先看見玄黑銀鶴紋的衣袂，她躺在一個人的懷裡。

那是比打在她臉頰的雨要冷百倍的懷抱。

「徐子淩，你怎麼樣？」倪素立即起身。

徐鶴雪搖頭，骨節修長的手指一抬，倪素順著他所指的方向，發現了那粒漂浮的魂火。

「我兄長怎麼會在雲京城外？」

倪素心中越發不安，也更覺怪異。

「跟著它就知道了。」

徐鶴雪扶著樹幹起身，松枝上的雨水滴下來，淌過他的指節。

燈籠裡最後一點焰光被雨水澆熄，倪素本能地抬頭去看他的眼睛，果然，漆黑又空洞。

倪素伸手，卻又忽然停住，「我牽著你吧？」

徐鶴雪循著她聲音所在的地方側過臉，就好像在看著她一樣，雨絲拂來，伸出手，「多謝。」

倪素看著他伸來的手，毫不猶豫地握住。

雨水順著兩人的指縫滴落，倪素扶著他跟著那粒魂火往前，雖無燈籠照明，但徐鶴雪身上浮出的瑩塵卻如淡月輕籠，令她足以勉強視物。

山間雨勢更盛，悶雷轟然炸響。

殘破的佛廟裡，靠著牆根安睡的小乞丐猛地驚醒，眼下雖是孟秋，時節仍熱，但乞丐在睡夢裡被雨淋濕了破舊的衣裳，此刻醒來不免打一個寒顫。

廟裡也不知誰點上了蠟燭，那麼小半截燃著，小乞丐仰頭，雨水順著破碎的瓦縫滴到他的臉上。

窸窣的響動傳來，小乞丐聞聲望去，看見他的爺爺正舉著半截殘蠟在佛像那兒細細地看。

「爺爺，您在看什麼？」

小乞丐抹了一把臉上的雨水。

頭髮花白的老乞丐探頭，朝他招手：「小子，你來看這菩薩的後背。」

小乞丐不明所以，從草堆裡爬起來，雨水順著破瓦縫四處亂灌，弄得地上又濕又滑，他腳上沒鞋穿，小心翼翼地踩水過去，嘟嘟囔囔：「山裡的菩薩，都是咱們這樣窮狠了的人用泥塑的，有什麼好看……」

話還沒說罷，小乞丐聽到一陣越來越近的步履聲，爺孫兩個一下回頭，只見雨霧茫茫的山廟門外閃電驚芒，照亮一名女子的形容。

她梅子青的羅裙沾了泥水，雨珠順著她鬢邊的幾綹淺髮滴答，她的視線最先落在廟中那對乞丐爺孫身上，但又很快挪開，她提裙進門，四下張望。

爺孫兩個的視線也不由追隨著她。

老乞丐不防被蠟油燙了手，他「嘶」了一聲，見那女子又朝他看來，他摸不著頭腦，問：「小娘子，妳這是做什麼呢？」

山野佛廟，夜雨聲聲，冷不丁遇著個年輕女子，老乞丐心中甚怪。

「您何時在此的？可有遇見一個年輕男子？」

倪素鞋履濕透，踩水聲重。

「這又不是什麼好待的地方，除了咱們爺孫，誰會到這雨也避不起的地方來？」小乞丐先開了口。

這的確是個雨也避不起的地方。

四面漏風，潮濕積水。

可是倪素是追著那一粒魂火而來的，若她的兄長倪青嵐不在這裡，那魂火又為何會游離至此？

電閃雷鳴，短暫照徹破簷之下，閃電冷光與老乞丐小心相護的燭焰暖光相撞，倪素又看見那一粒魂火。

她的視線追隨著它，快步走到那一尊泥塑菩薩身後。

魂火消失了。

雨水擊打殘瓦，淅淅瀝瀝。

倪素匆忙張望，可這間佛廟就這麼大，除了殘垣就是破窗，冷光斜斜一道落來她的臉上，倪素渾身僵冷，猛地回頭。

光影如刀割在菩薩彩繪斑駁的肩頸。

而它寬闊的脊背泥色與其他地方並不相同，像是水分未乾的新泥。

乞丐爺孫兩個面面相覷，正茫然之際，卻見那姑娘忽然搬起地上的磚石用力地朝菩薩的後背砸去。

「妳這是做什麼？可不敢對菩薩不敬啊！」老乞丐嚇得丟了殘蠟。

倪素充耳不聞，只顧奮力地砸。

煙塵嗆得她忍不住咳嗽，磚石倏爾砸破菩薩的整片脊背，一塊塊泥皮掉落下來，那老乞丐忽然失聲：「菩薩裡頭居然是空……」

這一剎那，裡頭不知是什麼被黑布纏得嚴嚴實實，重重地砸在地面，也砸沒了老乞丐的後半句話。

潮濕的雨水裡，腐臭的味道越發明顯。

閃電頻來，小乞丐定睛一看，黑布底下露出半腐不腐的一隻手，他嚇得瞪大雙眼，驚聲大叫。

老乞丐忙捂住孫兒的眼睛，回頭卻見那個臉色煞白的姑娘竟朝前兩步，俯身，伸出手。

她的手止不住地發顫。

停在半空片刻，倏爾手指蜷緊一個用力將那黑布徹底掀開。

雷聲滾滾，大雨如瀑。

老乞丐只一瞧便即刻轉身，幾欲乾嘔。

地上的屍骸面目全非，但倪素認得他髮髻間的銀簪，認得他身上的衣裳是母親在他臨行前親手縫製。

大腦轟鳴，倪素嘴唇微張，顫抖得厲害，根本發不出一點聲音。

乞丐爺孫兩個嚇得不輕，眼下也顧不得什麼雨不雨的，兩人一前一後的，匆忙跑出廟門。

夜雨聲重，四下淋漓。

倪素雙膝一軟，跪倒在地。

「兄長……」

眼淚如簌跌出，倪素雙手撐在泥水裡，「兄長……」

扶著門框慢慢摸索朝前的徐鶴雪身影很淡，淡到方才從他身邊跑過的那對乞丐爺孫根本沒有發覺他的存在。

「倪素？」他輕聲喚。

廟中尚有一盞殘燭在燃，可那光亮不屬於他，他的眼前漆黑一片，聽不到倪素回應，卻聽她嗚咽聲重，模模糊糊地喚著「兄長」兩字。

夜雨交織她無助的哭喊，徐鶴雪循聲而摸索往前，一點一點地挪動到她的身邊。

他試探著伸手，逐漸往下，耐心地摸索，直至觸碰到她的肩背，沾了滿手雨露。

她渾身都濕透了。

徐鶴雪觸摸繫帶，解下自己身上玄黑的氅衣，沉默俯身，輕輕披在她的身上。

第三章　菩薩蠻

「那清源山上的泥菩薩廟已經荒廢了十幾年了，誰曉得那菩薩裡頭怎麼封著一具屍體……」

光寧府衙議事廳內，楊府判緋服而坐，肩頭還殘留雨水的深痕，他用汗巾擦拭起桃子的絨毛，想起自己天不亮在停屍房中見過的那具屍體一霎又沒了胃口，將桃子擱下轉而端起茶碗：「聽說砸開菩薩後背，發現那舉子屍體的，正是該舉子的親妹。」

「親妹？」

靠在折背椅上的陶府判正有一搭沒一搭地捶打官袍底下的風濕腿，聽了這話不由坐正了些，「荒郊野廟，她一個弱女子如何知道自家哥哥被封在那尊泥菩薩像中？」

連在廟中棲身的那對乞丐爺孫都不知道，何以她能找到那兒去，又知道屍體就在裡頭？

「聽她說，是兄長託夢。」一名推官恭敬添言。

「託夢？」陶府判吃了一驚，手中的茶碗也擱到一旁，「這算什麼說辭？不可理喻！」

「現如今，那女子人在何處？」

楊府判被汗巾上的桃子毛刺了手，有些不大舒服地皺起眉。

「正在司錄司獄中，早前那乞丐爺孫兩個跑來報官便驚動了尹正大人，尹正大人的意思是她所言實在不足以解釋她為何會出現在那泥菩薩廟中的事，故而尹正大人讓田啟忠先將其帶進司錄司審問一番。」推官繼續說道。

「如此，豈不是要先來一番殺威棒？」陶府判一聽，與那楊府判相視一眼，他捋了捋白鬚，「這案子，甚怪啊……」

議事廳這廂說起的田啟忠，正是光寧府中的另一名推官，此刻陰雨綿綿，他正在司錄司獄中審案。

「倪小娘子，妳如今還堅持妳那番託夢的說辭麼？」

田啟忠面無表情，端坐書案後，審視著春凳上伏趴的那名年輕女子。

衣裙上鮮血濡濕，她滿鬢冷汗，幾綹淺髮貼在頰邊，一張臉慘白如紙，渾身都在不自覺地顫抖。

「是。」倪素一手撐在春凳上，氣音低弱。

「子不語怪力亂神。」田啟忠緊皺眉頭，厲聲呵斥，「妳這小女子，還不快快招實？」

只見他一個眼色，一旁的皂隸舉起水火棍重打下去，倪素慘叫出聲，渾身顫抖得更厲害，暗黃燈影裡，倪素半張臉抵在凳面上，汗濕的亂髮底下，一截白皙的後頸纖細而脆弱。

刑杖之痛，絕不會麻木，只會一杖比一杖更痛。

「大人不信鬼神，身上又為何帶一道辟邪黃符？」她努力出聲。

田啟忠神情一滯，不由觸摸自己的腰側，他這件綠官服下，的確綁著一道折角的黃符。

那是家中老母親特地求來給他隨身帶的，縱然他不信那些，也不好辜負母親的心意。

可黃符藏在官服底下，這女子又是如何知道的？

「我說過，我在夢中夢到那間泥菩薩廟，也夢到自己砸開菩薩的後背，」倪素艱難呼吸，一字一句，「我甚至夢到大人您，雨天路滑，您的黃符掉在了山徑上，然後是您身邊的皂隸幫您撿起……」

她越說，田啟忠的臉色就越發不對。

「哎呀田大人，她怎麼會知道……」站在田啟忠旁邊的一名皂隸驚愕捂嘴。

今晨西城門才開，那對乞丐爺孫跑到光寧府報官，田啟忠便帶著人往清源山上的那間泥菩薩廟裡去。

廟中一具腐屍，再就是跪坐在屍體旁的這個年輕女子。

田啟忠先令人將她押解，自己則與幾名皂隸跟在後頭慢行，他分明記得自己身上這道黃符掉落時，這女子已被押著去了山徑底下，不可能看見他身上掉了什麼東西。

可如此一來，此事就更加詭異了。

難道……還真有託夢一說？田啟忠摸著衣袍底下黃符的稜角，驚疑不定。

「大人，她暈過去了。」

立在春凳旁的皂隸忽然出聲，打斷了田啟忠的沉思。

田啟忠抬眼一看，果然已經不省人事，可她以荒誕言論應對光寧府審問，按照章程，是無論如何也該先給一頓殺威棒，才好教她不敢藐視光寧府。

可她一弱女子，不但生生捱過這頓殺威棒，且仍不改其說辭。

「找個醫工來，」田啟忠話說一半，又惦記其是個女子，便指著近旁的皂隸道：「再讓你媳婦兒來幫個忙，替她上藥。」

「是。」那皂隸忙點頭。

倪素昏昏沉沉，偶爾聽到一些刻意壓低的人聲，又感覺到有人解開她的衣裙，一點一點地揭下與皮肉黏連的衣料，那種痛，痛得她想叫喊卻又頭腦昏沉，掀不開眼皮。

藥香是最能令她心安的味道，她下意識地辨別其中有哪幾味藥，思緒又逐漸混沌起來，也不知過了多久，她勉強半睜起眼。

晦暗牢獄裡，哪有半點人聲。

但是有一個人乾乾淨淨地立在那兒，因為牢獄遮蔽了天光，而獄中的燈於他無用，他那雙眼睛是暗淡的，沒有神采的。

也許是聽見她不同於昏睡時的吸氣聲，徐鶴雪敏銳地朝她這處望過來，他看不見她，卻聽見她在輕微地啜泣。

他摸索著，慢慢地走到她的床前，蹲下去。

「徐子凌？」

「嗯。」

倪素眼眶濕潤，又想說些什麼，才出聲，卻禁不住咳嗽起來。

徐鶴雪沉默片刻，道：「我本可以……」

「我們說好的，」倪素打斷他，半睜的眼睛並不能將他的面容看得清楚，「你已經幫我找到了兄長，可我還沒來得及幫你。」

「即便沒有那對乞丐爺孫，我也是要報官的，可如此一來，我要如何解釋我為什麼知道兄長在泥菩薩廟？他們都查得出我是昨日才到雲京，我有什麼手段，什麼人脈可以助我查清一個失蹤幾月的人就在清源山上那座無人問津的破廟裡？」

她慢慢搖頭，「既都說不通，那就說不通吧，但若你再用你的術法幫我逃脫這頓打，那到時候，不是你被發現，就是我被當作妖怪處置了。」

「反正他們既知我是昨日才來雲京，那麼害死我兄長的凶手，也就絕不可能是我，我一個雀縣來的孤女，無權無勢，且無時間與動機謀害我的兄長，他們無論如何，也不能以我結案。」

在泥菩薩廟裡，在兄長腐化的屍體旁，倪素已經想清楚了這些事。

那田啟忠身上的黃符其實也是她所想的一環，看見黃符的不是她，而是徐鶴雪，她提及田啟忠的黃符，也不過是為了印證自己這番「冤者託夢」的言辭。

倪素疼得神思模糊，她更看不清面前的年輕男人，淚珠壓著眼睫，她很快又昏睡過去。

牢內靜悄悄的，徐鶴雪再沒聽見她的聲音。

細雨如絲，光寧府司錄司正門之外對著長巷，穿過巷子口，便是一條熱鬧街市，留著八字鬍的窮秀才在牆根底下支了個攤，這一上午也沒等來一個代寫文書的活計。

他百無聊賴，正嘆了口氣，卻覺一陣清風拂面，他微抬眼皮，只見攤子前不知何時多了一個人。

此人冪笠遮面，身上還穿了一件獸毛領子的冬衣，老秀才心頭怪得很，卻聽冪笠之下，傳來一道淩冽平靜的聲音：「請代我寫一封手書。」

「啊？」

老秀才瞧見那人蒼白的手指將一粒碎銀放在他的攤上，他反應過來，忙道：「好好好，公子想寫什麼，只管說來就是。」

老秀才匆忙磨墨，匆忙落筆，可是越寫，他就越是心驚，忍不住道：「公子，您這手書是要送去哪兒的？」

年輕公子不答，他也就不敢再問，吹乾了墨就遞上去。

人已走出老遠，老秀才還禁不住張望，瞧見那年輕公子在路旁蹲下去與一孩童似乎說了幾句話，那孩童便接了他手中的書信蹦蹦跳跳地跑了。

光寧府司錄司幾道街巷之外左邊的地乾門內，便是夤夜司所在。

夤夜司中，夤夜司使尊韓清正聽底下親從官奏報。

「昨日官家將張相公原來的府邸歸還於他，張相公回府以後，親自收拾了家中的雜物，在院子裡燒了。」

「雜物？」

韓清是個宦官，年約三十餘歲，眉目肅正，聲音清潤，聽不出什麼尖細的調子。

「回使尊，二十年前逆臣徐鶴雪進士及第之時，他曾贈張相公一幅親手所畫的〈江雪獨釣圖〉，其時，張相公讚不絕口，並在畫上題詩，其詩也曾流傳一時。」那親從官恭謹答道。

「你是說，張相公將那幅圖燒了？」韓清端著茶碗，將飲不飲。

「是，親手燒的。」

親從官說罷，見使尊遲遲不語，也不知在想些什麼，他便小心翼翼地又道：「使尊，如此您也好就此事，向官家回話了。」

簷外雨露沙沙，韓清手中的茶碗久久沒放下。

「使尊。」一名親從官匆匆進來，忙行禮道：「咱們正門外來了個孩童，說有人讓他將這封手書交給您。」

韓清瞥了一眼，令身旁之人去取來。

韓清放下茶碗，展開信箋來打眼一瞧，他的眉頭輕皺起來，視線來回在紙上流連，隨即抬首：「那孩童在何處？」

那親從官立即出去將那小孩帶來，韓清身邊的人連著上去問了幾番，也只從那小孩口中得知，是一個年輕男人讓他送的信。

「光寧府那邊，今日是否有人報官？死的可是雀縣來的舉子？屍體是在西城門外的清源山上被發現的？」韓清又問幾名親從官。

「好像是有這麼一回事。」

有個才上值的親從官家住得離光寧府那邊近些，來前聽家裡人說了幾嘴，「聽說那舉子的屍體被封在那尊泥菩薩裡。」

死了個舉子，還是來雲京參加冬試的舉子。

韓清垂眼，寫此封手書之人是篤定他一定會管與冬試有關的這樁事，可此人究竟是誰？

韓清的視線停在紙上「倪素」兩字，「死者的妹妹倪素，如今可在光寧府司錄司？」

「聽聞那女子滿口荒誕之言，如今應該在司錄司中受殺威棒。」那親從官答。

韓清揉了手書，正色道：「你們幾個帶著我的印信，快去司錄司將人提到我夤夜司來。」

數名親從官魚貫而出，冒著綿綿細雨疾奔出去。

他們沒一個人看見立在簷下的一道頎長身影。

離開倪素身邊太遠，徐鶴雪便要承受更重的痛楚，倪素昨日為他點的燈盞，全用在這一路來消耗。

他的魂體越發的淡。

點滴瑩塵淹沒在雨霧之中，徐鶴雪一手扶柱，滿身的傷口又在撕裂，他疼得恍惚，往前兩步，卻又倏爾停駐，回過頭，他看見在廳中出神的宦官。

他並不記得這個人的樣子。

因為他當初離開雲京時，此人不過才十一二歲。

徐鶴雪轉身，清臞的身形融入雨霧裡。

可腦海裡，卻總有些人聲在盤旋——

「張相公親自收拾了雜物，在院子裡燒了。」

「親手燒的。」

徐鶴雪不禁抬首，青灰朦朧的天色裡，簷上垂脊，鴟吻如栩，恰似當年春風得意馬蹄疾，他在老師府中敬聽教誨。

「子凌，盼爾高飛，不墜其志。」

老師滿含期許之言，猶在耳側。

司錄司外煙雨正濃，獄中返潮更甚，倪素瑟縮在簡陋木床上，冷不丁的鎖鏈碰撞一響，刺得她眼皮微動。

嶙峋牆壁上映出一道影子，輕微的步履聲臨近，牆上黑影更成了張牙舞爪的一團，很快籠罩過來。

一隻手猛地扣住倪素的後頸，倪素一剎那驚醒，卻被身後之人緊捂住了嘴，她的嗓子本是啞的，身上也沒力氣，她奮力掙扎也無濟於事，只見那人在她身後騰出一隻手來，用繩子一下子繞到她的頸間。

頃刻，繩索收緊，倪素瞪大雙眼，她幾近窒息，原本煞白的臉色漲紅許多，她仰著頭，看見一雙凶悍陰沉的眼。

男人作獄卒打扮，仗著她受了刑杖只能伏趴在床上，便一膝抵在她的後背，一手捂著她的嘴，另一隻手用力拉扯繩索。

倪素的臉色越發漲紅，像是有一塊大石不斷擠壓著她的心肺，男人見她越發掙扎不得，眼底正有幾分陰狠的自得，他手上正欲更用力，卻猛地吃痛一聲。

倪素咬著他的手指，她此時已不知自己究竟用了多大的力道，唇齒都是麻的，她只顧收緊齒關。

十指連心，男人痛得厲害也不敢高呼，他鬍子拉碴的臉上更添戾色，更用力地拉拽繩索，迫使伏趴的倪素不得已隨之而後仰。

纖細的脖頸像是要被頃刻折斷，胸腔裡窒息的痛處更加強烈，倪素再咬不住男人的手。

男人正欲用雙手將其脖頸勒得更緊，卻覺身後有一陣凜風忽來，吹得獄中燈火亂晃，可這幽深牢獄裡，窗都沒有，又怎會有這般寒風？

男人後脊骨發涼，才要回頭，卻不知被什麼擊中了後頸，頸骨脆響，他來不及呼痛，便重重倒下去。

頸間驟然鬆懈，倪素禁不住大口大口地喘息，又一陣猛咳，眼皮再抬不起來，她只感覺有一隻冰涼的手輕撫了一下她的後背，又喚了聲「倪素」。

木床上的姑娘連咳也不咳了，徐鶴雪摸索著去探她的鼻息，溫熱的氣息拂過他沒有溫度的指節，竟有輕微癢意。

「她是受了殺威棒，但田大人也找了醫工，還叫了人替她上藥……」值房內的獄卒領著夤夜司的幾位親從官過來，正說著話，不經意抬頭一瞧，卻傻眼了，「這、這怎麼回事？」

本該綁在牢門上的鐵鍊銅鎖竟都在地上。

夤夜司的親從官們個個色變，反應比獄卒更快，快步過去，踢開牢門，牢頭和幾個獄卒也忙跟著進去。

他們並無一人能看見徐鶴雪的身影。

一名親從官試探了床上那女子的鼻息，見他們進來，便回過頭來，指著地上昏迷的男人：「認識他嗎？」

「認、認識，錢三兒嘛……」一名獄卒結結巴巴地答。

那親從官面無表情，與其他幾人道：「咱們快將此女帶回夤夜司。」

隨即，他又對那牢頭與幾名獄卒說：「此獄卒有害人之嫌，我等一併帶回夤夜司，之後自有文書送到光寧府尹正大人手中。」

牢頭嚇得不輕，哪敢說個不字，只管點頭。

倪素在睡夢中只覺自己的喉嚨好似火燒，又乾又痛，她神思混沌，夢裡全是清源山上的那座泥菩薩廟。

她夢見那尊泥菩薩後背殘破，露出來空空的內裡，猶如螢蟲般的魂火密密麻麻地附著其中，慢慢地在她眼前拼湊成兄長的模樣。

倪素猛地睜眼，劇烈喘息。

此時她才發現自己好像又到了一個全然陌生的地方，零星幾盞燈嵌在平整的磚牆之上，精鐵所製的牢門之外便是一個四方的水池，其中支著木架與鐵索，池壁有不少陳舊斑駁的紅痕，空氣中似乎還隱約瀰漫血腥的味道。

一碗水忽然遞到她的面前，倪素本能地瑟縮了一下，抬頭卻對上一雙空洞無神的眼。

徐鶴雪沒聽見她說話，也感覺不到她觸碰瓷碗，便開口道：「喝一些，會好受許多。」

在她昏迷的這幾個時辰，他就捧著這一碗水一直坐著。

倪素口中還有鐵鏽似的血味，是她咬住那個男人的手指時沾的，她不說話，順從地抵著碗沿喝了一口，又吐掉。

血味沖淡許多，她才又抿了幾口水，這已然很費力氣，待徐鶴雪將碗挪開，她又將臉頰抵在床上，啞著聲音問：「這是哪兒？」

「夤夜司。」

徐鶴雪摸索著將碗擱到一旁，「比起光寧府的司錄司，夤夜司於妳要安全許多。」

覔夜司受命於天子，掌宮城管鑰、木契，督察百官，刺探情報，不受其他管束。

「你做了什麼？」倪素乾裂的嘴唇翕動，聲音低弱。

「我請人代寫了一封手書，將妳的事告知給覔夜司的使尊韓清，官家再推新政，冬試便是他的第一道詔令，妳兄長是參與冬試的舉子，覔夜司聞風便動，絕不會輕放此事。」

其中還有些隱情，譬如覔夜司使尊韓清舊時曾受當朝宰執孟雲獻恩惠，此人應是心向於孟，而孟雲獻這番拜相，第一把火還不曾燒。

既還不曾燒，那麼不如便從冬試開始。

「只是不料這麼快便有人對妳下手。」

徐鶴雪之所以冒險送手書給覔夜司，便是擔心藏屍之人一旦得知事情敗露，會對倪素痛下殺手以絕後患。

比起光寧府司錄司，覔夜司才是鐵桶一般，外面人的手輕易伸不進來。

「能這樣快收到消息的，一定不是普通人。」光寧府推官田啟忠帶人將兄長的屍體與她帶回城內時天色尚早，也只有靠近光寧府的少數人看見，能在官府裡聽到消息並且知道她在司錄司中，又如此迅速地買通獄卒來殺她，怎麼看，也不是普通人能夠有的手段。

她沙啞的嗓音透露幾分頹喪哀慟，「若按他們所說的時間推算，我兄長被害時，我與你正在半途。」

徐鶴雪靜默半晌，才道：「一旦夤夜司插手此事，自會有人讓其水落石出。」

「會嗎？」倪素恍惚。

「那妳可要放棄？」徐鶴雪什麼也看不見，只能循著她的方向，「妳若真要放棄，在光寧府司錄司獄中，妳就不會花錢請獄卒去太尉府送信了。」

倪素沒說話。

她讓獄卒送去太尉府的那封信其實是岑氏親手所寫，當年南邊流寇作亂，倪素的祖父救過澤州知州的命，那位知州姓蔡，他的孫女蔡氏如今正是太尉府二公子的正妻。

岑氏寫這封信提及這段舊事，也不過是想讓倪素在雲京有個投奔之處。

「妳哪裡有錢請人代寫手書？」倪素忽然出聲。

「用了妳的。等妳從夤夜司出去，我再還給妳。」

「你離世十幾年，在雲京還有可用的銀錢嗎？」

倪素咳嗽了幾聲，嗓子像被刀子割過似的。

「我也有位兄長，他年長我許多，在家中受嫂嫂管束，常有身上不得銀錢用的時候，」徐鶴雪主動提及自己的生前事，本是為安撫她此時的難受，但好些記憶盤旋而來，他清冷的面容上也難掩一絲感懷，「我那時年幼，生怕將來與兄長一般娶一個潑辣夫人，不許我買糖糕吃，我便藏了一些錢埋在一棵歪脖子樹下。」

倪素身上疼得厲害，神思有些遲緩，卻也能察覺得到，這道孤魂正以這樣的方式安撫她的不堪，她眼眶裡還有些因疼痛而濕潤的淚意，扯了扯唇：「你喜歡糖糕啊？」

徐鶴雪想了想，說：「我已經不記得它的滋味了。」

倪素「嗯」了一聲，這獄中燈燭暗淡，她望著他：「你是為我去請人寫手書的，我怎麼可能讓你還我。」

「等我出去了，我請你吃糖糕。」

「諸位辛苦，加祿這一項還需再議，加多少，如何加，咱們這裡明日就得拿出個章程，後日奏對，也好教官家知道。」

政事堂內，眉濃目清的紫袍相公在上首端坐，「今日便到這兒吧。」

堂候官趕緊收撿案上的策論，到一旁去整理擺放。

天不亮趕著早朝進宮，又在政事堂裡議事到天黑，聽見孟相公這一聲，數名官員如釋重負，起身打揖。

坐在孟雲獻身邊的張敬很沉默，一手撐著拐，將餘下的一篇財策看了，抬起頭見堂內的官員走得差不多了，他也不說話，拄拐起身。

「到我家去，今晚我夫人要弄飯，咱們一塊兒吃。」

孟雲獻與身邊人說了兩句話，回頭見翰林學士賀童要扶著他老師出去，孟雲獻便笑著走過去。

「我吃慣了粗茶淡飯，就不麻煩你孟大人了。」

張敬隨口扔下一句便要走，豈料孟雲獻也幾步跟到了門口，絲毫不管自己是不是熱臉貼冷屁股，「那我到你家吃去？粗茶淡飯我也慣。」

張敬一頓，他轉頭，對上孟雲獻那張笑臉，片刻，他冷聲：「你孟相公當初不是最喜歡整頓吏治麼？怎麼這回反倒開始梳理財政了？」

說罷，張敬便由學生賀童扶著，目不斜視地走出去。

簷外煙雨朦朧，孟雲獻站在門檻處，看著賀童為張敬撐開傘，又扶著步履蹣跚的他朝階下去。

「您這是何必。」中書舍人裴知遠走到孟雲獻身旁，雙手交握，「張相公如今哪還肯給您好臉色，您怎麼還喜笑顏開的。」

「當初是我三顧茅廬，日日去他家裡頭吃飯，才說服他與我共推新政，我與他分別這十四年，我還想他心中是否萬分後悔當初與我一道做的事。」

「可你方才也看見了，他是嫌我這趟回來，弄得不痛不癢，沒從前痛快，覺得我折了骨頭，開始討好逢迎。」

孟雲獻仰望雨霧。

「您沒有嗎？」

裴知遠拂去衣袖上沾惹的雨珠。

孟雲獻聞聲，轉頭對上裴知遠的目光，隨即與其相視一笑，他伸手示意不遠處的宦官拿傘來，慢悠悠道：「當然有。」

時隔十四年再回雲京，無數雙眼睛都緊盯著孟雲獻，跟烏眼雞似的，警惕極了，生怕此人再像十四年前那般鋒芒太露，一朝拜相便亟不可待地觸碰他們的利益。

可誰也沒料到，他這一回來，最先提的，竟是「厚祿養廉」的新策。

這哪裡是整頓，分明是迎合。

「那當初反對您反對得最厲害的諫官李大人，近來看您也眉清目秀的。」裴知遠這個碎嘴不著四六，就差手裡握把瓜子了。

「多好，顯得咱們朝中同僚親近，官家也能少聽些他們罵我的話。」

孟雲獻取來宦官手中的傘，自個兒撐了，往雨幕裡去。

回到家中，孟雲獻接來女婢遞的茶，見夫人姜氏還在朝庭外張望，便笑著搖頭：「夫人，張敬不肯來，只能咱們自個兒吃了。」

姜氏細眉微蹙，回過頭來用帕子擦了擦他身上的雨水，「你也是活該，當初在那謝春亭中你就說了他不愛聽的話，生生地讓他放跑了自個兒的好學生，好好一個少年英才，非要跑到邊關沙場裡頭去做武夫……」

「夫人忘了，我原也出身行伍。」

姜氏輕哼一聲，睇他，「是了，你原也是個武夫，可咱大齊的武夫要是得用，你怎麼一門心思扎到文官海裡了？」

孟雲獻正欲說些什麼，卻聽下人來報：「老爺，有客來了。」

老管家不提名姓，但孟雲獻卻已知來人是誰，他脫了官服交給姜氏，披上一件外衫，道：「在書房？」

「是。」老管家垂首。

孟雲獻才到書房，便見一身常服打扮的韓清捧著茶碗坐在折背椅上正出神，他走進去：「你怎麼得空來我這兒？」

「孟相公。」

韓清立即擱下茶碗起身相迎，「相公回京不久，韓清本不該在此時來這一趟，但咱家私以為，孟相公等的機會到了。」

「哦？」孟雲獻坐到韓清旁邊，示意他也坐下，「說來聽聽。」

韓清依言坐下，隨即將懷中的那封手書取出，遞給他：「相公請看。」

孟雲獻伸手接來，靠近燭火逐字逐句地瞧。

「這倪素既是死者的親妹，怎會被關去光寧府司錄司中？」

「她給光寧府的說辭是冤者託夢，所以她才找到清源山上去，光寧府的尹正大人以為此女言行荒誕，故押解至司錄司，受殺威棒。」韓清如實說道。

「冤者託夢？」孟雲獻不由失笑，「此女如今可在你夤夜司？」

「是。」韓清點頭。

孟雲獻沉吟片刻，將那封手書收起，神清氣爽：「你所言不錯，這冬試舉子倪青嵐正是我等的機會。」

夤夜司聽不見外頭的雨露霏霏，夜裡上值的親從官在刑池對面的值房裡用飯說笑，也有人給昏睡的倪素送了飯來，就放在桌上。

可她起不來，也沒有應。

「那小娘子起不了身，只怕也不好用飯啊……」送飯的親從官回到值房內，與同僚說話。

「怎麼？你小子想去餵給她吃？」

有人打趣，「或是替她請個什麼僕婦女使的？」

「咱們使尊可還沒審過她，我這不是怕她死了麼？」那親從官捧起花生殼朝貧嘴的同僚打去。

「等使尊過來，咱們再請示一下，替她找個醫工瞧瞧。」

值房裡毫不收斂的說話聲隱約傳來，倪素遲緩地睜開眼，看見陰暗牢獄內，那個年輕男人正在桌邊耐心摸索。

倪素看著他雙手觸碰到放在桌上的瓷碗，他頓了一下，又摸到碗上的湯匙，隨即慢吞吞地，一步步憑著感覺往她這邊走過來。

「倪素。」徐鶴雪不知道她已經醒了，在床沿坐下，喚她。

「嗯。」倪素應了一聲。

徐鶴雪聽見她這樣快應聲，便又道：「妳這一日都沒用過飯。」

他捏著湯匙，舀了一勺粥，慢慢往前。

「左一點。」

倪素看著他偏離方向的手，嗓音虛弱又沙啞。

徐鶴雪依言往左了一些。

「再往前一點。」

徐鶴雪又試探著往前了些。

倪素的唇碰到湯匙裡的熱粥，她堪堪張嘴吃下去，可是看著徐鶴雪，她總覺得他的身形淡了許多。

細微的瑩塵浮動。

她沒有多少力氣的手勉強拉拽他的衣袖。

徐鶴雪看不見，不防她忽然的舉動，衣袖後褪了些，濕潤的血跡，猙獰皸裂的傷口，縱橫交錯。

此時此刻，倪素方才想起，他如果擅自離開她的身邊，應該也是會受苦的。

即便如此，他還是去請人寫了手書。

倪素望了燈火明亮的值房口一眼，忍著劇痛直起身，烏黑的鬢髮早已被冷汗濕透，她的臉色十分慘白，一手抵在鐵欄杆上，重重地敲擊牢門的銅鎖：「來人，快來人！」

她高聲呼喊更扯得嗓子刀割似的疼。

徐鶴雪不知她為何如此，卻聽值房那邊有了動靜，他便將碗放下，沒有出聲。

「姑娘，妳這是做什麼？」一名親從官走近。

「請給我幾支蠟燭，一個火摺子。」倪素輕輕地喘息，艱難說道。

徐鶴雪聽見「蠟燭」兩字，他沒有神采的眸子迎向她聲音所在。

幾名親從官不知她要蠟燭做什麼，他們面面相覷，最終還是從值房裡拿來幾支沒點的蠟燭，但基於他們夤夜司中的辦事手段，他們給了火摺子也沒走，監視著那年輕女子從榻上起來，強撐著身體顫著雙手，將燈燭一一點燃。

親從官們只當她是怕黑，但他們還是收走了火摺子，又擔心她此舉萬一存了不好的心思，便將她點燃的蠟燭放到深嵌牆壁的高高的燭臺上，確保她一個身受重傷的女子碰不到，才放心地回了值房。

靜謐的牢獄內燈影搖晃，那是倪素給徐鶴雪的光明。

到此時，徐鶴雪方才看見受刑後的倪素是怎樣一番形容，她渾身都是血，無力地趴在榻上，自嘲似的：「我這樣，其實挺狼狽的。」

徐鶴雪捏住湯匙，並不出聲。

倪素正欲再說些什麼，卻不料他先一步動作，一勺粥湊到她唇邊。

她愣住，片刻後，泛白的唇一張。

這一口溫熱的粥米嚥下去，心頭竟也十分熨貼。

倪素吃了小半碗粥又睡過去，只是身上疼得厲害，她睡得也並不安穩，聽見值房那邊鐵柵欄開合的聲音，她立即睜開眼睛。

「周挺，將人提出來。」

倪素只聽見這樣一道聲音，隨即一陣腳步聲匆匆而來，幾名親從官出現在牢門處，正要解開那銅鎖。

燈燭燒了半夜，徐鶴雪已然好受許多，他的魂體也不像之前那樣淡，看著那幾名親從官開鎖進來扶起倪素，他也沒有現身，只是觸及倪素看過來的目光，他神情冷冽，只略微搖頭。

他不現身，就只有倪素能聽見他的聲音，那幾名親從官是半點也察覺不到，將倪素帶出牢門，蹚著刑池裡的水，將她綁到了刑架上。

冰冷的鐵鍊纏住她的雙手與腰身，她無法動彈，只能望著那位坐在刑池對面，作宦官打扮的大人。

「倪小娘子初來雲京，究竟是如何發現妳兄長屍體在清源山的？」

韓清接來身邊人遞的茶碗，審視她。

「兄長託夢，引我去的。」倪素氣音低弱。

韓清才要飲茶的動作一頓，他眼皮一挑，「倪小娘子不會以為，咱家的夤夜司比他光寧府衙還要好糊弄吧？」

立在刑架身後的親從官一手收緊鎖鏈，迫使倪素後背緊貼刑架，擠壓著她受過杖刑的傷處。

「我不信您沒問過光寧府的田大人，」倪素痛得渾身發抖，嘴唇毫無血色，「我初到雲京本沒有什麼人脈手段，我若還有其他解釋，又何必在光寧府司錄司中自討苦吃？還是說，大人您有比我更好的解釋？」

韓清見此女孱弱狼狽，言語卻還算條理清晰，他不由再將其打量一番，卻道：「小娘子謙虛了，妳如何沒有人脈？一個時辰前，太尉府的人都跑到我夤夜司來問過妳了。」

「我的信是何時送到太尉府的，大人不知麼？」倪素被鎖鏈纏緊了脖頸，只得勉強垂眼看向他，「若非身陷牢獄，我也輕易不會求人。」

立在夤夜司使尊韓清身邊的汲火營指揮周挺聞言，眼底稍露詫色，區區弱質女流，在男人都少不得害怕的夤夜司刑架上，言辭竟也不見憂懼。

「倪小娘子有骨氣，可僅憑那推官田啟忠的一道黃符，就要咱家相信妳這番荒誕言辭，妳是否太過天真了些？」

韓清將茶碗扔給周挺，起身接來一根長鞭，那長鞭隨著他走入刑池而拖在水中，其上密密麻麻的鐵刺閃爍寒光。

與夤夜司的刑罰相比，光寧府的那些便只能算作小打小鬧。

長鞭的手柄抵上倪素的臉頰，那種徹骨的冷意令她麻木，她對上韓清那雙眼，聽他道：「這鞭子是男人也熬不住的，倪小娘子，妳猜這一鞭下去，會撕破妳多少皮肉？」

他說得過於森冷血腥，倪素渾身止不住地顫抖，卻聽韓清一揮鞭，重重擊打水聲的同時厲聲質問：「還不肯說實話麼！」

「我所言句句是真！」

激蕩起來的水花打在倪素的臉頰。

「好，」韓清揚鞭，水聲滴答，「姑且當妳所言是真，那妳既知道自己很有可能無法解釋，妳為何不逃？」

「我為何要逃！」

倪素失控，眼眶紅透。

這一剎那，刑房內寂靜到只剩淅瀝水聲。

徐鶴雪身形極淡，立在刑池旁，「倪素，記得我與妳說過什麼嗎？」

倪素方才聽清他的話，便見韓清忽然舉鞭，作勢朝她狠狠打來，倪素緊閉起眼：「大人如何明白！」

預想的疼痛沒有來，倪素睫毛一動，睜開眼，正看清近在咫尺的鞭身上，尖銳細密的鐵刺猶帶沒洗淨的血漬。

「至親之重，重我殘生。」她喃喃似的。

韓清幾乎以為自己聽錯，他過分肅正的面容上顯露一絲錯愕，「妳……說什麼？」

「我不逃，是要為我兄長討一個公道，我的兄長不能就這樣不明不白地死，」倪素的氣力都快用盡了，「哪怕我解釋不清自己的緣故，我也要這麼做。」

韓清近乎失神般，凝視她。

「使尊？」周挺見韓清久無反應，便出聲喚。

韓清回神，手中的鐵刺鞭卻再不能握緊，他盯著那刑架上的年輕女子，半晌，他轉身走出刑池。

水珠在袍角滴答不斷，韓清背對她：「倪小娘子真是個聰慧的女子，妳那番冤者託夢的說辭我一個字都不信，但正如妳心裡所想的那樣，不論是光寧府還是我夤夜司，都不能憑妳言辭荒誕便定妳的罪，大齊律法沒有這一條。」

韓清轉過身，扔了手中的鐵刺鞭，「太尉府二公子如今也是個朝奉郎的官身，他來問，我自然也不能不理會。」

這般心平氣和，彷彿方才執鞭逼問的人不是他。

夤夜司外的雨不知何時停了，天色也越發有泛白之勢，晨間的清風迎面，倪素被人扶出夤夜司還有些恍惚，從光寧府的牢獄到夤夜司的牢獄，這一天一夜，好似格外冗長。

周挺命人將倪素扶到太尉府派來的馬車上，掀著簾子在外頭對她說道：「倪小娘子放心，妳兄長的案子咱們使尊已經上了心，事關冬試，他必是要查個水落石出的。」

倪素點頭，看他放下簾子。

「小周大人何時這般體貼人？還讓人家放心……」一名親從官看那馬夫趕著馬車朝冷清的街上去，不由湊到周挺身邊，用手肘捅了捅他。

「少貧嘴，人雖從這兒出去了，可還是要盯著的。」

周挺一臉正色。

那親從官張望了一下漸遠的馬車，「不過我還真挺佩服那小娘子，看起來纖纖弱質，卻頗有幾分骨氣。」

多的是各色人犯在夤夜司裡醜態畢露，這倪小娘子，實在難得。

馬車轆轆聲響，街巷寂靜。

倪素蜷縮在車中，雙眼一閉就是那夤夜司使尊韓清朝她打來的鐵刺鞭，她整張臉埋在臂彎裡，後背都是冷汗。

「韓清沒有必要動妳，」清冷的聲音落來，「他方才所為，無非攻心。」

倪素沒有抬頭，隔了好一會兒，才出聲：「為什麼他聽了你教給我的那句話，就變了臉色？」

「因為他在妳身上，看到了他自己。」

倪素聞聲，抬起頭，竹簾遮蔽的馬車內光線昏暗，年輕男人坐在她的身邊，眸子不甚明亮。

「什麼意思？」

「他當年也有過與妳相似的境遇，那句話，便是那時的他說與人聽的。」

「那你怎麼會知道？」倪素望著他，「你生前也是官場中人嗎？」

徐鶴雪沒有否認。

「韓清幼年受刑入宮，他唯一的牽掛便是至親的姊姊，那時他姊姊為人所騙，婚後受盡屈辱打罵，他姊姊一時失手，刺傷其夫，深陷牢獄將獲死罪。我教妳的那句，便是他跪在一位相公面前所說的第一句話，那時，我正好在側。」

「那後來，他姊姊如何了？」

「那相公使人為其辯罪，官家開恩，免除死罪，許其和離。」

徐鶴雪所說的那位相公，便是孟雲獻，但當年孟雲獻並未親自出手，而是借了旁人的力促成此事。

所以至今，除他以外，幾乎無人知道韓清與孟雲獻之間這段恩義。

倪素終於知道，那句「至親之重，重我殘生」為何是殘生了，「我看見他手中的鐵刺鞭，心裡是真的害怕。」

怕那一鞭揮下來，上面的鐵刺就要撕破她的血肉。

遮蔽光線的馬車內，徐鶴雪並不能將她看得清楚。

「你有沒有聞到什麼味道？」

他出神之際，卻聽倪素忽然問。

「嗯？」

徐鶴雪下意識抬眼，立時看向窗外。

「老伯。」

倪素盡力提高了些聲音。

外頭的馬夫聽見了，回頭應了一聲，「小娘子您怎麼了？要到咱們太尉府還要過幾條街呢！」

「請幫我買兩塊糖糕。」倪素說。

街邊的食攤總是天不亮就擺好，食物的香氣飄了滿街。

馬夫停了車，買了兩塊糖糕掀開簾子遞給趴在車中的倪素，又瞧見她身上都是血，嚇人得緊，便道：「我這就趕緊送您回府裡，二少夫人一定給您請醫工。」

簾子重新放下，徐鶴雪的眼前從清明到模糊，忽然有隻手將油紙包裹的糕餅塞到他手中，「給你。」

徐鶴雪垂眼，看著手中的糖糕，他有片刻的怔愣。

熱霧微拂，好似融化了些許他眉眼處的冷意。

再抬起眼，徐鶴雪捧著那塊熱騰騰的糖糕，輕聲道：「多謝。」

事實上，徐鶴雪早忘了糖糕是什麼樣的。

為人時的習慣、好惡，他游離幽都近百年，早已記不清了，只是有些東西，恰好關聯著他某些勉強沒忘的記憶。

就譬如這塊與兄嫂相關的糖糕。

它散著熱氣，貼著他的掌心，此時此刻，徐鶴雪方才意識到自己的手掌冷如冰雪堆砌，而它便顯得滾燙非常。

外面的天色還不算明亮，竹簾壓下，車內更加昏暗，徐鶴雪隱約看見身邊趴在車座上的姑娘一側臉頰抵著手背，張嘴咬了一口糖糕。

他垂下眼睫，又看自己手中的糖糕，半晌，他動作僵硬地遞到唇邊，麻木地咬下一口。

甜是什麼滋味？

他忘了。

但一定不是此刻入口的，乾澀的，嚼蠟般的感覺。

它沒有一點味道。

倪素一咬開金黃鬆脆的外皮，不防被裡面的糖漿燙了一下，她「嘶」了一聲，「你小心，裡面……」

她說著話抬起頭，卻發現徐鶴雪正咬下一口糖糕，微白的熱氣繚繞，而他面容冷白，神情淡薄。

倪素霎時一怔，他……怎麼好像並不怕燙似的？

「好吃嗎？」倪素撞上他的目光，問。

「嗯。」他淡應。

倪素勉強吃了幾口糖糕，沒一會兒又在馬車的搖搖晃晃中陷入渾噩，馬車在太尉府門口停穩她也不知。

只是鼻息間再沒有血腥潮濕的氣味，她夢到自己在一間乾淨舒適的屋子裡，很像是她在雀縣的家。

「好威風的朝奉郎，咱們家的文士苗子只你一個，那眼睛都長頭頂上了！」

倪素半睡半醒聽見些說話聲，陡然一道明亮的女聲拔高，驚得她立即清醒過來。

一道青紗簾後，隱約可見身形豐腴的婦人躲開那高瘦男子的手。

「春絮，妳快小聲些，莫吵醒了裡頭那位姑娘，」男子一身綠官服還沒脫，說話小心翼翼，還有點委屈，「大理寺衙門裡頭這兩日正整理各地送來的命官、駐軍將校罪犯證錄，我身為司直，哪裡脫得開身……」

「少半日都不成？你難道不知那夤夜司是什麼地方？你遲一些請人說和，她就被折磨成這副模樣了！」

「春絮，醫工不是說了，她身上的傷是杖刑所致，是皮肉傷，妳不知夤夜司的手段，真有罪，誰去了都要脫層皮，或者直接出不來，但夤夜司的韓使尊顯然未對她用刑，畢竟她無罪，」男子試探般，輕拍婦人的肩，「夤夜司也不是胡亂對人用刑的，韓使尊心中有桿秤，咱們這不是將她帶出來了麼？妳就別氣了……」

婦人正欲再啟唇，卻聽簾內有人咳嗽，她立即推開身邊的男人，掀簾進去。

榻上的女子病容蒼白，一雙眼茫然地望來。

年輕婦人見她唇乾，便喚：「玉紋，拿水來。」

名喚玉紋的女婢立即倒了熱水來，小心地扶著倪素起身喝了幾口。

倪素只覺喉嚨好受了些，抬眸再看坐在軟凳上的婦人，豐腴明豔，燦若芙蓉：「可是蔡姐姐？」

「正是，奴名蔡春絮，」她伸手扶著倪素的雙肩讓她伏趴下去，又親自取了軟墊給她墊在底下，「妳身上傷著，快別動了。」

說著，她指著身後那名溫吞文弱的青年，「這是我家郎君，苗易揚。」

這位苗太尉府的二公子跟隻貓似的，挨著自家的媳婦兒，在後頭小聲說：「倪小娘子，對不住，是我去的晚了些。」

「此事全在我自己，」倪素搖頭，「若非平白惹了場官司，我也是斷不好麻煩你們的。」

「快別這麼說，妳祖父對我娘家是有恩的，你們家若都是這樣不願麻煩人的，那我家欠你們的，要什麼時候才有得還？」

蔡春絮用帕子擦了擦倪素鬢邊的細汗，「好歹是從那樣的地方出來了，妳便安心留在咱們院中養傷，有什麼不好的，只管與我說。」

「多謝蔡姐姐。」倪素輕聲道謝。

蔡春絮還欲再說些什麼，站在她後面的苗易揚卻戳了她的後背兩下，她躲了一下，回頭橫他一眼，不情不願地起身，「妹妹可有小字？」

「在家時，父兄與母親都喚我『阿喜』。」倪素說道。

「阿喜妹妹，我將我的女使玉紋留著照看妳，眼下我有些事，晚些時候再來看妳。」

說罷，蔡春絮便轉身掀簾出去了。

「倪小娘子好生將養。」苗易揚撂下一句，忙不迭地跟著跑出去。

女婢玉紋見倪素茫然地望著二郎君掀簾就跑的背影，便笑了一聲，道：「您可莫見怪，二郎君這是急著請我們娘子去考校他的詩詞呢！」

「考校詩詞？」倪素一怔。

「您有所不知，我們娘子的父親正是二郎君的老師，但二郎君天生少些寫漂亮文章與詩詞的慧根，虧得官家當初念及咱們太尉老爺的軍功，才讓二郎君以舉人之身，憑著恩蔭有了個官身。」

大理寺司直雖只是個正八品的差遣，但官家好歹還給了苗易揚一個正六品的朝奉郎。

「朝廷裡多的是進士出身的官，文人氣性可大了，哪裡瞧得起咱們二郎君這樣舉人入仕的，自然是各方排擠，二郎君常要應付一些詩詞集會，可他偏又在這上頭使不上力，得虧我們娘子飽讀詩書，時常幫襯。」

「原來是這樣。」

倪素下頷抵在軟枕上。

「倪小娘子，您身上若痛，就再休息會兒，中午的飯食一送來，奴婢再叫您用飯。」玉紋含笑拉下牙勾，放下床幔，隨即掀簾出去了。

不下雨的晴日，陽光被窗櫺揉碎了斜斜地照在地上，屋中薰香的味道幽幽浮浮，倪素隔著紗帳，看見一道淡如霧的影子立在窗邊。

他安安靜靜的，也不知在看什麼。

倪素這樣想著，卻沒說話，只是壓下眼皮。

中午吃了些素粥，倪素下午又發起高熱，蔡春絮讓玉紋又去請了醫工來，她在睡夢中不知被灌了幾回湯藥，苦得舌苔麻木，意識模糊。

玉紋夜裡為倪素換過幾回濕的帕子，後半夜累得在案几旁睡了過去。

倪素燒得渾噩，屋中燃的一盞燈燭並不是她親手點的，徐鶴雪眼前漆黑一片，只能循著她夢囈的聲音判斷她所在的方向，一步一步挪過去。

她意識不清，一會兒喚「兄長」，一會兒又喚「母親」。

徐鶴雪伸手要觸碰她的額頭，然而眼睛的失明令他試探錯了方向，指腹不期碰到她柔軟的臉頰。

正逢她眼瞼的淚珠滾下來，溫熱的一滴落在他的手指。

徐鶴雪收回手，坐在床沿，氅衣之下，袍角如霜，濃而長的睫毛半遮無神的眼瞳，半晌，他復而抬手，這回倒是準確地碰到她額上的帕子。

已經不算濕潤了。

倪素彷彿置身火爐，夢中的兄長還是個少年，在她面前繪聲繪色地講一隻猴子被放進煉丹爐裡卻燒成了火眼金睛的故事。

忽然間，倪素只覺天地陡轉，她抬首一望，滿枝冰雪，落了她滿頭。

幾乎是在那種冰涼冷沁的溫度襲來的一瞬，倪素一下睜開雙眼。

屋中只一盞燈燭在燃。

她呆愣地望著坐在榻旁的年輕男人，發覺夢中的冰雪，原來是他落在她額頭的手掌。

「徐子凌。」倪素喉嚨燒得乾啞，能發出的聲音極小。

「嗯？」

但他還是聽到了。

發覺她有掙扎起身的意圖，徐鶴雪按著她的額頭，說：「不用。」

她想起身點燈。

他知道。

「那你怎麼辦？」倪素輕輕喘息，在晦暗的光線裡努力半睜起眼，看著他說。

「我可以等。」

徐鶴雪失去神采的眼睛滿是凋敝的冷。

「那你，」倪素眼皮似有千斤重，她說話越發遲緩，「你只等我這一會兒，我好些了，就請人給你買好多香燭……」

「好。」

徐鶴雪抬首，燈燭照在他的肩背，氅衣之下的身骨清瘦而端正。

他的手放在倪素的額頭，就這麼在夜半無聲之際，嵬然不動地坐到天明。

天才亮，倪素的高熱便退了。

蔡春絮帶著醫工來瞧，倪素在睡夢中又被灌了一回湯藥，快到午時，她終於轉醒。

玉紋端來一碗粥，一旁還放著一碟切成四方小塊的紅糖，「奴婢不知小娘子喜好多少，您若覺口苦，便放些紅糖壓一壓。」

倪素見玉紋說罷便要出去，便道：「可否請妳代我買些香燭？」

香燭？

玉紋雖不明所以，卻還是點了點頭，「您要的東西，府中也是有的，奴婢自去為您尋來。」

倪素道了聲謝，玉紋忙擺手說不敢，這就退出去了。

居室裡靜謐下來。

倪素靠著軟枕，看向那片青紗簾外，輕喚：「徐子凌？」

托風而來的淺淡霧氣逐漸在簾子外面化為一個人頎長的身形，緊接著骨節蒼白的一隻手掀簾，那樣一雙剔透的眸子朝她看來。

而倪素還在看他的手。

昨夜後來，她一直記得自己在夢中仰見滿枝的冰雪落來她滿鬢滿頭，消解了她置身烈火的無邊苦熱。

「我已著人在吏部問過，那倪青嵐的確是雀縣來的舉子。」

中書舍人裴知遠端著一只瓷碗，在魚缸前撒魚食，「只是他冬試並不在榜，吏部也就沒再關注此人，更不知他冬試後失蹤的事。」

「不過，夤夜司的人不是在光寧府司錄司裡抓住了個想殺人滅口的獄卒麼？」裴知遠放下瓷碗，搓了搓手回頭來看那位紫袍相公，「凶手是怕此女上登聞鼓院啊……」

若那名喚倪素的女子上登聞鼓院敲登聞鼓，此事便要正式擺上官家案頭，請官家斷案。

「登聞鼓院有規矩，無論男女敲鼓告狀，都要先受杖刑，以證其心，只此一條，就擋住了不知道多少百姓，」孟雲獻垂眼漫不經心地瞧著一篇策論，「凶手是見那倪小娘子連光寧府衙的殺威棒都受得，若好端端地從司錄司出去，必是不懼再受一回登聞鼓院的杖刑，非如此，凶手絕不會急著買通獄卒錢三兒滅口。」

「那獄卒錢三兒，夤夜司如何審的？就沒吐出什麼？」

「韓清還沒用刑，他就咬毒自盡了。」

那錢三兒還沒進奫夜司的大門，就嚇得咬碎齒縫裡的毒藥，當場死亡。

「是了，殺人者若這麼輕易露出狐狸尾巴，也實在太磕磣了些。」裴知遠倒也不算意外，「只是倪青嵐那個妹妹，該不該說她好膽魄，進了奫夜司她也還是那套說辭，難不成，還真是她兄長給她託了夢？」

孟雲獻聞言抬眼，迎著那片從雕花窗外投射而來的亮光，忽然道：「若真有冤者託夢這一說，倒也好了。」

「這話怎麼說的？」裴知遠從袖中掏出一顆青棗來啃了一口。

「若是那樣，我也想請一人入夢，」孟雲獻收攏膝上的策論，「請他告訴我，他究竟冤或不冤？」

棗核順著裴知遠的喉管滑下去，卡得他一時上下不得，漲紅了臉咳嗽了好一陣，邊擺手邊道：「咳……孟公慎言！」

「敏行，虧得你在東府這麼多年，膽子還是小，這後堂無人，只你與我，怕什麼？」孟雲獻欣賞著他的窘態，含笑搖頭。

「張相公回來都被官家再三試探，您啊，還是小心口舌之禍！」這一番折騰，棗核是吞下去了，裴知遠，也就是裴敏行額上出了細汗，無奈地朝孟雲獻作揖。

「你瞧瞧這個。」孟雲獻將膝上的策論遞給他。

裴知遠順勢接來展開，迎著一片明亮日光一行行掃視下來，他面露訝色，「孟相公，好文章啊！針砭時弊，對新法令自有一番獨到巧思，就是這駢句用的也實在漂亮！」

「倪青嵐所作。」孟雲獻端起茶碗，「有一位姓何的舉子還在京城，倪青嵐入京後，與他來往頗多，這是從他手中得來的。」

「不應該啊。」裴知遠捧著那策論看了又看，「若真是倪青嵐所作，那麼他冬試又為何榜上無名？這樣的英才，絕不該如此啊。」

「你說的是，」孟雲獻收斂笑意，茶碗裡熱霧上浮，而他神情多添一分沉冷，「如此英才，本不該如此。」

裴知遠少年入仕便追隨孟公，如何不知新政在孟公心頭的分量，又如何不知孟公有多在乎新政實幹之才。

瞧他不再笑咪咪的，裴知遠心裡大抵也曉得這事孟公算是查定了，他也不多嘴，又從袖子裡掏了顆青棗來啃。

「你哪裡來的棗兒吃？」

冷不丁的，裴知遠聽見他這麼問。

「張相公今兒早上給的，說他院裡的棗樹結了許多，不忍讓鳥啄壞了，便讓人都打下來，分給咱們吃，這還真挺甜的。」

裴知遠吐掉棗核，「您沒分著哇？也是，張相公早都與您絕交了，哪還肯給您棗吃。」

「孟相公，諸位大人都齊了。」外頭有名堂候官敲門。

孟雲獻不搭理裴知遠，重重擱下茶碗背著雙手朝外頭走去。

到了正堂裡頭，孟雲獻打眼一瞧，果然見不少官員都在吃棗，只有他案前乾乾淨淨，什麼也沒有。

「孟相公。」一見孟雲獻，官員們忙起身作揖。

「嗯。」

孟雲獻大步走進去，也不管他們手忙腳亂吐棗核的樣子，在張敬身邊的椅子坐下，他忍了又忍，還是出聲：「怎麼沒我的分兒？」

「孟相公在吃這個字上頗有所得，聽說還親手所著一本食譜，我這院裡渾長的青棗，如何入得你眼？也是正好，到您這兒，便分沒了。」

張敬目不斜視。

政事堂中，諸位官員聽得這番話，無不你看我我看你，屏息凝神的，沒敢發出聲響。

「張相公，」孟雲獻氣得發笑，「想吃你幾個棗兒也排擠我？」

倪素在太尉府中養了些時日，勉強能下地了，期間夤夜司的周挺來過，除了獄卒錢三兒自殺身亡的消息，還有另一件極重要的事。

夤夜司使尊韓清欲調閱倪青嵐在冬試中的試卷，然而貢院卻正好弄丟了幾份不在榜的試卷，其中便有倪青嵐的試卷。

雖說未中的試卷並不算重要，但依照大齊律法，所有試卷都該密封保存，一年後方可銷毀。

貢院懲治了幾名在事之人，線索好像就這麼斷了。

「倪小娘子，我當時也真沒往那壞處想，因為那兩日他正染風寒，在貢院中精神也不大好……我只以為他是因病失利，心中不痛快，所以才不辭而別，」茶攤上，一身青墨直裰的青年滿臉懊悔，「若我那夜不睡那麼死，也許他……」

他便是那位送信至雀縣倪家的衍州舉子何仲平。

何仲平坐下，所說的也不過就是這些，作為一同冬試的舉子，他也的確不知更多的內情，「不過，之前夤夜司一位姓周的大人從我這裡拿了一篇策論，那是倪兄寫的，我借來看還沒來得及還，如今在夤夜司手中，我想，他們一定會給倪兄一個公道。」

倪素捧著茶碗，片刻才道：「可公道，也是要憑證據才能給的。」

聽了此話，何仲平也有些鬱鬱，一時不知該說什麼好。

倪素沒待太久，一碗茶沒喝光便與何仲平告辭。

玉紋與幾名太尉府的護院等在街對面的大榕樹底下，倪素邁著緩慢的步子往那處走，有個小孩被人抱著，走出好幾步遠，一雙眼還直勾勾地往她這兒瞧。

倪素垂眼，毛茸茸的瑩光在地面晃動。

她停步，它也不動。

倪素沒有什麼血色的唇扯動一下。

「倪小娘子，娘子讓咱們直接去雁回小築，她們詩社的幾位娘子都到齊了，那位孫娘子也在。」玉紋將倪素扶上車，對她說。

「好。」

倪素一聽「孫娘子」，神色微動。

大齊文風昌盛，在這繁華雲京，女子起詩社也並非是什麼稀罕事，書肆常有傳抄詩社中女子所吟的詩詞，收成集子傳出去，故而雲京也頗有幾位聲名不小的才女。

其中一位，正是當朝宰執孟雲獻的夫人——姜芍。

如磬詩社原本是姜芍與幾位閨中密友在雁回小築起的，但十四年前孟相公因事貶官，她也隨孟相公一起遠走文縣，剩下幾個故交也散了，只有一位中書舍人的夫人趙氏還維持著詩社，邀了些年輕的娘子一起。

蔡春絮正是其中一人，而那位孫娘子則是前兩年方才開始與她們來往。

到了雁回小築，玉紋小心扶著倪素，一邊往臨水的抱廈裡去，一邊說道：「聽娘子說那孫娘子昨兒月信就來了，得虧是您的方子管用，不然她只怕今日還腹痛得出不了門。」

倪素正欲啟唇，卻聽一道明亮的女聲傳來：「阿喜妹妹！」

抬頭，倪素撞見抱廈那處，正在桌前握筆的蔡春絮的一雙笑眼，她今日一身橘紅對襟衫子，繡的蝶花翩翩，梳雲鬟髻，戴珍珠排簪斜插嬌豔鮮花。

「快，諸位姐姐妹妹，這是我恩人家的妹妹倪素，小字阿喜，平日裡也是讀書頗多的，所以我今兒才叫她一塊兒來。」

蔡春絮擱了筆便將倪素帶到諸位雲鬟羅衣的娘子面前，笑著介紹。

身著墨綠衫子，年約四十餘歲的婦人擱下手中的鮮花，將倪素上下打量一番，和善道：「模樣生得真好，只是這般清減，可是在病中？」

這般溫言，帶幾分得體的關切，餘下其他幾位官夫人也將倪素瞧了又瞧，只有一位年約二十餘歲的年輕娘子神色有些怪。

倪素正欲答話，卻聽有人搶先：「曹娘子有所不知，她這身傷，可正是在您郎君的光寧府裡受的。」

此話一出，抱廈裡驀地冷下來。

「孫娘子，此話何意？」曹娘子神色一滯。

那說話的，正是玉紋方才提過的孫娘子，現下所有人都盯著她，她也有些不太自然，「聽說她胡言亂語，在光寧府司錄司中受了刑……」

「孫芸，」蔡春絮打斷她，常掛在臉上的笑意也沒了，「我看妳是這一年在家病得昏了頭了！」

「妳犯不著提醒我。」孫芸囁嚅一聲，抬眸瞧了站在蔡春絮身側那個乾淨蒼白的少女一眼，又撇過臉去，「妳若不將她帶來這裡，我必是不會說這些的。」

坐在欄杆畔一位年輕娘子滿頭霧水，柔聲詢問：「孫娘子，到底是什麼緣故，妳怎麼也不說說清楚？」

「妳們不知，」孫娘子用帕子按了按髮鬢，「這姑娘做的是藥婆行徑。」

什麼？藥婆？

幾位官家娘子面面相覷，再不約而同地望向那位姑娘，她們的臉色各有不同，但在她們這些官宦人家的認知裡，藥婆的確不是什麼好聽的。

「孫芸。」蔡春絮臉色更沉，「妳莫忘了，妳那麼久不來月信，成日在府裡忍著腹痛不出門，是誰在茶館裡頭給妳看的脈，開的方子？她一個出身杏林之家的女兒，自幼耳濡目染，通些藥理有什麼稀奇？難為妳那日口口聲聲說個謝字，到今兒不認這話也就算了，何苦拿話辱她？」

抱廈裡的娘子們只知道孫芸這一年常病著也不出門同她們來往，卻不知她原來是有這個毛病，一時諸般視線湧向她。

孫芸一直藏著的事被蔡春絮這樣大剌剌地抖落出來，她更難堪了許多，「女子做這些不是藥婆是什麼？她難道只給我瞧過病？」

她乾脆起身將自己手上的玉鐲金釧都一股腦兒地褪下來，全都塞到倪素手中，「我既瞧了病，用了妳的方子，給妳錢就是了！」

「孫芸！」蔡春絮正欲發作，卻被身旁一直沉默的姑娘握住了手腕。

「是，」晴日裡波光粼粼，倪素迎著這抱廈中諸般莫測的視線，「我並不只替妳瞧過病，我也並非只是耳濡目染粗通藥理，男子十年寒窗為一功名，而我十年杏林為一志向，我也的確不同諸位，讀的最多的並非詩書，而是醫書，這本沒有什麼不敢承認的。」

「我承蔡姐姐的情才能早些從夤夜司出來，我為妳診病，是因蔡姐姐提及妳身上不好，若真要論診金，妳可以當蔡姐姐已替妳付過，這些，我便不收了。」

倪素輕輕一拋，所有人只見那幾隻玉鐲金釧摔在了地上，金玉碰撞一聲脆響，玉鐲子碎成了幾截。

「不好再擾諸位雅興，倪素先行一步。」倪素唇邊牽起極淡的笑，朝幾位娘子打揖。

「曹姐姐，諸位，我先送我阿喜妹妹回去。」蔡春絮橫了孫娘子一眼，與其他幾人點頭施禮，隨即便趕緊追著倪素去了。

抱廈裡靜悄悄的。

「我如何瞧那小娘子，她也不像個藥婆……」有位娘子望著廊廡上那年輕姑娘的背影，忽然出聲。

在她們這些人的印象裡，藥婆幾乎都是些半截身子入土的老媼，哪有這樣年紀輕輕又知禮識文的姑娘。

可方才她們又聽得真真的，那小娘子親口說，她的確是給人瞧病的。

「阿喜妹妹，此事怪我，早知我便不讓妳去那兒了，平白受她羞辱……」回太尉府的馬車上，蔡春絮握著倪素的手，柳眉輕蹙。

倪素搖頭，「蔡姐姐妳知道我有事想與孫娘子打聽，孫娘子又不常出門，她府上也不方便去拜會，只得今日這個機會，妳如此幫我，我已經很是感激，只是這一番也連累妳不痛快了。」

「我如今倒希望妳那方子少管些用，最好疼得孫芸那張嘴都張不開才好！」蔡春絮揉著帕子憤憤道。

回到太尉府的居室，玉紋忙去打開屋子，哪知滿屋濃郁的香火味道襲來，嗆得三人都咳嗽起來。

「阿喜妹妹，妳走前怎麼在屋子裡點了這麼多香？」蔡春絮一邊咳嗽，一邊揮袖，「我瞧妳也沒供什麼菩薩啊。」

倪素被熏得眼皮有些微紅，「是我想母親與兄長了。」

若不是玉紋走前關了窗，其實也不至於滿屋子都是那香燒出的煙。

屋子是暫時進不去了，玉紋在樹蔭底下的石凳上放了個軟墊讓倪素坐著，幾名女婢家僕在廊廡拐角處灑掃說話。

玉紋不在，倪素一手撐著下巴：「徐子凌，孫娘子這條道是走不通了。」為杜絕科考舞弊的亂象，每回科考的試卷都要求糊名謄抄，再送到主考官案頭審閱。那位孫娘子的郎君金向師便是此次冬試負責糊名謄抄試卷的封彌官之一。

「此路不成，再另尋他路就是。」

濃濃的一片樹蔭裡，倪素聽見這樣一道聲音，她仰頭在閃爍的日光碎影裡，看見他霜白的袍角。

忽然，她又聽他道：「存志不以男女而別，她的話，妳也不必入心。」

倪素望著他，「我知道，從很小的時候我就知道，這世上除了母親所說的小心眼的男人以外，還有一些注定不能理解我的女人。」

正如孫娘子，用了她的方子，便在心裡徹底將她劃分為不可過分接近的六婆之流，自然也就不能容忍蔡春絮將她帶去如磬詩社。

「可是，我想我總要比兄長好一些。」

她說：「我是女子，世人不能以男女之防來束縛我，便只能用下九流來加罪於我，可是憑什麼我要認罪？大齊律法上寫著嗎？」

「他們覺得我應該為此羞愧，為此而畏縮，可我偏不，我要帶著我兄長與我自己處世的心願，堂堂正正地活著。」

滿枝碎光有些晃眼，倪素看不太清他的臉：「我們不如直接去找金向師吧？」

「妳想怎麼做？」

枝葉沙沙，眉眼清冷的年輕男人在樹蔭裡垂著眼簾與她目光相觸。

「你裝鬼……」倪素說一半覺得自己這話不太對，他本來就是鬼魅，「我們趁夜，你去嚇他，怎麼樣？」

金向師原本在禮部供職，但因其畫工出挑，冬試後被調職去了翰林圖畫院做待詔，前兩月去了宛江畫輿圖，前幾日回來覆命後便一直稱病在家。

因疑心牽扯官場中人，而案情起因不明，夤夜司暫未正式將冬試案上奏正元帝，因而找貢院一干官員問話也只能旁敲側擊。

倪素養傷不能起身這些時日，夤夜司不是沒查到幾位封彌官身上，但在貢院裡能問的東西並不多，而金向師回來得了官家稱讚，又賞賜了一斤頭綱團茶，回到府中便告假不出。

夤夜司暫無上門詢問的理由。

倪素原想透過孫娘子來打聽，但如磬詩社一事，便已說明孫娘子十分介意倪素的身分，是斷不可能再來往的。

「我白日裡點的香和蠟燭真的有用嗎？你身上不疼吧？」倪素貓著腰躲在金家庭院一片蓊鬱的花叢後頭，伸手去拉徐鶴雪的衣袖。

「不疼。」徐鶴雪攏住衣袖，搖頭。

「那我牽著你的衣袖好嗎？你看不見，我得拉著你走。」倪素小聲詢問他。

眼下是夜闖他人家宅，她手中不好提燈。

「嗯。」

徐鶴雪點頭，朝她聲音所在的方向試探抬手，將自己的衣袖給她牽。

「我們走這邊。」

倪素在庭院裡瞧了好一會兒，見沒什麼家僕靠近那間亮著燈的書房，她才牽著徐鶴雪輕手輕腳地挪到書房後面的窗櫺外。

窗櫺用一根竹棍半撐著，倪素順勢往裡頭一瞧。

燈火明亮的書房內，金向師心不在焉地嚼著醬牛肉，又灌了一口酒，「妳身上不好為何不告訴我？咱們家中是請不起醫工麼？現如今妳在外頭找藥婆的事被那些詩社中的娘子們知道了，才來我跟前訴苦。」

「這是什麼可以輕易說出口的事麼？我也不是沒請過醫工，只是他們也不能細瞧，開的方子我也吃了，總不見好，我天天的腹痛，你瞧了也不問我麼？」孫娘子負氣，背對他坐著，一邊說，一邊用帕子揩淚，「若不是那日疼得實在捱不住，我也不會聽蔡娘子的話，找那小娘子治。」

「妳也不怕她治死妳？藥婆是什麼妳還不知？有幾個能有正經手段？治死人的多的是，真有本事救人的能有幾個？」

金向師眼也沒抬，又往嘴裡塞了一塊醬牛肉，「若真有，也不過瞎貓撞上死耗子。」

「可我確實好些了。」孫娘子手帕捂著面頰。

「如今其他那些官夫人可都知道妳找藥婆的事了，妳以為，她們回家能不與自個兒的郎君說？那些男人能再叫妳帶壞了他們的夫人去？」金向師冷哼一聲，「我早讓妳安心在家待著，不要去和人起什麼詩社，如今倒好，妳這番也叫我受了牽連，那些個大人們在背地裡指不定要如何說我治家不嚴。」

「我看詩社妳也不必去了，沒的讓人笑話。」

「憑什麼？蔡娘子她還大大方方與那小娘子來往，她都敢在詩社待著，我又為何不能去？」孫娘子一個回頭，鬢邊的步搖直晃。

「那蔡娘子與妳如何一樣？她祖父致仕前雖是正經文官，但他早年也在北邊軍中做過監軍的，少不得沾染些武人粗枝大葉的習氣，如今她嫁的又是太尉府，那不還是武人堆麼？就她那郎君獨一個文官，她大伯哥不還是個殿前司都虞侯的武職麼？那在內侍省大押班面前都得輕聲細語……他們家粗魯不忌，這妳也要學？說不定今兒這事過了，那些娘子也容不下她繼續在詩社裡待著。」

金向師如今才得了官家讚賞，不免有些自得，「今兒就這麼說定了，那詩社妳也不必再去，不過只是一些年輕娘子在一處，孟相公的夫人姜氏，還有裴大人的夫人趙氏都沒怎麼露過面，妳去了，又有什麼用？也不能到她們跟前去討個臉熟。」

「郎君……」

孫娘子還欲再說，金向師卻不耐煩了，朝她揮手，「出去吧，今晚我去杏兒房裡。」不但將她出去與娘子們起詩社的路堵死了，竟還在她跟前提起那個叫杏兒的妾，孫娘子雙眼更紅，卻不敢再說什麼，憋著氣悶退出房去。

孫娘子走了，房中便只剩金向師一人。

他一人在桌前坐著，不免又露出些凝重的憂思來，醬牛肉沒再吃，酒卻是一口接著一口。

陡然一陣寒風襲向他的後背，冷得他險些拿不穩手中的杯盞，桌前的燈燭一剎那熄滅，屋中一時只有淡薄月華勉強照亮，煙霧從身後散來，金向師脊背僵硬，臉頰的肌肉抽動一下，他緩慢地轉過身，在一片浮動的霧氣裡，隱約得見一道半真半幻的白衣身影。

他吃了一驚，從椅子上跌下去，酒盞碎裂。

「徐子凌，」順著窗縫往裡瞧的倪素小聲提醒，「他在你右邊。」

徐鶴雪一頓，依言轉向右邊。

「金向師。」

輕紗幕笠之下，被遮掩了面容，不知是人是鬼的影子棲身月華，淡薄如霧，準確地喚出他的名字。

「你、你是誰？」

金向師臉頰的肌肉抽動更厲害，霧氣與風相纏，迎面而來，他勉強以袖抵擋，雙眼發澀。

「倪青嵐。」這道嗓音裹冰含雪。

金向師雙目一瞠，臉色忽然變得更加難看。

「你知道我。」徐鶴雪雖看不見，卻敏銳地聽清他的抽氣聲。

「不，我不知道，我什麼都不知道……」金向師雙膝是軟的，本能地往後挪。

豈知他越是如此，徐鶴雪便越發篤定心中猜測。

「金大人。」素紗幕笠之下，徐鶴雪雙目無神，「我如今孤魂在野，若不記起我是因何而亡便不能入黃泉。」

金向師眼見那道鬼魅身影化為霧氣又轉瞬在他幾步開外重新凝出身形，他嚇得想要叫喊，卻覺霧氣如絲帛一般纏住他的脖頸。

金向師驚恐地捂住脖頸，又聽那道冷而沉靜的聲音緩慢：「金大人究竟知道些什麼？還請據實相告。」

他眼見那道清白的影子周身浮出淺淡的瑩光來。

倪素在窗外看見這樣一幕，便知徐鶴雪又動用了他的術法，她心中擔憂，再看那抖如篩糠的金向師，她立即開口：「金大人，還不快說！難道你也想與我們一般麼？」

冷不丁的又來一道女聲，金向師驚惶地朝四周望了望，卻沒看見什麼女子的身形，霧氣更濃，他嚇得唇顫：「您、您又是誰啊？」

「我是淹死在井裡的女鬼，金大人，你想不想與我一道去井裡玩啊？」

倪素刻意拖長了些聲音。

「啊？」金向師雙手撐在地上，拚了命地磕頭：「我可沒有害你啊倪舉人，負責糊名謄抄的可不只我一個啊……」

「既如此，你為何從宛江回來後便裝病不出？」徐鶴雪問道。

「我、我的確見過倪舉子的試卷，因為文章寫得實在好，字也極好，我便有了個印象，我謄抄完後，便將試卷交給了其他人沒再管過，只是後來一位同僚要將所有糊名過的試卷上交時鬧了肚子，請我去代交的……」金向師滿頭滿背都是汗，根本不敢抬頭，「我這人就是記性太好，去交試卷的路上我隨意翻了翻，又瞧見了那篇文章，只是那字跡，卻不是我謄抄的那份了！」

金向師心中疑竇頗多，卻一直隱而未發，後來去了翰林圖畫院供職，他便將此事拋諸腦後，趕到宛江去畫輿圖了。

只是畫完輿圖回來，金向師便聽說了光寧府在清源山泥菩薩廟中發現一具屍體，正是冬試舉子倪青嵐，又聽貢院的舊友說，夤夜司的人近來去過貢院，金向師心中憂懼，便趁著正元帝得了輿圖正高興的時候，提了告假的事。

他將自己關在府中這些天，正是怕夤夜司的盤問，也怕自己就此牽連進什麼不好的事裡。

這事，他本打算爛在肚子裡。

滴答，滴答。

金向師覺得有冰涼的、濕潤的水珠從他的頭頂滴落，順著他的額頭，再到他的鼻骨，直至滴在地面，他方才看清那是殷紅的血珠。

而血珠轉瞬化為瑩塵，在他眼前浮動消散。

金向師腦中緊繃的弦斷了，他一下栽倒在地上，竟嚇得暈死過去了。

月白風清，長巷寂寂。

「我不是告訴過你嗎？不要用你的術法，你只要站在那兒，他就很害怕了。」倪素牽著一個人的衣袖，走得很慢。

徐鶴雪起初不說話，只亦步亦趨地跟著她走，但片刻，他想起在金家時，她裝作女鬼拖長了聲音，他忽然道：「他應該比較怕妳。」

倪素有些不太自在，「你一點也不會嚇人，我那樣，也是想讓他快點說實話。」

明明他才是鬼魅。

「妳兄長的試卷應該是被調換了。」徐鶴雪說。

談及兄長，倪素垂下眼睛，輕輕點頭，「嗯，可是此事他不敢隱瞞鬼魂，卻並不一定會告知夤夜司。」

「妳不是留了字條？」冷淡月輝照在徐鶴雪蒼白的側臉，「金向師若怕惡鬼纏身，他一定會主動向夤夜司交代此事。」

他話音才落，發覺倪素似乎身形不穩，立即攥住她的手腕往回一拽。

倪素猝不及防撞上他的胸膛。

春花淹沒積雪之下，那是一種凜冽淡香。

徐鶴雪蹙了一下眉，低首，嗓音冷淡，「妳怎麼了？」

倪素鬢邊冷汗細密，晃了晃腦袋，解釋：「沒事，就是方才翻窗進去的時候不小心碰到傷處了。」

第四章 滿庭霜

蔡春絮一大早去公婆院裡問安，回來聽了一名女婢的話便立即趕到西側的屋子，才一進門，她果然見那姑娘正彎腰收拾書本衣裳。

「阿喜妹妹，」蔡春絮握住她的雙手，「咱們這兒有什麼不好的，妳只管告訴我就是了，如何就要走呢？」

倪素一見她，便露了一分笑意，她拉著蔡春絮在桌前坐下，倒了一杯茶給她，「蔡姐姐待我無有不好。」

「那妳好好的，怎麼就要走？」

蔡春絮接了茶碗，卻顧不上喝，「可是雁回小築的事妳還記在心上？」

倪素搖頭，「不是我記在心上，是昨日孫娘子一番話，只怕是要妳們詩社的其他幾位娘子們記在心上了。」

「那又有什麼要緊？我與她們在一塊兒起詩社，本也是吟詩作對，圖個風雅，她們若心裡頭介意，我不去又有什麼大不了的？」

蔡春絮拉著她來跟前坐，「阿喜妹妹，我祖父在任澤州知州前，是在北邊監軍的，我幼年也在他那兒待過兩年，在軍營裡頭，救命的醫工都是極受兵士們尊敬的，而今到了內宅裡頭，只因妳女子的身分，便成了罪過。」

「但這其實也怪不得她們，咱們女子嫁了人，夫家就是頭頂的那片天，只是我嫁在了太尉府，幸而公婆沒有那麼多繁文縟節多加約束，但是她們的夫家就不一樣了，若問她們，曉得其中的緣故嗎？知道什麼是六婆之流嗎？她們也未必明白，只是夫家以為不妥，她們便只能以為不妥。」

倪素聞言，笑了笑，「蔡姐姐這樣心思通透，怪不得如磬詩社的娘子們都很喜歡妳。」

「妳莫不是長了副玲瓏心肝？」蔡春絮也跟著笑了一聲，嗔怪，「妳怎麼就知道她們都很喜歡我？」

「昨日在雁回小築，我才到抱廈，就見姐姐左右圍的都是娘子，連坐在那兒年長一些的娘子們也都和顏悅色地與姐姐說話，就是孫娘子她再介意妳將我帶去詩社的事，我看她也很難與妳交惡。」

「姐姐才有一副剔透玲瓏的心肝，妳能理解她們，也願意理解我，」倪素握著她的手，「相比於我，姐姐與她們的情分更重，只是在這件事上，妳不與她們相同，不願輕視於我，又因著我們兩家舊日的情分，所以才偏向於我，可若妳不去詩社，往後又能有多少機會與她們來往呢？」

此番話聽得蔡春絮一怔。

正如倪素所言，她背井離鄉，遠嫁來雲京，又與府中大嫂不合，唯一能在一塊兒說知心話的，也只有如磬詩社的幾位姐姐妹妹。

到這兒，她才發覺原來倪素要離開太尉府，並非只因為她，還因為那些在詩社中與她交好的娘子。

若她還留倪素在府中，那些娘子們又如何與她來往呢？

「阿喜妹妹……」

蔡春絮其實還想留她，卻不知如何說：「其實我很喜歡妳，妳這樣一個柔弱的小娘子，為了兄長甘入光寧府受刑，連到了夤夜司那樣的地方也不懼怕，我打心眼裡覺得妳好。」

「我也覺得蔡姐姐很好。」倪素笑著說。

昨日倪素在去見舉子何仲平之前，便託牙人幫著找一處房舍，倪素隨身的行裝本就不多，本打算今日與蔡春絮告辭後便去瞧一瞧，但蔡春絮非說自己手頭有一處閒舍鋪面，就在南槐街。

倪素本欲推辭，但聽見南槐街，她又生生被吸引住了。

雲京的藥鋪醫館，幾乎都在南槐街。

蔡春絮本不要倪素的錢，卻抵不住倪素的堅持，只好收下，又讓玉紋帶些太尉府的小廝家僕去幫著打掃屋舍，置辦器具。

倪素忙了大半日，房舍收拾得很像樣，她甚至買來了一些新鮮藥材，就放在院中的竹篩裡，就著孟秋還算熾熱的日頭曝曬。

院子裡都是藥香，倪素聞到這樣的味道才算在雲京這樣的地方有了些許的心安。

才近黃昏，一直暗中守在外面的夤夜司親從官忽然來敲門，倪素當下就顧不得其他，趕緊往地乾門去。

周挺本是夤夜司汲火營的指揮，前兩日又升了從七品副尉，如今已換了一身官服穿，他出了門，抬眼便瞧見那衫裙珠白的姑娘。

「倪小娘子，今晨有一位冬試的封彌官來我夤夜司中，交代了一些事。」周挺一手按著刀柄走上前去。

他只說是封彌官，卻不說名姓。

「什麼事？」倪素故作不知。

「妳兄長的試卷被人換了。」

「換給誰了？小周大人，你們查到了嗎？」

倪素昨夜難眠，今日一整日都在等夤夜司的消息，金向師既然已經到了夤夜司交代事情，那麼夤夜司只需要向金向師問清楚那篇文章，哪怕只有幾句，便可以在通過冬試的貢生們的試卷裡找到答案。

周挺搖頭，「今日得了這個封彌官做人證，韓使尊便親自又抽調了一番貢院的試卷，卻沒有發現那篇文章。」

沒有？

倪素有些難以接受這個事實，「若偷換試卷不為功名，又何必……」

「韓使尊也是這麼認為。」

周挺繼續說道：「這場冬試原是官家為選拔新政人才而特設，官家原本有意冬試過後直接欽點三甲，不必殿試，但後來諫院與御史臺又覺得保留殿試也可以再試一試人才，如此才能選用到真正有用之人，幾番進諫之下，剛巧在冬試才結束時，官家改了主意。」

「凶手是知道自己殿試很有可能再難舞弊，為絕後患，他與我兄長乃至另外一些人的試卷就都被丟失了……甚至，對我兄長起了殺心。」

倪素垂下眼簾，「所以，凶手並不是冬試在榜的貢生，而是落榜的舉子。」

周挺沒有反駁，只是提醒道：「倪小娘子，韓使尊允許我與妳說這些，一則是憐妳愛惜至親之心，二則，是請妳不要貿然去登聞鼓院敲登聞鼓。」

「為什麼？」

「那封彌官的證詞雖似乎是有用的，但，他好像有些怪，他來時戰戰兢兢，恐懼難止，韓使尊問他為何此時才說，他說昨夜見了一對鬼夫妻，才想起那些事。」周挺不知如何與她形容，驀地又想起她入光寧府受刑杖的理由，好像……她也很怪。

「官家日理萬機，夤夜司若無實在的線索便不好在此時上奏官家，而妳如今身上的傷還沒好，若再去登聞鼓院受刑，只怕性命不保。」

周挺看著她蒼白的面容，「妳且安心，此事還能查。」

「多謝小周大人。」

倪素有些恍惚。

「今日叫妳來，還有一事。」周挺又道：「我們司中數名仵作俱已驗過妳兄長的屍體，之前不對妳說，是我夤夜司中有規矩，如今屍首上的疑點俱已查過，妳可以將妳兄長的屍首帶回去，入土為安。」

「那，驗出什麼了？」倪素一下抬眼，緊盯著他。

「妳兄長身上雖有幾處新舊外傷，但都不致命，唯有一樣，他生前，水米未進。」

周挺被她這般目光盯著，不禁放輕了些聲音。

水米未進。

倪素幾乎被這話一刺，刺得她頭腦發疼，半晌，她才顫聲：「他是……活生生餓死的？」

周挺沉默。

孟秋的烈日招搖，倪素渾身卻冷得徹骨，她顧不得周圍人投來的目光，像個遊魂一樣，由周挺與手底下的人幫著將她兄長的屍首抬出，又在清幽無人的城外河畔用一場大火燒掉兄長的屍首。

烈火吞噬著兄長的屍體，她在一旁看，終忍不住失聲痛哭。

跟隨周挺的幾名親從官瞧著不遠處哭得滿臉是淚的姑娘，小聲與周挺說道：「小周大人，快去安撫一下啊……」

周挺看著倪素，他堅毅的下頷緊繃了一下，「我如何會安慰人？」

幾名親從官匆忙在自己懷裡、袖子裡找了一番，有個年輕的親從官撓頭，說：「咱們幾個又不是女人，也沒個帕子，總不能拿身上的汗巾給她擦眼淚吧？」

什麼汗巾，周挺橫了他們一眼，懶得再聽他們幾個說些什麼，他只是看著那個女子，冷靜的神情因她的哀慟而有了些波瀾，他走到她的身邊去，一片刺眼的豔陽被他高大的身形遮擋：「倪小娘子，此事我夤夜司一定不會放過，我們也會繼續派人保護妳。」

倪素捂著臉，淚珠從指縫中垂落。

山風吹拂長林，枝葉沙沙作響。

在穿插著細碎光斑的濃蔭裡，徐鶴雪安靜地看著那名夤夜司副尉笨拙地安撫跪坐在地上的姑娘。

從黃昏到夜暮，徐鶴雪看她悲痛之下也不忘親手點起一盞燈籠，她懷抱著一個骨灰罐，像個木偶一樣，只知道挪動著雙腿往前走。

那一團瑩白的、毛茸茸的光一直跟在她的身邊，而跟在幾步開外，一直與倪素保有距離的周挺等人看不見她身側有一道孤魂與她並肩。

到了南槐街的鋪面，周挺看著倪素走進去，回頭對手底下的幾名親從官說道：「你們幾個今晚守著，天亮再換人來上值。」

「是。」

幾人點頭，各自找隱蔽處去了。

今日才打掃過的屋舍被倪素弄得燈火通明，她將骨灰罐放到一張香案後，案上有兩個黑漆的牌位。

那都是她今日坐在簷廊下，親手刻名，親手上了金漆的。

點香，明燭，倪素在案前跪坐。

忽然有人走到她的身邊，他的步履聲很輕，倪素垂著眼，看見了他猶如淡月般的影子，還有他的衣袂。

倪素抬頭，視線上移，仰望他的臉。

徐鶴雪卻蹲下來，將手中所提的燈籠放到一旁，又展開油紙包，取出其中熱騰騰的一塊糖糕，遞到她面前。

他連放一盞燈，打開油紙包，姿儀都那麼好。

「你去買這個，身上就不疼嗎？」

倪素終於開口，痛哭過後，她的嗓子沙啞得厲害。

她知道這一定是他趕去隔了幾條街巷的夜市裡買來的，他一定動用了他的術法，否則這塊糖糕不會這樣熱氣騰騰。

徐鶴雪不答疼與不疼，只道：「妳今日只用了一餐飯。」

孤清長夜，燭花飛濺。

倪素沒有胃口，可是她還是接來糖糕，咬下一口。

見徐鶴雪的視線落在案上那本書上，她說：「我兄長雖從頭到尾只替一位婦人真正看過病，但他問過很多坐婆，也找過很多藥婆，鑽研過許多醫書，他被父親逼迫放棄行醫那日，他與我說，要將他所知道的女子疑症都寫下來給我，教我醫術，等我長大，再讓我看過那些女子的苦症後，用我的心得來教他。」

那本來是倪素要與兄長一起完成的女經醫書。

「若能行醫，他也不會遠赴雲京考科舉，」倪素捏著半塊糖糕，眼眶又濕，「這本不是他的志向，可他卻因此而死。」

燈燭下，徐鶴雪看見她眼眶裡一顆又一顆淚珠剔透而落。

「倪素，妳兄長的事夤夜司雖暫不能更進一步，但有一個人一定會另闢蹊徑，這件事，即便妳不上登聞鼓院告御狀，也可以宣之於朝堂。」他說。

「誰？」

「當朝宰執孟雲獻。」

徐鶴雪捧著油紙包，對她說：「夤夜司沒有直接逮捕刑訊的職權，但御史臺的御史中丞蔣先明卻可以風聞奏事，孟相公或將從此人入手。」

晴夜之間，月華朗朗，倪素手中的糖糕尚還溫熱，她在淚眼朦朧間打量這個蹲在她面前的年輕男人。

他生前，也是做官的人。

倪素幾乎可以想像，他身著官服，頭戴長翅帽，年少清雋，或許也曾意氣風發，如日方升，可那一切，卻在他的十九歲戛然而止。

正如她兄長的生命，也在這一年毫無預兆地終止。

「徐子凌。」

倪素眼瞼微動，她忽然說：「若你還在世，一定是一個好官。」

徐鶴雪知道，倪素會如此神情篤定的與他說這樣一句話，也許是出於一種信任，又或者，是出於她自己看人的準則。

她說的明明是一句很好聽的話。

但他不是。

「徐子淩。」

徐鶴雪恍惚之際，卻聽她又一聲喚，視線落在被她抓住的衣袖，他抬首，對上面前這個姑娘那雙沾染水霧的眼。

「我既能招來你的魂魄，是否也能招來我兄長的魂魄？」倪素緊盯著他。若能招來兄長的魂魄，就能知道到底是誰害了他。

她的目光滿含期盼，但徐鶴雪看著她，道：「妳之所以能召我再入陽世，是因為有幽都土伯相助。」

這是他第二次提及幽都土伯，倪素想起在雀縣大鐘寺柏子林裡，那白鬍子打捲兒的老法師，她從袖中的暗袋裡，摸出來那顆獸珠。

「妳這顆獸珠雕刻的就是土伯的真身，他是掌管幽都的人。」徐鶴雪看著她的獸珠，說。

既為神怪，又豈會事事容情？個中緣法，只怕強求不來，倪素心中才燃起的希望又湮滅大半，她捏著獸珠，靜默不言。

徐鶴雪又將一塊糖糕遞給她，「但有這顆獸珠在，再有妳兄長殘留的魂火，我也許可以讓妳再見他一面。」

倪素聞言猛地抬頭，她正欲說些什麼，卻見他周身瑩塵淡淡，她立即去看他的袖口，搖頭，「可你會因此而受傷。」

「獸珠有土伯的力量，不需要我動用術法。」

徐鶴雪索性在她旁邊的蒲團坐下來，「只是幽都生魂眾多，要透過獸珠找到妳兄長，只怕要很久。」

也許並不能那麼及時。

「哪怕不能聽他親口告訴我，我也會自己為他討回公道。」倪素望向香案後的兩個牌位，說。

「真的不需要你動用術法嗎？」倪素有些不安，又回過頭來望他。

「嗯。」他頷首。

「那你，」明明倪素才是為這道孤魂點燈的人，可是此刻，她卻覺得自己心中被他親手點燃了一簇火苗，「還是不願告訴我，你舊友的名字嗎？」

倪素一直有心幫他，可不知道為什麼，他始終不肯提起他那位舊友的名姓，也從不說讓她帶著他去找誰。

「他此時並不在雲京。」徐鶴雪說。

「那他去了哪兒？」倪素追問他，「我可以陪你去找，只要我找到害我兄長的人，哪怕山高水遠，我也陪你去。」

她早就不哭了，眼眶沒再有淚珠掛著，只是眼皮紅紅的，就這麼望著他。

徐鶴雪聽見她說「山高水遠」，不期抬眼對上她的視線。

「他會回來的。」

他說：「我不用妳陪我去很遠的地方，有些人和事，只有在雲京才能等得到。」

滿堂橙黃明亮的燭光映照徐鶴雪的臉龐，垂下去的眼睫遮住了他的神情，只是好像在這一刻，他似乎被一種不屬於這個人間的死寂所籠罩。

他很少提及他生前的事，除了在夤夜司的牢獄中為了安撫她而向她提起那段有關兄嫂的幼年趣事以外，他再沒有多說過一個字。

他抗拒她的過問。

倪素不知他生前到底遭遇了什麼，她也不願觸碰他的難堪，夜雨聲聲，她在冗長的沉默中想了很久，才道：「那如果你有要我幫忙的事，你一定要告訴我，不管是什麼，我都會盡力。」

燈燭之下，她清亮的雙眸映著她的真誠。

外面的雨聲沙沙作響，敲擊窗欞，徐鶴雪與她相視。

他不說話，而倪素被門外的細雨吸引，她將剩下半塊糖糕吃掉，看著在雨霧裡顯得尤其朦朧的庭院，忽然說：「下雨了。」

她回過頭來，「這樣的天氣，你就不能沐浴了。」

因為沒有月亮。

徐鶴雪望向簷廊外，聽著滴答的雨聲，他道：「明日，妳可以帶我去永安湖的謝春亭嗎？」

「好。」倪素望著他。

才接回兄長的骨灰，倪素難以安眠，她替自己上過傷藥後，又去點燃隔壁居室裡的香燭。

做完這些，她又回到香案前，跪坐在蒲團上，守著燈燭，一遍又一遍翻那部尚未寫成的醫書裡，屬於兄長的字跡。

而徐鶴雪立在點滿燈燭的居室裡，書案上整齊擺放著四書五經，幾本詩集，筆墨紙硯應有盡有，牆上掛著幾幅字畫，乍看花團錦簇，實則有形無骨，都是倪素白日裡在外面的字畫攤子上買來的。

素紗屏風，淡青長簾，飲茶的器具，棋盤與棋笥，瓶中鮮花，爐中木香，乾淨整潔的床榻……無不昭示布置這間居室之人的用心。

素雅而有煙火氣。

徐鶴雪的視線每停在一處，就好像隱約觸碰到一些久遠的記憶。

他想起自己曾擁有比眼前這一切更好的居室，年少時身處書香文墨，與人交遊策馬，下棋飲茶。

靠牆的一面櫃門是半開的，徐鶴雪走過去，手指勾住櫃門的銅扣，輕微的「吱呀」聲響，滿室燈燭照亮裡面疊放整齊的，男子的衣裳。

幾乎堆放了滿滿一櫃。

銅扣的冷，不抵他指間溫度。

徐鶴雪幾乎一怔，呆立在櫃門前，許久都沒有動。

徐鶴雪躺在床榻上。

香爐中的白煙幽幽浮浮，滿室燈燭輕微閃爍。

他閉起眼睛。

腦海中卻是長煙瀰漫，恨水東流，漆黑的天幕裡時有電閃雷鳴，刺激耳膜，一座高聳的寶塔懸在雲端，塔中魂火跳躍撕扯，照徹一方。

「將軍！將軍救我！」

「我恨大齊！」

數不清的怨憎哭嚎，幾乎要刺破他的耳膜。

徐鶴雪倏爾睜眼，周身瑩塵四散，生前所受的刀剮又一寸又一寸地割開他的皮肉，耳畔全是混雜的哀號。

不知不覺握了滿手的血，他才感覺到捏在掌中的那枚獸珠很燙，燙得他指節蜷縮，青筋微鼓。

燭花亂濺，房中的燈燭剎那熄滅大半。

劇痛吞噬著徐鶴雪的理智，他的身形忽然變得很淡，漂浮的瑩塵流散出強烈的怨戾之氣，杯盞盡碎，香爐傾倒。

倪素在香案前靜坐，忽然聽見了一些動靜，她一下轉頭，卻見簷廊之外，細雨之中，竟有紛紛雪落。

她雙手撐在地板上站起身，步履蹣跚地走出去。

對面那間居室裡的燈燭幾乎滅盡，倪素心中頓感不安，顧不得雨雪，趕緊跑到對面的廊廡裡。

「砰」的一聲，房門大開。

廊上的燈籠勉強照見滿室狼藉，零散的花瓣嵌在碎瓷片裡，整張屏風都倒在地上，鮮血染紅了屏風大片的素紗。

室內滿是香灰與血腥的味道。

那個男人躺在滿是碎瓷片的地上，烏濃的長髮凌亂披散，平日裡總是嚴整貼合的中衣領子此刻卻是完全敞露的，他頸線明晰，鎖骨隨著他劇烈的喘息而時有起伏。

「徐子凌！」

倪素瞳孔微縮，立即跑過去。

她俯身去握他的手臂，卻沾了滿掌的血，一盞勉強燃著的燈燭照亮他寬袖之下，生生被刀刃剮過的一道傷口。

那實在太猙獰，太可怕，刺得她雙膝一軟，跪倒在他身側。

他仰起臉，那雙眼睛看不清楚，也全然忘記了她是誰，他顫抖、喘息，頸間的青筋脈絡更顯，那已經不是活生生的人所能顯現的顏色。

他的喉結滾動一下，微弱的燭火照不進他漆黑空洞的眸子，周身的瑩塵好似都生了極其尖銳的稜角，不再那麼賞心悅目，反而刺得人皮膚生疼。

「徐子凌你怎麼了？」倪素環抱住他的腰身，用盡力氣想將他扶起來，又驚覺他的身形越發淡如霧，她回頭看了案上僅燃的燈燭一眼，才要鬆開他，卻不防被他緊緊地攥住了手腕。

倪素沒有防備，踉蹌傾身。

他的力道之大，像是要捏碎她的腕骨。

倪素另一隻手肘抵在地板上，才不至於壓到他身上去，可她抬頭，卻見他雙眼緊閉起來，纖長的眼睫被殷紅的血液浸濕。

他的眼睛，竟然在流血。

倪素想要掙脫他的手，卻撞見他睜開眼睛，血液沾濕他蒼白的面頰，倪素被他那樣一雙血紅的眼睛盯著，渾身戰慄發麻。

倪素立即伸出另一隻手去搆燈燭，然而手指才將將觸碰到燭臺的邊緣，她的脖頸倏爾被他張口咬住。

徐鶴雪遵從於一種難以克制的毀壞欲，齒關用力地咬破她細膩單薄的頸間肌膚。

燭臺滾落，焰光熄滅。

徐鶴雪嘗不出血腥的味道，只知道唇齒間濕潤而溫熱，他顫抖地收緊齒關，深墮於鐵鼓聲震，金刀血淚的惡夢之中。

「早知如此，將軍何必身臥沙場，還不如在綺繡雲京，做你的風雅文士！」

黃沙煙塵不止，血汙盔甲難乾，多的是身長數尺的男兒挽弓策馬，折戟沉沙，那樣一道魁梧的身影身中數箭，巍然立於血丘之上，淒哀大嘆。

那個人重重地倒下去，如一座高山傾塌，陷於汙濁泥淖。

無數人倒下去，血都流乾了。

乾涸的黃沙地裡，淌出一條血河來。

徐鶴雪被淹沒在那樣濃烈的紅裡，他渾身沒有一塊好皮肉，只是一具血紅的、可憎的軀殼。

無有衣袍遮掩他的殘破不堪，他只能棲身於血河，被淹沒，被消融。

「徐鶴雪。」

幻夢盡頭，又是一個炎炎夏日，湖畔綠柳如絲，那座謝春亭中立著他的老師，卻是華髮蒼蒼，衰朽風燭。

他發現自己身上仍無衣物為蔽，只是一團血紅的霧，但他卻像曾為人時那樣，跪在老師的面前。

「你有悔嗎？」老師問他。

可有悔當年進士及第，前途大好，風光無限之時，自甘放逐邊塞，沙場百戰，白刃血光？

他是一團血霧，一點也不成人形，可是望著他的老師，他仍無意識地顧全所有的禮節與尊敬，俯首，磕頭，回答：「學生不悔。」

他知道，這注定是一個令老師失望的回答，然而他抬首，卻見幻夢皆碎，亭湖盡隕。只剩他這團霧，濃淡不清地漂浮在一片漆黑之中，不知能往何處。

「徐子凌。」

直到，有這樣一道聲音一遍又一遍地喚他。

徐鶴雪眼皮動了動，立時要睜開眼睛，卻聽她道：「你先別睜眼，我幫你擦乾淨。」

他不知他這一動又有殷紅的血液自眼瞼浸出，但聽見她的聲音，他沒有睜眼，只任由她浸過熱水的帕子在他的眼睛、臉頰上擦拭。

倪素認真地擦拭他濃睫上乾涸的血漬，才將帕子放回水盆裡，說：「現在可以了。」

她起身出去倒水。

徐鶴雪聽見她漸遠的步履聲，後知後覺地睜開眼，滿目血紅，他幾乎不能視物。

她又回來了。

徐鶴雪抬眼，卻只能隱約看見她的一道影子。

「我扶你起來洗洗臉。」倪素將重新打來的溫水放到榻旁。

徐鶴雪此時已經沒有那麼痛了，但他渾身都處在一種知覺不夠的麻木，倚靠她的攙扶才能勉強起身。

「不必。」

察覺到她伸手來幫他掬水洗臉。

他說話的力氣不夠，卻仍透著一種拒人於千里之外的疏冷。

「可你如今這樣，自己怎麼洗？」倪素溫聲道。

月光可以助他驅散身上所沾染的汙垢飛塵，但如今正是清晨，外面雨霧如織，而倪素忙了一夜，無論她如何為他擦拭都始終不能擦乾淨他乾涸的血漬，那些都是凝固的瑩塵，只用水是擦不掉的。

幸而那枚獸珠飛出一縷浮光來，指引著她去了永安湖畔，折了好些柳枝回來，柳葉煮過的水果然有用。

倪素不給徐鶴雪反應的機會，掬了水觸摸他的臉，徐鶴雪左眼的睫毛沾濕，血紅褪去了些，他不自禁地眨動眼睫，水珠滴落，他卻藉著恢復清明的左眼，看見她白皙細膩的脖頸上，一道齒痕血紅而深刻。

某些散碎而模糊的記憶回籠。

雨雪交織的夜，昏暗的居室，滾落的燭臺……

原來唇齒的溫熱，是她的血。

徐鶴雪腦中轟然，倏爾，他身體更加僵直，卻忽然少了許多抗拒，顯露出一絲懊惱。

倪素發現他忽然變得像一隻乖順的貓，無論是觸碰他的臉頰，還是他的睫毛，他都任由她擺弄。

血紅不再，徐鶴雪的雙眼宛如剔透琉璃。

他又濃又長的睫毛還是濕潤的，原本呆呆地半垂著，聽見她起身端水的動靜，他眼簾一下抬起來：「倪素。」

倪素回頭，珍珠耳墜輕微晃動。

她看見靠坐在床上的年輕男人蹙著眉，那雙眼看向她的頸間。

「我無意冒犯。」他說。

倪素看著他，隨即將水盆放回，又坐下來，問：「昨夜你為什麼會那樣？」

猶如困獸之終，孤注一擲的掙扎。

倪素很痛，因為被他的齒關咬破脖頸，也因為被他冰冷的唇舌抵住破損的傷處，她顫慄、驚懼。

直到他毫無預兆地鬆懈齒關，靠在她的肩頭，動也不動。

她還從來沒有見過他那副模樣，好像失去了所有理智。

「是我忘了幽釋之期。」

徐鶴雪寬大的衣袖底下，他昨夜顯露的傷口此時已經消失不見。

「幽釋之期？」

「幽都有一座寶塔，塔中魂火翻沸，困鎖無數幽怨之靈，每年冤魂出塔長渡恨水，只有身無怨戾才能在幽都來去自如，等待轉生。」

「他們出行之期，怨戾充盈，」徐鶴雪頓了一下，「我亦會受些影響。」

徐鶴雪看著她：「若是之後，妳再遇見我這樣，不要靠近，不必管我。」

他為何會受幽釋之期的影響？是因為他生前也有難消的怨憤嗎？

倪素看著他，卻久久也問不出口，又聽他這樣一句話，她道：「若你一開始不曾幫我，我自然也不會管你，投我以木桃，報之以瓊瑤，我一直如此處事。」

永安湖謝春亭暫時去不得了。

倪素點了滿屋的燈燭用來給徐鶴雪安養魂魄，廊廡裡漂了雨絲，她不得不將昨夜挪到簷廊裡的藥材再換一個地方放置。

雨絲纏綿，其中卻不見昨夜的雪。

倪素靠在門框上，看著廊外煙雨，她發現，似乎他的魂體一旦減弱，變得像霧一樣淡，就會落雪。

雲京之中，許多人都在談論昨夜交織的雨雪。

即便那雪只落了一個多時辰，便被雨水沖淡，今日雲京的酒肆茶樓乃至禁宮內院也仍不減討論之熱。

「孟相公，您那老寒腿還好吧？」

裴知遠一邊剝著花生，一邊走進政事堂，「昨兒夜裡那雪我也瞧見了，勢頭雖不大，也沒多會兒，但夜裡可寒啊。」

「只你們城南下了，我家中可瞧不見。」

孟雲獻也是上朝前才聽說了那一陣怪雪，竟只落在城南那片，不多時便沒了。

「哎，張相公，」裴知遠眼尖，見身著紫官服的張敬拄拐進來，他便湊過去作揖，「您家也在城南，昨兒夜裡見著那場雨雪沒？」

「睡得早，沒見。」張敬隨口一聲，抬步往前。

「可我怎麼聽說你昨兒夜裡紅爐醅酒，與學生賀童暢飲了一番啊？」孟雲獻鼻腔裡輕哼出一聲來。

後頭的翰林學士賀童正要抬腳進門，乍聽這話，他一下抬頭，正對上老師不悅的目光，他一時尷尬，也悔自己今兒上朝前與孟相公多說了幾句。

張敬什麼話也不說，坐到椅子上。

孟雲獻再受冷落，裴知遠有點憋不住笑，哪知他手裡才剝好的幾粒花生米全被孟雲獻截去一口嚼了。

得，不敢笑了。

裴知遠捏著花生殼，找了自個兒的位子坐下。

東府官員們陸陸續續地都齊了，眾人又在一塊兒議新政的條項，只有在政事上張敬才會撇下私底下的過節與孟雲獻好好議論。

底下官員們也只有在這會兒是最鬆快的，這些日，吃了張相公的青棗，又得吃孟相公的核桃，聽著兩位老相公嘴上較勁，他們也著實捏了一把汗。

但好在，事關新政，這二位相公卻是絕不含糊的。

今日事畢的早些，官員們朝兩位相公作揖，不一會兒便走了個乾淨。

孟雲獻正吃核桃，張敬被賀童扶著本要離開，可是還沒到門口，他又停步，回轉身來。

「學生出去等老師。」賀童低聲說了一句，隨即便一提衣擺出去了。

「請我喝酒啊？我有空。」

孟雲獻理了理袍子走過去。

「我何時說過這話？」張敬板著臉。

「既不是喝酒，那你張相公在這兒等我做什麼呢？」

「你明知故問。」張敬雙手撐在拐杖上，借著力站穩，「今日朝上，蔣先明所奏冬試案，你是否提前知曉？」

「這話是怎麼說的？」孟雲獻學起了裴知遠。

「若不是，你為何一言不發？」張敬冷笑，「你孟琢是什麼人，遇著與你新政相關的這第一樁案子，你若不是提前知曉，且早有自己的一番算計，你能在朝上跟個冬天的知了似的啞了聲？」

「官家日理萬機，顧不上尋常案子，夤夜司裡頭證據不夠，處處掣肘，唯恐牽涉出什麼來頭大的人，而蔣御史如今正是官家跟前的紅人，他三言兩語將此事與陛下再推新政的旨意一掛鉤，事關天威，官家不就上心了麼？」

孟雲獻倒也坦然，「我這個時候安靜點，不給蔣御史添亂，不是皆大歡喜的事嗎？諫院的老匹夫們今兒也難得勁兒都往這處使，可見我回來奏稟實施的『加祿』這一項，很合他們的意。」

「可我聽說，那冬試舉子倪青嵐的妹妹言行荒誕。」今兒朝堂上，張敬便聽光寧府的知府提及那女子所謂「冤者託夢」的言行。

更奇的是，即便入了光寧府司錄司中受刑，她也仍不肯改其言辭。

「言行荒誕？」孟雲獻笑了一聲，卻問：「有多荒誕？比崇之你昨兒晚上見過的那場雨雪如何？」

整個雲京城中都在下一樣的雨，然而那場雪，卻只在城南有過影蹤。

雪下了多久，張敬便在廊廡裡與賀童坐了多久，他雙膝積存的寒氣至今還未散。

「你敢不敢告訴我，你昨夜看雪時，心中在想些什麼？」孟雲獻忽然低聲。

「孟琢！」張敬倏爾抬眸，狠瞪。

「我其實，很想知道他……」

「你知道的還不夠清楚嗎！」張敬打斷他，雖怒不可遏卻也竭力壓低聲音，「你若還不清楚，你不妨去問蔣先明！你去問問他，十五年前的今日，他是如何一刀刀剮了那逆臣的！」

轟然。

孟雲獻後知後覺，才意識到，今日，原來便是曾經的靖安軍統領，玉節將軍徐鶴雪的受刑之期。

堂中冷清無人，只餘孟雲獻與張敬兩個。

「孟琢，莫忘了你是回來主理新政的。」張敬步履蹣跚地走到門口，沒有回頭，只冷冷道。

他們之間，本不該再提一個不可提之人。

孟雲獻在堂中呆立許久，揉了揉發酸的眼皮，撣了幾下衣袍，背著手走出去。

御史中丞蔣先明一上奏，官家今晨在朝堂上立即給了夤夜司相應職權，下旨令入內侍省押班，夤夜司使尊韓清徹查冬試案。

城中雨霧未散，夤夜司的親從官幾乎傾巢而出，將貢院翻了個遍，同時又將冬試涉及的一干官員全數押解至夤夜司中訊問。

夤夜司使尊韓清在牢獄中訊問過幾番，帶鐵刺的鞭子都抽斷了一根，他渾身都是血腥氣，熏得太陽穴生疼，出來接了周挺遞的茶，坐在椅子上打量那個戰戰兢兢的衍州舉子何仲平。

「看清楚了麼？這些名字裡，可有你熟悉的，或是倪青嵐熟悉的？」

韓清抿了一口茶，乾澀的喉嚨好受許多。

「俱、俱已勾出。」何仲平雙手將那份名單奉上，「我記得，我與倪兄識得的就那麼兩個，且並不相熟，我都用墨勾了出來。」

他結結巴巴的，又補了一句：「但也有、有可能，倪兄還有其他認識的人，是我不知道的。」

周挺接來，遞給使尊韓清。

韓清將其擱在案上掃視了一番，對周挺道：「將家世好，本有恩蔭的名字勾出來。」

周挺這些日已將冬試各路舉子的家世、名字記得爛熟，他不假思索，提筆便在其中勾出來一些名字。

這份名單所記，都是與倪青嵐一同丟失了試卷的舉子。

共有二十餘人。

韓清略數了一番，周挺勾出來的人中，竟有九人。

「看來，還故意挑了些學問不好的世家子的試卷一塊兒丟，憑此混淆視聽。」韓清冷笑。

此番冬試不與以往科舉應試相同。

官家為表再迎二位相公回京推行新政之決心，先行下敕令恢復了一項廢止十四年的新法，削減以蔭補入官的名額，若有蒙恩蔭入仕者，首要需是舉子，再抽籤入各部尋個職事，以測其才幹。

「使尊，凶手是否有可能是在各部中任事卻不得試官認可之人？」周挺在旁說道。

有恩蔭的官家子弟到了各部任事，都由其部官階最高者考核、試探，再送至御史臺查驗，抽籤則在一定程度上避免了試官與其人家中或因私交而徇私的可能。

「勾出來。」韓清輕抬下頜。

周挺沒落筆，只道：「使尊，還是這九人。」

「這些世家子果然是一個也不中用。」韓清端著茶碗，視線在那九人之間來回掃了幾遍，其中沒有一人與何仲平勾出來的名字重合。

韓清將那名單拿起來，挑起眼簾看向那何仲平：「你再看清楚了這九個人的名字，你確定沒有與你或是倪青嵐相識的？不必熟識，哪怕只是點頭之交，或見過一面？」

何仲平滿耳充斥著那漆黑甬道裡頭，牢獄之中傳來的慘叫聲，他戰戰兢兢，不敢不細緻地將那九人的名字看過一遍，才答：「回韓使尊，我家中貧寒，尚不如倪兄家境優渥，又如何能有機會識得京中權貴？這九人，我實在一個都不認得。」

「你知道倪青嵐家境優渥？」

冷不丁的，何仲平聽見韓清這一句，他抬頭對上韓清那雙眼，立即嚇得魂不附體，「韓使尊！我絕不可能害倪兄啊！」

「緊張什麼？你與裡頭那些不一樣，咱家這會兒還不想對你用刑，前提是，你得給咱家想，絞盡腦汁地想，你與倪青嵐在雲京來往的樁樁件件，咱家都要你事無巨細地寫下來。」

韓清自然不以為此人有什麼手段能那麼迅速地得知光寧府裡頭的消息，並立即買凶去殺倪青嵐的妹妹倪素。

「是是！」何仲平忙不迭地應。

周挺看何仲平拾撿宣紙，趴在矮案上就預備落筆，他俯身，低聲對韓清道：「使尊，此人今日入了夤夜司，若出去得早了，只怕性命難保。」

凶手得知倪青嵐的屍首被其親妹倪素發現，就立即買凶殺人，應該是擔心倪素上登聞鼓院敲登聞鼓鬧大此事。

當今官家並不如年輕時那麼愛管事，否則夤夜司這幾年也不會如此少事，底下人能查清的事，官家不愛管，底下人查不清的事，除非是官家心中的重中之重，否則也難達天聽。

這衍州舉子何仲平逗留雲京，此前沒有被滅口，應是凶手以為其人並不知多少內情，但若今日何仲平踏出夤夜司的大門，但凡知道夤夜司的刑訊是怎樣一番刨根問底的手段，凶手也不免懷疑自己是否在何仲平這裡露過馬腳，哪怕只為了這份懷疑，凶手也不會再留何仲平性命。

「嗯。」韓清點頭，「事情未查清前，就將此人留在夤夜司。」

話音落，韓清忽然像是想到了什麼似的，他抬起頭，「何仲平，咱家問你，你與倪青嵐認識的人中，可還有沒在這名單上，但與名單上哪家衙內相識的？」

何仲平聞言忙擱下筆，想了想，隨即還真說出了個名字來：「葉山臨！韓使尊，倪兄其實並不愛與人來往，多少集會請他他都不去，這名單上識得的人，也至多是點頭之交，再說那名單外的，就更沒幾個了，但我識得的人確實要多些，這個葉山臨正是雲京人氏，他也參與了此次冬試，並且在榜，成了貢生，只是殿試卻榜上無名……」

「那你倒是說說，這個葉山臨與哪位衙內相識？」

「他家中是做書肆生意的，只是書肆小，存的多是些志怪書籍，少有什麼衙內能光顧的，但我卻記得他與我提起過一位。」

「誰？」

「似乎，是一位姓苗的衙內，是……」何仲皺著臉努力地回想，隔了片刻才總算靈光一閃，「啊，是太尉府的二公子！」

「他說那位二公子別無他好，慣愛收集舊的志怪書籍！越古舊越好！」

周挺聞言，幾乎一怔。

太尉府的……二公子？怎麼會是他？

「苗易揚。」

韓清推開那份試卷遺失的名單，找出來參與冬試的完整名單，他在其中準確地找出了這個名字。

可他並不在試卷遺失的名單之列。

苗太尉的二公子，冬試落榜，後來抽籤到了大理寺尋職事，前不久得大理寺卿認可，加官正八品大理寺司直，而官家念及苗太尉的軍功，又許其一個正六品的朝奉郎。

細密如織的雨下了大半日，到黃昏時分才收勢。

雲京不同其他地方，酒樓中的跑堂們眼看快到用飯的時間，便會跑出來滿街的叫賣，倪素在簷廊底下坐著正好聽見了，便出去叫住一人要了些飯菜。

不多時，跑堂的便帶著一個食盒來了，倪素還在房中收拾書本，聽見喊聲便道：「錢在桌上，請你自取。」

跑堂是個少年，到後廊上來真瞧見了桌上的錢，便動作麻利地將食盒裡的飯菜擺出，隨即提著食盒收好錢便麻利地跑了。

倪素收拾好書本出來，將飯菜都挪到了徐鶴雪房中的桌上。

「和我一起吃嗎？」倪素捧著碗，問他。

徐鶴雪早已沒有血肉之軀，其實一點也用不著吃這些，他嘗不出糖糕的甜，自然也嘗不出這些飯菜的味道。

他本能地想要拒絕。

可是目光觸及她白皙的頸間，那道齒痕顯眼，他頓了一下，在她對面坐下，生疏地執起筷，陪她吃飯。

「我要的都是雲京菜，你應該很熟悉吧？」倪素問他。

「時間太久，我記不清了。」

「那你嘗一嘗，就能記得了。」

徐鶴雪到底還是動了筷，與她離開貪夜司那日遞給他的糖糕一樣，他依舊吃不出任何滋味。

可是被她望著，徐鶴雪還是道：「嗯。」

倪素正欲說些什麼，卻聽一陣敲門聲響，她立即放下碗筷，起身往前面去。

她的手還沒觸摸到鋪面的大門，坐在後廊裡的徐鶴雪忽然意識到了些什麼，他的身形立即化作淡霧，又轉瞬凝聚在她的身邊。

「倪素。」徐鶴雪淡色的唇微抿，朝她遞出一方瑩白的錦帕。

「做什麼？」倪素滿臉茫然。

徐鶴雪聽見外面人在喚「倪小娘子」，那是貪夜司的副尉周挺，他伸手將那塊長方的錦帕繞上她的脖頸，遮住那道咬傷。

「雖為殘魂，亦不敢汙妳名節。」

「倪小娘子可在裡面？」

周挺隱約聽見些許人聲，正欲再敲門，卻見門忽然打開，裡面那姑娘窄衫長裙，披帛半掛於臂，只梳低髻，簪一支白玉梳。

卻不知為何，她頸間裹著一方錦帕。

「倪小娘子，妳這是怎麼了？」周挺疑惑道。

「下雨有些潮，起了疹子。」

倪素徹底將門打開，原本站在她身側的徐鶴雪剎那化為雲霧，散了。

周挺不疑有他，進了後廊，他接來倪素遞的茶碗，立即道：「今日早朝御史中丞蔣大人已將妳兄長的案子上奏官家，夤夜司如今已有職權徹查此事，韓使尊今日已審問了不少人，但未料，忽然牽扯出一個意想不到的人。」

「誰？」倪素立即問道。

「苗太尉的二公子，」周挺端詳她的臉色，「便是那位將妳從夤夜司帶出去的朝奉郎苗易揚。」

周挺一直有差遣夤夜司的親從官監視與保護倪素，自然也知道她在來到南槐街落腳前，一直都住在苗太尉府裡。

「怎麼可能是他？」倪素不敢置信。

在太尉府裡時，倪素因為臥床養傷，其實並沒有見過苗易揚幾回，但她印象裡，苗易揚文弱溫吞，許多事都需要他的夫人蔡春絮幫他拿主意。

「其實尚不能確定，只是妳兄長與那衍州舉子何仲平並不識得什麼世家子，妳兄長又不是什麼行事高調的，來到雲京這一個陌生地界，何以凶手便盯上了他？但不知倪姑娘可還記得，我之前同妳說，那何仲平借走了妳兄長一篇策論。」

倪素點頭：「自然記得。」

「妳兄長少與人來往，但這個何仲平卻不是，酒過三巡亦愛吹噓，自己沒什麼好吹噓的，他便吹噓起自己的好友，妳兄長的詩詞、文章，他都與酒桌上的人提起過。」

「與他有過來往的人中，有一個叫做葉山臨的，家中是做書肆生意的，何仲平說，此人認得一位衙內，那位衙內喜愛收集古舊的志怪書籍，正是苗太尉府的二公子——苗易揚。」

「而他也正好參加過冬試，卻未中榜。」

「不可能是他。」倪素聽罷，搖頭，「若真是他，在光寧府司錄司中他買通獄卒殺我不成，而後我自投羅網，從賁夜司出去便到了太尉府上，我既在他眼皮子底下，他是否更好動手些？既如此，那他又為何不動手？」

若真是苗易揚，那他可以下手的機會太多了，然而她在太尉府裡養傷的那些日子，一直是風平浪靜。

「也許正是因為在他眼皮底下，他才更不敢輕舉妄動，」周挺捧著茶碗，繼續道：「不過這也只是韓使尊的猜測，還有一種可能，這位朝奉郎，也僅是那凶手用來迷惑人的手段之一。」

「你們將苗易揚抓去賁夜司裡了？」倪素不是沒在賁夜司中待過，但只怕賁夜司使尊這回絕不會像此前對待她那般，只是嚇唬而不動手，他得了官家敕令，有了職權，任何涉及此案的官員他都有權刑訊。

「使尊並沒有對朝奉郎用刑。」

周挺離開後，倪素回到徐鶴雪房中用飯，但她端起碗，又想起蔡春絮，心中又覺不大寧靜，也再沒有什麼胃口。

「苗易揚沒有那樣的手段。」淡霧在房中凝聚出徐鶴雪的身形，他才挺過幽釋之期，說話的氣力也不夠：「苗太尉也絕不可能為其鋌而走險。」

「你也識得苗太尉？」倪素抬頭望他。

徐鶴雪與之相視，他沉默了片刻，才淡聲道：「是，此人我還算了解。」

他十四歲放棄雲京的錦繡前途，遠赴邊塞從軍之初，便是在威烈將軍苗天照的護寧軍中，那時苗天照還不是如今的苗太尉。

十五年前，在檀吉沙漠一戰中，苗天照也曾與他共禦外敵。

太尉雖是武職中最高的官階，但比起朝中文臣，實則權力不夠，何況如今苗太尉因傷病而暫未帶兵，他即便是真有心為自己的兒子謀一個前程，只怕在朝中也使不上這麼多的手段。

「其實我也聽蔡姐姐說起過，她郎君性子溫吞又有些孤僻，本來是不大與外頭人來往的，也就是做了大理寺的司直才不得不與人附庸風雅，除此之外，平日裡他都只願意待在家中，又如何肯去那葉山臨的宴席暢飲？」

倪素越想越不可能。

她有些記掛蔡春絮，但看徐鶴雪魂體仍淡，他這樣，又如何方便與她一塊兒出門？

「我再替你多點一些香燭，你是不是會好受一些？」倪素起身從櫃門裡又拿出來一些香燭。

「謝謝。」

徐鶴雪坐在榻旁，寬袖遮掩了他交握的雙手。

外面的天色漸黑，倪素又點了幾盞燈，將香插在香爐裡放在窗畔，如此屋中也不至於有太多煙味。

她回轉身來，發現徐鶴雪脫去了那身與時節不符的氅衣，只著那件雪白的衣袍，即便他魂體淡薄，坐在那裡的姿儀卻依舊端正，身形挺闊，不似平日裡看起來那般孱弱。

只是他的那件衣裳不像她在大鐘寺柏子林中燒給他的氅衣一般華貴，反而是極普通的料子，甚至有些粗糙。

這是倪素早就發覺的事，她卻一直沒有問出口。

然而此時她卻忽然有點想問了，因為她總覺得今日的徐子淩，似乎很能容忍她的一切冒犯。

「你這件衣裳，也是你舊友燒給你的嗎？」

她真的問了。

徐鶴雪抬起眼睛來：「是幽都的生魂相贈。」

他初入幽都時，只是一團血紅的霧，無衣冠為蔽，無陽世之人燒祭，不堪地漂浮於恨水之東。

荻花叢中常有生魂來收陽世親人所祭物件，他身上這件粗布衣袍，便是一位老者的生魂相贈。

倪素不料，他竟是這樣的回答。

她想問，你的親人呢？就沒有一個人為你燒寒衣，為你寫表文，在你的忌辰為你而哭？

她又想起，是有一個的。

只是他的那位舊友，到底因何準備好寒衣，寫好表文，卻又不再祭奠？

倪素看著他，卻問不出口。

「月亮出來了。」倪素回頭看向門外，忽然說。

徐鶴雪隨著她的視線看去，簷廊之外，滿地銀霜淡淡，他聽見她的聲音又響起：「你是不是要沐浴？」

一如在橋鎮的客棧那晚，徐鶴雪站在庭院裡，而他回頭，那個姑娘正在廊上看他。

月光與瑩塵交織，無聲驅散生魂身上所沾染的，屬於陽世的汙垢塵埃，在他袖口凝固成血漬的瑩塵也隨之而消失。

他的乾淨，是不屬於這個人間的乾淨。

倪素看著他的背影，想起自己從成衣鋪裡買來的那些男子衣裳，他其實長得很高，只是身形清臞許多，那些衣袍顯然更適合再魁梧些的男子。

徐鶴雪聽見廊上的步履聲，他轉身見倪素跑進了她自己的房中，不一會兒也不知拿了什麼東西，又朝他走來。

她走得近了，徐鶴雪才看清她手中捏著一根細繩。

「抬手。」倪素展開細繩，對他說。

徐鶴雪不明所以，看了倪素一眼，見她依舊堅持，才抬起雙臂，哪知下一刻，她忽然靠他很近。

倪素手中的細繩纏上他的腰身，徐鶴雪幾乎能嗅聞到她髮間極淡的桂花油的清香，他下意識地後退半步，目光落在細繩上，此時才反應過來她在做什麼。

「我欠了考慮，櫃子裡的那些衣裳尺寸不適合你，我也沒問過你喜歡什麼顏色，喜歡什麼式樣，也是我那時太忙，成衣鋪掌櫃的眼光有些太老，那些衣裳我看著倒像是四五十歲的人才會喜歡的。」倪素仍專注於手中的細繩。

「我並不在意，妳知道，我若還在世，其實……」徐鶴雪話沒說盡。

倪素知道他想說什麼，十五年前他死時十九歲，若他還在世，如今應該也是三十餘歲的人了。

她抬起頭，朝他笑了笑，「那如何能算呢？你永遠十九歲，永遠處在最年輕而美好的時候。」

年輕而美好，這樣的字句，徐鶴雪其實覺得無論如何也不能再用來形容他自己，可是他面前的這個姑娘，卻如此認真地對他說。

他剔透的眸子映著簷廊底下的燭光，聽見她說「不要動」，他應了一聲，便任由她像白日裡為他洗臉時那樣擺弄。

「替你量好了尺寸，我便自己為你裁衣，你放心，我在家中也給我母親做過衣裳，父親雖去得早，但我也做過寒衣給他，一定能做得好看些。」

倪素繞到他的身後，用細繩比劃著他的臂長。

「其實妳不必為我裁衣。」此刻她在身後，徐鶴雪看不見她，卻能感受到她時不時的觸碰，「昨夜冒犯於妳，尚不知如何能償。」

「你如今肯乖乖站在這裡任我為你量尺寸，就是你的償還了。」

「我記下這尺寸交給成衣鋪，讓他們多為你做幾件，但我是一定要自己做一件衣裳給你的。」

倪素不明白，為什麼他這樣一個人在十九歲死去，卻無人祭奠，連身上的衣裳都是幽都裡的其他生魂所贈。

他活在這人間的時候，一定也是在錦繡堆裡長大的少年吧？

收起細繩，漂浮的瑩塵裡，倪素認真地說：「那是我要送給你的禮物。」

苗易揚在夤夜司中待了一整夜，翌日清晨，夤夜司使尊韓清親自下令開釋苗易揚，許其回家。

「使尊。」

周挺走出夤夜司大門，先朝韓清行禮，隨即看向階梯底下那輛來接苗易揚的馬車，「想不到杜琮竟會出面來保苗易揚。」

「你是想問，咱家為何這麼輕易就將人放了？」韓清看著馬車裡出來一位年輕的娘子，將那位步履虛浮的朝奉郎扶上去。

杜琮其人，禮部郎中，如今又在三司做戶部副使。

苗太尉在朝中本無什麼交好的文臣，按理苗易揚的嫌疑也不夠大，但杜琮這麼一出面，不就又證明，苗太尉也並非什麼手段都使不上麼？

如此本該加重苗易揚的嫌疑，但韓清還是將人放了。

「使尊心中自有考量。」

周挺垂眸。

「苗易揚任大理寺司直前，成日裡幾乎大門不出二門不邁，跟個娘子似的，在夤夜司裡待了一夜，三魂七魄去了一半，卻還念叨『清白』二字，若不是他城府深，便真是個小雞崽子似的膽子。」

韓清看著那馬車遠了，才轉身朝門內去：「先叫人盯著就是。」

晨霧不多時被日光烤乾，苗易揚回到太尉府中，即便躺在床上裹緊了被子也仍舊難以止住骨子裡的寒顫。

「春絮，我在裡頭都不敢睡覺，妳不知道，他們那裡頭有一個刑池，裡面好多血水，我還看見了鑲著鐵刺的鞭子，全都帶著血……」

苗易揚抓住蔡春絮要替他擦汗的手，「我聽見好多慘叫！他們都在喊冤！喊疼！整整一晚，他們都在問我同一個問題，我說得口乾舌燥，也不敢喝他們遞的茶，我瞧那茶的顏色，都像血似的……」

「夤夜司使尊連上好的霧山紅茶都拿來給你喝，你怎麼沒出息成這樣？」蔡春絮聽煩了他的絮叨，從馬車上，到了府裡，他嘴裡一直絮叨個沒完。

「妳知道有多可怕嗎春絮……」苗易揚委屈極了，還不願放開她的手。

「老子這輩子怎麼生了你這麼個玩意兒！」

蔡春絮只聽得這中氣十足的渾厚嗓音，一下回頭，只見門檻處那片日光裡頭映出來好幾道影子，接著便是一個身形魁梧，約莫五十多歲的男人帶著一位與他年紀相仿的婦人進來，後面還跟著一對年輕的夫婦。

「阿舅，阿婆。」蔡春絮立即起身作揖，先喚公婆，見後頭的兄嫂進來，又道：「大哥，大嫂。」

「阿蔡，妳莫管他。」苗太尉進來一見蔡春絮，便冷哼道：「只是進了趟夤夜司，半點刑罰沒受，便嚇破了膽子，成了這副病歪歪的樣子，討人嫌！說出去，都怕你這小雞崽子丟了老子的臉！」

「他才剛出來，你快別說這些話。」

王氏一瞧二兒子臉色煞白，滿額是汗，就心疼起來。

「阿舅，咱們二郎君自小身子骨弱，又哪裡見過那夤夜司裡頭的腌臢事，這回明明是好心好意救個小娘子回來，哪知卻因為那小娘子的事進了夤夜司裡頭吃苦，若是我，我心中也是極難受的。」大兒媳夏氏在旁搭腔道。

這話聽著有些味兒不對，大郎君苗景貞天生一張冷臉，聽了她這番話便皺了一下眉，「小暑。」

「不會說話就別說了。」苗太尉也瞅著她，見她拿繡帕捂住嘴，才又去瞧床上那半死不活樣兒的二兒子，「你倒還不如那個小娘子，姓什麼來著？」

苗太尉想起來昨兒早朝聽見的冬試案，「啊，姓倪對吧？那小娘子在光寧府先受了殺威棒，後來又被關進了夤夜司，她怎麼不像你似的，腿軟成這樣？」

苗易揚遇著他爹這樣爆竹似的脾氣，又聽他那大嗓門，什麼話也不敢說，見蔡春絮坐了回來，他趕緊挨著她，委委屈屈地不說話。

「要不是三司的杜琮杜大人，你小子，指不定要在夤夜司裡待上幾天呢！」苗太尉瞧著他那樣子就來氣，招手喚來一名小廝，「去請個醫工來給他瞧瞧。」

「爹，可杜大人為何要幫您？」苗景貞忽然問。

「他啊……」苗太尉摸了摸鼻子，「他跟你老子在一塊兒喝過酒，你問那麼多幹什麼？你弟弟的事兒你出不了面，杜琮主動幫我的忙還不好麼？」

苗景貞再將父親審視一番，「可您以為，這份情是好承的麼？他此時來說和，夤夜司使尊如何想？」

「管那宦官如何想？」苗太尉冷笑，「你瞧瞧你弟弟這副樣子，能是殺人害命的材料？我雖在朝堂裡與那些文官們說不到幾句話，但誰要敢讓我兒子背黑鍋，我也是不能含糊的！」

苗景貞本就寡言，一番言語試探，明白父親並非不知這其中利害後，他也就不再說話了。

「阿蔡啊，這個，」苗太尉揉了揉腦袋，又對蔡春絮道：「妳得空就好好寫一首漂亮的，還得是適合我的詩來，給那杜大人送去。」

「阿舅，只送詩啊？」夏氏有點憋不住笑。

「自然還是要送些好東西的，請個會瞧古董的，買些字啊畫兒什麼的，我那詩不是隨他們那些文人的習慣麼？交朋友就愛扯閒詩送來送去。」苗太尉說的頭頭是道。

正說著話，外頭僕婦來報，說有位倪小娘子來了。

不多時，女婢便領著那年輕女子進了院。

這還是苗太尉第一回真正見到傳聞中的那位倪小娘子，淡青的衫子，月白的長裙，裝扮素雅，而容貌不俗。

「倪素見過太尉大人。」

倪素進了屋子，經身旁女婢低聲提點，便朝坐在折背椅上的那位大人作揖，又與大郎君苗景貞，以及幾位女眷一一示禮。

屋內人俱在打量她，見她禮數周全且全無怯懦，苗太尉的夫人王氏便道：「瞧著是個大戶人家的姑娘。」

「阿婆，若不是出了這樣的事，我阿喜妹妹也不至於在雲京這麼無依無靠的。」蔡春絮見倪素來了，便用力掙脫了苗易揚的手，瞪他一眼的同時打了他一下，隨後走到倪素跟前來，拉著她坐下。

「蔡姐姐，我不知此事會牽連到……」

倪素的話才說一半，蔡春絮便拍了拍她的肩膀打斷：「又說這些做什麼呢？莫說妳不知，我們又如何能算到這些事？我的郎君我自個兒知道，妳瞧瞧他那樣兒，叫他殺雞殺魚只怕他都下不去手，如何能是個殺人的材料？」

「二公子這是怎麼了？」

倪素隨著蔡春絮地目光看去，躺在床上的苗易揚蔫噠噠的。

蔡春絮沒好氣：「嚇著了，不如阿喜妹妹妳替他瞧瞧，吃什麼藥才補得齊他嚇破的膽子。」

「果真是個藥……」

大兒媳夏氏不假思索，然而話沒說罷，便被自家郎君與阿舅盯住，她只得嚥下話音，撇撇嘴。

「咱們家沒那樣的怪講究，姑娘妳若真有瞧病的本事，妳先給他瞧瞧看。」苗太尉看著倪素說道。

倪素應了一聲，與蔡春絮一塊兒去了床前。

蔡春絮將一塊薄帕搭在苗易揚腕上，「阿喜妹妹，請。」

一時間，屋中所有人都在瞧著那名坐在床前給苗易揚搭脈的女子，除蔡春絮外，幾乎大家對那女子都持有一種默然的懷疑。

搭過脈，倪素開了一副方子給苗易揚，便與苗太尉等人告辭，由蔡春絮送著往府門去，卻正好遇見一名小廝帶著個提著藥箱的醫工匆匆穿過廊廡。

「阿喜妹妹，對不住……」蔡春絮一見，面上浮出尷尬的神情。

明明方才在房中，她阿舅已吩咐人不必再請醫工，但看那僕婦像是阿婆王氏身邊的，這會兒領著醫工來是什麼意思，不言而喻。

「夫人愛子心切，又不知我底細，謹慎一些本也沒有什麼。」倪素搖頭，對蔡春絮笑了一下。

蔡春絮正欲再說些什麼，卻驀地盯住倪素的脖頸。

「蔡姐姐？」倪素不明所以。

「阿喜妹妹，妳可有事瞞我？」蔡春絮秀氣的眉蹙起來，一下握住倪素的手。

「怎麼了？」倪素滿臉茫然。

「妳方才不是說妳頸子上起了濕疹麼？可妳這……哪裡像濕疹？」蔡春絮緊盯著她頸間歪斜的錦帕，她伸出一指勾起那帕子，露出來底下那個結了血痂的完整齒痕，她倒吸一口涼氣，隨即怒起，「阿喜妹妹！這、這到底是什麼登徒浪子敢如此！」

倪素神情一滯，立即將帕子重新裹好，她的臉頰難免發熱，心中慶幸只有蔡春絮瞧見了端倪，她模糊道：「姐姐誤會了，哪來的什麼登徒浪子。」

「可這印子……」蔡春絮怕被人聽見，壓低了聲音。

幸好女婢在後頭也沒瞧清楚。

「前日裡我抱過來送藥材的藥農的小孩兒，那小孩兒正鬧脾氣。」倪素隨口謅了一句。

「什麼小孩兒牙口這樣利？妳又抱他做什麼？」蔡春絮鬆了口氣，又怪起那不懂事的小孩兒來，「若叫人瞧了去，難道不與我一樣誤會麼？也不知家裡人是如何教的，要起這樣的脾性……」

蔡春絮才說罷，只覺身前來了陣寒風似的，大太陽底下，竟教人有些涼颼颼的。

這陣風吹動倪素的裙袂，她垂下眼睛，瞧見地上微微晃動的，那一團淡白如月的瑩光，她不自禁彎了彎眼睛，卻與蔡春絮道：「他長得乖巧極了，一點也看不出來是那樣的脾性。」

出了太尉府，倪素走在熱鬧的街市上，看著映在地面的，一團淡白如月的瑩光，她在一處茶飲攤子前買了兩盅果子飲，要了些茶點用油紙包起來。

「你既不怕陽光，為何不願現身與我一同在街上走。」

倪素走上雲鄉河的虹橋，聲音很輕地與人說話。

可是她身側並無人同行，只有來往的過客。

「是不是在生氣？」倪素喝一口果子飲，「氣我與蔡姐姐說你是個脾性不好的小孩兒？」

「並未。」

淺淡的霧氣在倪素身邊凝成一個年輕男子的身形。

倪素迎著晴光看他，他的身影仍是霧濛濛的，除了她，橋上往來的行人沒有任何人可以發現他。

「那麼徐子凌，」倪素將一盅果子飲遞給他，「我們一起去遊永安湖吧。」

永安湖上晴光正好，波光瀲灩。

浮棧橋直入湖心，連接一座紅漆四方攢尖亭，上有一匾，曰「謝春」，西側湖岸垂柳籠煙，高樹翠疊，隱約顯露近水的石階，倪素之前為給徐鶴雪折柳洗臉，還在那兒踩濕了鞋子。

謝春亭中，倪素將茶點與果子飲都放在石桌上，臨著風與徐鶴雪一同站在欄杆前，問他：「這裡可還與你記憶中的一樣？」

如果不是記憶深刻，他應該也不會向她提及這個地方。

「無有不同。」

徐鶴雪捏著一塊糕餅，那是倪素塞給他的，這一路行來，他卻還沒咬一口。

湖上粼波，岸邊絲柳，以及這座屹立湖心的謝春亭，與他夢中所見如出一轍，只是如今他要體面些，不再是一團形容不堪的血霧，反而穿了一身乾淨的衣裳，梳理了整齊的髮髻。

而這些，全因此刻與他並肩之人。

「你知不知道我在想什麼？」

徐鶴雪忽然聽見她問。

「什麼？」

「我在想，一會兒要多折一些柳枝回去，」倪素手肘撐在欄杆上，「若是遇上雨天，你用柳葉煮過的水，也能沐浴除塵。」

她語氣裡藏有一分揶揄。

徐鶴雪看向她，清風吹得她鬢邊幾綹淺髮輕拂她白皙的面頰，這一路，徐鶴雪見過她許多樣子，狼狽的，體面的，受了一身傷，眼睛也常是紅腫的。

前後兩位至親的死，壓得她喘息不得，但今日，她一向直挺緊繃的肩，似乎稍稍鬆懈了一些。

「苗易揚這條線索雖是無用的，但夤夜司使尊韓清抓的那一干與冬試相關的官員裡，一定有人脫不了干係。」他說。

夤夜司的刑訊手段非是光寧府衙可比，韓清此人少年時便已顯露其城府，他並非是為了倪素死去的兄長倪青嵐而對此事上心，而是在與孟雲獻布局，這也正是徐鶴雪一定要將倪素從光寧府司錄司的牢獄送到夤夜司的緣故。

上位者未必真心在意一個舉子的死，可若是這個舉子的死，能夠成為他們可以利用的棋子，倪素想要的公道才有可能。

「你真知道我心裡在想什麼。」倪素看著他，怔怔片刻，隨即側過臉，呢喃一聲，「你以前究竟是做什麼官的？怎麼如此會洞悉人心？」

徐鶴雪一頓，他挪開視線，瞧見湖上漸近的行船，風勾纏著柳絲，沙沙聲響，滿湖晴光迎面，他說：「我做過官，但其實，也不算官。」

「這是什麼意思？」

倪素聽不明白。

「我做的官，並非是我老師與兄長心中所期望的那樣，」也許是因為他身上這件雖不算合身卻很乾淨得體的衣袍，也許是她今晨在銅鏡前替他梳過髮髻，又或者是在太尉府裡，那名喚蔡春絮的婦人又一次提醒了他的冒犯，他忽然也想與她提及一些事，「當年，我的老師便是在此處——與我分道。」

倪素本以為，他十分惦念的永安湖謝春亭，應該是一個承載了他生前諸般希望與歡喜的地方。

卻原來，又是一個夢斷之地。

她握著竹盅的指節收緊了些，半晌才望向他。

眼前的這個人縱然身形再清臞，他也有著一副絕好的骨相，換上這件青墨織銀暗花紋的圓領袍，一點也不像個鬼魅，卻滿身的文雅風致，君子風流。

「那我問你，」倪素開口道：「你生前可有做貪贓枉法，殘害無辜之事？」

「未曾。」徐鶴雪迎著她的目光，「但，我對許多人有愧，甚至，有罪。」

「既不是以上的罪，又能是什麼樣的罪？」

他不說話，倪素便又道：「這世上，有人善於加罪於人，有人則善於心中罪己，徐子凌，你的罪，是你自己定的麼？」

徐鶴雪似有一分意外，看了她一眼。

其實他身上背負著更重的罪責，但真正令他游離幽都近百年都難以釋懷的，卻是他在心中給自己定下的罪。

「我與你不一樣，我從不罪己。」倪素想了想，又笑了一下，「當然我也從不罪人，我看你也不是，你這樣的人，只會自省，不會罪人。」

「你老師不同意你的，並不代表他是錯的，你與你老師之間的分歧，也並不是你的錯，就像我父親他不同意我學倪家的醫術，是因為他重視倪家的家規，我不能說他錯，但我也不認為我請兄長當我的老師學醫就是錯，只是人與人之間總是不同的，並不一定要分什麼對錯。」

倪素習慣他的寡言，也接受他此刻垂著眸子時的沉默，她問：「你想不想去看你的老師？」

幾乎是在倪素話音才落的同時，徐鶴雪驀地抬起眼簾。剔透的眸子裡，映著一片漾漾粼光，但僅僅只是一瞬，那種莫名的凋敝又將他裹挾起來，清風拂柳沙沙，他搖頭：「我不能再見老師了。」

若敢赴邊塞，便不要再來見他。

當年在謝春亭中，老師站在他此時站著的這一處，鄭重地與他說了這句話。

他可以來謝春亭，可以在這裡想起老師，卻不能再見老師了。

倪素已經懂得他的執拗，他的知行一致，他說不能，便是他真的不能，倪素不願意為了償還他而強求他一定要接受她的幫助，那不是真正的報答。

恰好底下划船的老翁離謝春亭更近，正在往亭中張望，她便道：「那我們去船上玩吧？」

老翁看不見亭中女子身側還有一道孤魂，他只見女子朝他招手，便立即笑著點頭，划船過來：「姑娘，要坐船遊湖嗎？小老兒船裡還有些水墨畫紙，新鮮的果子，若要魚鮮，小老兒也能現釣來，在船上做給妳吃。」

「那就請您釣上條魚來，做魚鮮吃吧。」

倪素抱著沒吃完的茶點，還有兩盅果子飲，由那老翁扶著上船，但船沿濕滑，她繡鞋踩上去險些滑一跤，那老翁趕緊扶穩她，與此同時，跟在她身側的徐鶴雪也握住了她的手腕。

倪素側過臉，日光明豔，而他面容蒼白卻神清骨秀。

「謝謝。」倪素說。

徐鶴雪眼睫微動，抿唇不言，那老翁卻趕忙將她扶到船上，只以為她這話是跟他說的，便道：「小娘子說什麼謝，這船沿也不知何時沾了些濕滑的苔蘚，是小老兒對不住妳。」

「您也不是時時都能瞧見那邊緣處的。」倪素搖頭，在船中坐下。

正如老翁所言，烏篷船內是放了些水墨畫紙，還有新鮮的瓜果，倪素瞧見了前頭的船客畫了卻沒拿走的湖景圖。

她一時心癢，也拿起筆，在盛了清水的筆洗裡鑽了幾下，便開始遙望湖上的風光。

倪素其實並沒有什麼畫技，她在家中也不常畫，兄長倪青嵐不是沒有教過她，但她只顧鑽研醫書，沒有多少工夫挪給畫工。

家中的小私塾也不教這些，只夠識文斷字，她讀的四書五經也還是兄長教的。

遠霧裡的山廓描不好，近些的湖光柳色也欠佳，倪素又乾脆將心思都用在最近的那座謝春亭上。

亭子倒是有些樣子了，她轉過臉，很小聲：「我畫的謝春亭，好不好看？」

徐鶴雪看著紙上的那座紅漆攢尖亭，他生前，即便平日裡與好友玩樂無拘，但在學問上，一直受頗為嚴苛的張敬教導，以至於一絲不苟，甚至書畫，也極力苛求骨形兼備。

她畫的這座謝春亭實在說不上好看，形不形，骨不骨，但徐鶴雪迎向她興致勃勃的目光，卻輕輕頷首：「嗯。」

倪素得了他的誇獎，眼睛又亮了些，又問他：「你會不會畫？」

她忘了收些聲音，在前頭釣魚的老翁轉過頭來：「小娘子，妳說什麼？」

「啊，」倪素迎向老翁疑惑的目光，忙道：「我是自說自話呢。」

老翁聽著了，便點了點頭。

「快，他沒有看這兒，你來畫。」倪素瞧著老翁回過頭去又在專心釣魚，便將筆塞入徐鶴雪手中，小聲說道。

握筆，似乎已經是很久之前的事。

徐鶴雪審視著自己手中的這支筆，與他模糊記憶裡用過的筆相去甚遠，因為它僅僅只是以竹為骨，用了些參差不齊，總是會掉的山羊毛。

近鄉情怯般，他握緊它，又鬆開它。

直到坐在身邊的姑娘低聲催促，他才又握緊，蘸了顏色，在紙上勾勒。

不知為何，竟然，也不算生疏。

倪素知道他一定很有學問，卻不知他簡單幾筆，便使那座謝春亭本該有的神韻躍然紙上，她驚奇地看著他畫謝春亭，又看他重新補救她筆觸凌亂的山廓，散墨似的湖景。

戲水的白鷺，迎風而動的柳絲。

無一處不美。

倪素驚覺，自己落在紙上的每一筆，都被他點染成必不可少的顏色。

徐鶴雪近乎沉溺於這支筆，握著它，他竟有一刻以為自己並非鬼魅殘魂，而是如身邊的這個姑娘一般，尚在這陽世風光之間。

「這裡，可以畫上你與你的老師嗎？」

她的手忽然指向那座謝春亭。

徐鶴雪握筆的動作一頓，他眼見船頭的老翁釣上來一條魚，便將筆塞回她手中。

指尖相觸，冰雪未融。

此間清風縷縷，徐鶴雪側過臉來看她，卻不防她耳畔的淺髮被吹起，輕輕拂過他的面頰。

兩雙眼睛視線一觸，彼此的眼中，都似乎映著瀲灩湖光。

老翁的一聲喚，令倪素立即轉過頭去，她匆忙與老翁說好吃什麼魚鮮，便又將視線落在畫上，與身邊的人小聲說：「你若不願，那便畫方才在亭中的情形，如何？」

第五章 鷓鴣天

遊船，吃魚鮮，握筆挑染山色湖光，徐鶴雪闊別陽世已久，彷彿這一日才算真正處在人間。

夜裡房中燈燭明亮，他想起了一些自己的往事。

無關老師，無關兄嫂，是他年少最為恣意之時，與年紀相仿的同窗玩樂的散碎記憶。

徐鶴雪出神許久，才徐徐展開面前的畫紙。

綠柳、白鷺、水波、山廓，以及那座紅漆的謝春亭，唯獨，少了倪素要他畫的人。

燈燭之下，徐鶴雪凝視畫紙半晌，才將它又收好。

「徐子凌。」

窗紗上映出一道纖瘦的影子。

徐鶴雪才一手撐著書案起身，回頭看見那道影子，他「嗯」了一聲。

「我選了一塊白色的，上頭有淺金暗花的緞子，用它給你裁衣，你看可以嗎？」倪素站在門外，隔著窗紗並看不見裡面的境況。

徐鶴雪未料，她那夜才說要為他裁衣，這麼快便已選好了緞子，他夜裡總有些虛弱無力，怕她聽不清他的聲音，便走去那道窗紗前，說：「有勞。」

「你不看一眼嗎？」

倪素的聲音從外面傳來。

徐鶴雪才打開門，便見一塊柔滑雪白的緞子在他眼前展開，廊內的燈籠照著其上淺金的暗花，時時閃爍細微光澤。

那塊雪白的緞子往下一移，露出來那個姑娘一雙明亮的眼睛，是彎著淺淺的笑弧的。

「好看嗎？」她問。

「好看。」

徐鶴雪再度看向她手中的緞子，見她聽了便要往隔壁房中去，他立即叫住她：「倪素，夜裡用針線勞神傷眼。」

「我知道的。」倪素點頭，抱著緞子進屋去了。

一連好幾日，倪素不是在做衣裳，便是收拾打理前面的鋪面，她買些藥材在庭院裡晒，只是為了嗅聞藥香。

南槐街最不缺賣藥材的鋪子，再者她開的是醫館並非藥鋪，雖然大門已開了好幾日，也不是沒有人上門，但他們只瞧見坐堂的醫工是個女子，便扭頭就走。

這些日，也僅有周挺帶一個腿上受了外傷的夤夜司親從官來過，再有就是一個在祥豐樓跑堂的少年阿舟，每到快用飯的時辰，他便會來南槐街叫賣，倪素總會叫住他，請他從祥豐樓送飯菜來。

一來二去，熟絡了些，阿舟昨日便提起他家中母親又有身孕，近來卻不知為何時時腹痛，倪素便去了他家中替他母親診病，隨後又在自己的藥箱中為他配好了藥，念及阿舟家貧，倪素便沒有收他一分一厘。

今日蔡春絮請倪素在茶樓聽曲子，欄杆底下一道輕紗屏風半遮半掩那女子婀娜的身影，鬢髮烏濃如雲，滿頭珠翠纏流蘇。

素手撥挑箏弦，樂聲傾瀉，婉轉流暢。

「要我說，阿喜妹妹妳做些香丸藥膏的，開個藥鋪，就說是家中祖傳的方子，何愁無人上門？」蔡春絮手持一柄團扇搖晃著，「只有如此，他們才會少介意妳的身分。」

「我開醫館，卻不只是為個進項。」倪素說。

「那還為了什麼？」蔡春絮不再看底下弄箏的女子，將視線挪到身邊的倪素身上。

「我小時候跟著兄長學醫時，便有這樣的心願，」倪素捧起茶碗抿了一口，又說：「因為父親對我說，女兒是不能繼承家族本事的，天底下就沒有女子能在醫館裡堂堂正正立足的。」

「我想在這裡立足，有人上門，我自看診，無人上門，我便開給父兄看，開給那些不願意相信女子也能做一個好醫工的人看。」

倪素很小的時候便明白，因為一句「嫁女如潑水」，多少家業傳承皆與女子無干，正如醫術之精多依託於家族，至於下九流的藥婆所學所得多來路不正，治死人的例子多有發生，這一重又一重的枷鎖，造就了當今世人對於行醫女子的不信任與輕視。

「我也不是第一回聽妳提起妳的兄長。」蔡春絮手肘撐在茶几上，「這些日夤夜司辦冬試案鬧得沸沸揚揚，我聽說妳兄長生前寫的那篇有關新政的策論也被書肆拓印，便連與我同在如磬詩社的曹娘子也說，她郎君，也就是光寧府的知府大人，也見過那篇策論，聽說是讚不絕口呢……」

她說著，不由嘆息，「若妳兄長還在世，如今定已功名在身。我郎君這幾日告假不出府門也連累得我出來不成，不知夤夜司查得如何了？可有線索？」

倪素搖頭，「夤夜司查案是不漏口風的，我也見過那位小周大人，他只與我說有了一些進展，多的我便不知道了。」

這些天，她等得心焦口燥。

「阿喜妹妹且寬心，說不定很快便要水落石出了。」蔡春絮安撫她幾句，又看著她頸間仍裹錦帕，便道：「只是妳頸子上的傷，可馬虎不得，最好用些能去印子的藥膏，我之前手背上不小心弄傷，用的就是南槐街口上那家藥鋪裡的藥膏，很是有用。」

「多謝蔡姐姐，我記下了。」倪素點頭。

近來多雨，只是在茶樓裡與蔡春絮聽了幾支曲子的工夫，外面便又落起雨來，倪素在街邊就近買了一柄紙傘，街上來往行人匆忙，只她與身側之人慢慢行於煙雨之間。

「倪素，買藥。」

看著她要走過藥鋪，徐鶴雪停下步履。

倪素回頭，看他在傘外身影如霧，那纖長的眼睫沾了細微的水珠，一雙眸子正看向街邊的藥鋪。

倪素不由摸了一下頸子，那道印子還在，是要用些藥才行，她撐傘走近徐鶴雪，將傘簷往他那處偏了偏，但這舉止在路過的行人眼中便是說不出的怪異。

「先去阿舟家中看看他母親吧，回來的時候再買。」

倪素答應了那少年阿舟今日要再去他家中，若阿舟母親的腹痛還沒緩解，她便要再換一個方子。

阿舟家住城西舊巷，是藏在繁華雲京縫隙裡的落魄處，今日下了雨，矮舊的巷子裡潮味更重，濃綠的苔蘚附著磚牆，凌亂而髒汙。

巷子深處傳來些動靜，而兩人才進巷口，又有雨聲遮蔽，倪素自然聽不清什麼，但徐鶴雪卻敏銳些。

再走近了些，倪素才看見身著相同衣裝，腰掛刀刃的光寧府皂隸，而在他們最前面，似乎還有一個穿綠官服的。

不少百姓冒著雨聚集在巷子尾那道掉漆的門前，朝門內張望。

那是阿舟的家。

「都讓開！」身著綠官服的那人帶著皂隸們走過去，肅聲道。

堵在門口的百姓們立即退到兩旁，給官差們讓開了路。

「大人！大人請為我做主！請立即去南槐街捉拿那個害我母親的凶手！」一名少年說話聲帶有哭腔，幾近嘶啞。

倪素聽出了這道聲音，在她身邊的徐鶴雪也聽了出來，他立即道：「倪素，妳一個人在這裡可以嗎？」

倪素只聽少年哭喊著「南槐街」三字，便知其中有異，她倏爾聽見身側之人這樣說，她一下望向他：「徐子凌，你不要……」

然而話音未止，他的身形已化為霧氣消散。

與此同時，那門內出來許多人，為首的官員也不撐傘，在雨中抬起頭，便與十幾步開外的倪素視線相撞。

「倪素。」

那官員準確地喚出她的名字。

他便是此前在清源山上將她押解回光寧府司錄司受刑的那位推官——田啟忠。

頃刻，他身後所有的皂隸都按著刀柄跑來將倪素的後路堵了。

一時間，雨幕裡所有人的視線都交織於倪素一人身上。

倪素扔了傘，走入那道門中，窄小破舊的院子裡擠了許多人，而簷廊裡，那少年哭得哀慟，正是近日常從祥豐樓送飯菜給她的那一個。

而他身邊的草席上躺著一名渾身血汙，臉色慘白的婦人，合著眼，似乎已經沒有氣息了，但她的腹部卻是隆起的。

倪素昨日才見過她，正是少年阿舟的母親。

「妳這殺人凶手！是妳害我母親的！」少年一見她，淚更洶湧，一下站起身衝向她。

一名皂隸忙將他攔住，而田啟忠進來，冷聲質問：「倪素，妳先前在光寧府中因胡言亂語而受刑，如今招搖撞騙，竟還治死了人！」

聚在院中的許多人都在看倪素，諸如「藥婆」、「治死人」、「作孽」的字眼湧向她。

「我開的藥絕不至於治死人。」

倪素迎向他的目光。

「那妳說，我娘為何吃了妳的藥便死了？」少年一雙紅腫的眼睛死死地盯住她，「妳這下三濫的藥婆，妳知不知道妳害死了兩條性命！」

好多雙眼睛看著倪素，好多的指責侮辱混雜在雨聲裡，倪素不說話，蹲下身要去觸碰那名已經死去的婦人。

少年見狀，立即衝上前來推開她：「我不許妳碰我母親！」

他力道之大，倪素被他推倒在雨地裡，一身衣裙沾了不少泥汙，手背在石階上擦破了一片。

「坐堂的醫工皆有坐診記錄在冊，你母親是什麼病症，我如何為你母親開的藥，藥量幾何，皆有記載，」倪素一手撐在階上站起身，裙邊水珠滴答，她看向那少年，「阿舟，你既一口咬定是我開的藥害死了你母親，那麼藥渣呢？藥方呢？你的憑證呢？」

血液順著倪素的手背淌入指縫，少年看著她指間的血珠滴落沖淡在雨地裡，他再抬頭，竟有些不敢迎向她那雙眼睛。

「妳說的藥渣，他已先送去了光寧府衙，我們府衙的院判已請了醫工查驗，」田啟忠厲聲道：「妳既行醫，竟不知生地黃與川烏不能一起用！」

什麼？倪素一怔，川烏？

雨天惹得人心煩，田啟忠更厭極了周遭這群人聚在此處，他立即對身後的皂隸道：「來啊，給我將此女拿下！押回光寧府衙受審！」

這是倪素第二次在光寧府司錄司中受審。

但田啟忠並未向她問話，只叫人將藥渣拿到她面前，倪素一一辨別其中的藥材，的確在裡面發現了川烏。

「我用的藥裡，絕沒有川烏。」

倪素扔下藥渣，迎上田啟忠的目光。

「有沒有的，怎可憑妳一面之詞？」田啟忠尚未忘記之前此女在此受刑時輕易道破他身上有一道黃符的事實，至今，他仍覺古怪得緊。

「阿舟，我給了你一張藥方。」

倪素看向跪坐在一旁，垂著腦袋的少年。

阿舟抬起頭，一雙眼腫得像核桃似的，見上座的推官大人正睨著他，才扯著嘶啞的嗓子含糊道：「我替母親煎藥時弄丟了……」

他才話罷，撞上倪素的眼睛，又添聲：「即便藥方子還在，妳、妳就不會漏寫幾味藥麼！」

「不會。」倪素冷靜地說：「醫者用藥本該萬分注意，為你母親所用何藥，用了多少，我都清楚地記在腦子裡。」

「妳算什麼醫者？」

阿舟俯身朝推官田啟忠磕頭，「大人！她不過是個藥婆，怎麼能和正經醫工一樣呢？她若漏寫，誰又知道呢！」

田啟忠卻不接話，只問那位鬚髮皆白的老醫工：「藥渣裡的藥材，您都辨認清楚了麼？」

那老醫工忙點頭，將依照藥渣寫好的方子送到田啟忠案前，道：「大人請看，這藥渣中有當歸、白芍、生地黃、白朮、炙甘草、人參，我看還有搗碎了的蘇木、沒藥，若不是多一味川烏，這方子便是個極好的方子，用以救損安胎，再合適不過。」

田啟忠並不懂這些藥理，只聽老醫工說它本該是個好方子，他心中便怪異起來，正好仵作進門，他便立即招手：「說說看，驗得如何？」

阿舟一見那仵作走近，他的雙肩便緊繃起來，緊抿起唇，極力掩飾著某種不安。

「稟大人，的確是中毒所致。」仵作恭敬地答。

這本該是阿舟最有利的作證，但無論是倪素還是田啟忠，他們都看見這少年在聽見仵作的這句話後，那雙眼睛瞪大了些。

「至於是不是川烏的毒，那就不得而知了。」仵作只能查驗出是否中毒，並不能分辨出是中了什麼毒。

田啟忠之所以暫未刑訊倪素，是因他在等，等派去南槐街搜查的皂隸們回來，他喝了一碗茶，終於見到人回來，而倪素記錄看診用藥的書冊也被擺到了田啟忠的案前。

「果真沒有川烏？」田啟忠比對著書冊上，與老醫工才寫來的藥方，又問那皂隸。

「是，大人，屬下等人已將此女家中搜了個遍，也沒有發現川烏。」那皂隸老老實實地回答。

這就奇了。

田啟忠瞧了倪素一眼，又看著案前的書冊與藥方，她家中連一點川烏的蹤跡都沒有，怎麼偏這副藥裡便有？

老醫工接了田啟忠遞來的書冊瞧了瞧，「這白芍和生地黃都是用酒炒過的，白朮也是灶心土炒的，乳香去油，沒藥去油……」

「不對嗎？」田啟忠聽不明白。

「對，都對。」老醫工抬起頭來，看向跪在那兒的倪素，他神色裡顯出幾分複雜來，很顯然，他也不信任這個看起來如此年輕的姑娘，但身為醫者，他卻也無法說出個「不對」來。

他指著書冊對田啟忠道：「此女的記錄是要更詳細些，大人您看，這底下還寫了補氣血的食療方子，木瓜、鯉魚也都是對的，這鯉魚啊乃陰中之陽物，味甘，性平，入脾、胃、腎經，有利水消腫，養血通乳之功效，用來安胎那是極好的，木瓜呢，性微寒……」

眼看這老醫工要嘮叨個沒完，田啟忠便抬手打斷他，盯住那喚作阿舟的少年正欲問話，卻見一行人走了進來。

為首那老者身著緋紅官服，頭戴長翅帽，被幾名綠衣的官員簇擁而來。

「陶府判。」田啟忠立即起身從案後出來，朝來人作揖。

「田大人，怎麼還不見你將此女押上光寧府衙正堂內受審？」陶府判的風濕腿不好受，這雨天卻恰是他上值，因而他臉色也有些不好。

「稟陶府判，下官方才是在等底下人在此女家中搜查川烏。」

「可搜查出來了？」

「並未。」

陶府判也沒料到會是這一個答案，但隨即他瞥了那恍惚不已的少年一眼，「瞧瞧，聽說他父親如今臥病在床，母親又沒了，這是何等的不幸，好好一個家，說散就散了……」

陶府判總是愛傷春悲秋的。

光寧府衙裡雞零狗碎的案子這些年一直是他在辦著，因為除了他，府衙裡沒人有這樣的耐性，今兒也是難得辦一樁命案。

但他這番話，又惹得少年阿舟鼻涕眼淚一塊兒流。

「此女家中沒有川烏，那藥渣裡的川烏又是從哪兒來的？」陶府判不假思索，「說不得是她正好只有那麼點川烏，就用了。」

「說不通啊大人。」田啟忠道：「沒有誰買川烏只買那麼一些的，即便是她想，也絕沒有人這樣賣。」

「那就是她將剩下的川烏都藏匿了？」

「說不通啊大人，您忘了，咱們的人已經搜過了，底朝天的那種。」

「那你說什麼說得通？」陶府判有點厭煩他了，「仵作如何說？」

「府判大人，那婦人確實是中毒而死。」仵作立即躬身回應。

陶府判點點頭，「若非是此女用錯了藥，誰還能毒害了這婦人不成？害她又什麼好的？」

「還是說不通……」田啟忠見陶府判的眼風掃來，他立即止住話頭，轉而將倪素的記錄書冊與那老醫工所寫的方子奉上，「陶府判請看，除了川烏，這書冊裡記錄的幾味藥與藥渣都對得上，下官也請了醫工在此，他已斷定，若無川烏，此方分明有用，且是良方。若此女醫術果真來路不正，那麼怎會其他的幾味藥都用得極其精準，只在這一味川烏出了錯？」

「田大人，」陶府判擰著眉，「如今不也沒有證據表明此女無辜麼？你怎麼不問問她，好好一個女子，如何做起這藥婆行徑？藥婆治死人的案子你田大人是沒審過嗎？哪個正經的杏林世家會容許女子學起祖業手段？她路子正不正，你又如何知道？」

「何況，」陶府判的視線挪向那脊背直挺的女子，「上回她便在光寧府胡言亂語，受了刑也不知道改口，說不得她許是這裡有什麼不對勁。」

田啟忠看陶府判說著便用指節敲了敲帽簷，他無奈嘆了聲：「府判大人，下官尚不能斷定此女無辜，但若說她有罪，又如何能證明呢？」

「你找去啊。」陶府判沒好氣。

「府判大人，我上回不是胡言亂語，這次也沒有害人性命，」倪素已經沉默許久，只聽陶府判敲帽簷的聲音，她回過頭來，道：「我南槐街的鋪子本不是藥鋪，只備了些新鮮藥材在庭院裡晾晒，除此之外便只有我的藥箱裡存了一些，並不齊全，我也沒有買過川烏。」

「妳的意思，是他誣陷妳了？」陶府判輕抬下頜。

倪素隨著他的視線看向阿舟，再與阿舟視線相觸，她道：「是。」

「我沒有！」阿舟本能地大喊。

「先將他二人帶上正堂去。」

陶府判待夠了這潮濕的牢獄，但他理了理衣袍，顯然是預備在堂上好好審問一番。

田啟忠在光寧府衙任職幾年，如何不知這位陶府判雖是一位極不怕麻煩的好官，審案卻多有從心之嫌，容易偏向他第一反應想偏向之人。

所以尹正大人才會令陶府判主理一些百姓糾紛的案子，也正是因此，陶府判才對六婆之流有許多了解。

雲京之中，不分大戶小戶，常有這一類人在他們家宅中鬧出事端。

這於倪素實在不利。

但偏偏，平日裡主理命案的楊府判如今正稱病在家。

田啟忠見皂隸們已將那少年阿舟與倪素押著往外去，他正思忖著要不要去向尹正大人說明此事。

「周大人，你們黌夜司的人來此作甚？」

外頭傳來陶府判不甚愉悅的聲音。

田啟忠一下抬頭，立即走了出去，果然見到那位黌夜司的副尉周挺。

「奉韓使尊之名，特來提此二人回黌夜司。」

周挺朝陶府判作揖，再將黌夜司使尊的令牌示人。

黌夜司一直有人跟著倪素，城西舊巷子裡鬧出事端之時，便有藏在暗處的親從官趕回黌夜司稟報。

周挺解決了手頭的事，便立即稟報使尊韓清，趕來光寧府要人。

「我光寧府衙轄制之下的命案，怎麼黌夜司要過問？」陶府判心裡不得勁，卻又忽然想起，那名喚倪素的女子，正是冬試案中被害的舉子倪青嵐的親妹。

難怪黌夜司要過問，但陶府判指了指身後不遠處被皂隸押著的少年阿舟，「他呢？你們也要帶走？」

「是。」周挺並不多餘解釋，「文書我們韓使尊自會派人送到尹正大人手中。」

陶府判如何不知那位光寧府知府，黌夜司來接手光寧府的案子，那位尹正大人自求之不得，樂得清閒。

「那便交予你吧。」

夤夜司愛接就接去吧，反正他風濕腿也難受著呢，陶府判擺擺手。

又是這般情境。

從光寧府到夤夜司，只不過這回倪素並未受刑，她是跟著周挺走進夤夜司的，沒有進裡面的刑房，就在外面的審室裡。

「之前朝奉郎在這兒坐了一夜，就是坐妳這個位置。」韓清靠在椅背上，讓身邊人送了一碗熱茶給那衣裙濕透，鬢髮滴水的女子。

是霧山紅茶。

今日在茶樓之中，蔡春絮也講了一些她郎君苗易揚的笑話給倪素聽，其中便有苗易揚在夤夜司中將霧山紅茶當作了血，嚇得厲害。

倪素此時捧著這碗紅茶，覺得它的確像血。

韓清見她抿了一口熱茶，便問：「妳果真沒錯用川烏？」

倪素抬頭，看向那位使尊大人，他不僅是夤夜司使尊，還是宮中入內侍省押班，她仍記得那日在刑池之中，他手持鐵刺鞭子，所展露出的殘忍陰狠。

「沒有。」她回答。

韓清凝視著她。

審室內，一時寂靜無聲。

過了好半晌，韓清才挑了挑眉：「好，咱家信妳。」

出乎意料，倪素只在夤夜司中喝了一碗紅茶，便被開釋。

「倪小娘子，注意腳下。」

周挺看她步履沉重，像個遊魂，便出聲提醒她小心碎磚角縫隙裡的水窪。

「小周大人。」

倪素仰頭望見遮在自己頭上的紙傘，耳畔滿是雨珠打在傘簷的脆響，「韓使尊真的是因為相信我的清白才開釋我的嗎？」

周挺聞聲看向她，卻說不出「是」這個字。

韓使尊自然不可能只因為她的一句「沒有」便相信她，她一個孤女而已，又如何能與朝奉郎苗易揚相提並論？苗易揚有三司的杜琮作保，而她有什麼？

唯「利用」二字。

她身上的利用之處，在於她兄長是如今鬧得翻沸的冬試案中慘死的舉子，在於她這個為兄長伸冤的孤女身分。

倪素不知道夤夜司使尊韓清與那位孟相公要藉此事做什麼樣的文章，他們也許正是因為要借她兄長之死來做他們的文章才對她輕拿輕放。

何況，她身在夤夜司便不能引真凶對她下殺手。

這便是他們的利用。

不是相信她的清白，而是根本不在乎她的清白。

「倪小娘子，晁一松的腿已經不疼了。」

晁一松便是前幾日被周挺送到倪素醫館中醫治外傷的那名親從官。

急雨下墜，倪素在紙傘下望向他，沒有說話。

他的避而不答，已經算作是一種默認。

天色因風雨而晦暗，眼看便要徹底黑下去，倪素想起今日在城西舊巷子裡冒險離開她身邊的徐子凌，她立即提裙朝南槐街的方向跑去。

今日所受，絕非空穴來風。

光寧府衙的皂隸本該在她家中搜出川烏，以此來定她的罪。

徐子凌一定是在聽到阿舟的話時便立即想到了這一層，所以那些皂隸才會空手而歸。

周挺眼看她忽然從傘下跑出去，雨幕之間，她的背影好似融成了寫意的流墨。

「小周大人，我就說你不會哄小娘子吧？」

後頭一瘸一拐的親從官晁一松將傘給了身邊人，又趕緊鑽到他傘簷底下，「人家姑娘問你那句清不清白的，您就該說相信她啊！」

晁一松方才隔了幾步遠，又有雨聲遮蔽，他聽得不太真切，但隱約聽著，他也猜出了那位倪姑娘在問什麼。

周挺握著傘柄，一邊快步朝前走，一邊注視著煙雨之中，那女子朦朧的背影，他忽然站定。

晁一松一腳邁了出去，不防劈里啪啦的雨珠打了他滿頭滿臉，他鬱悶地回頭。

周挺腰背直挺，玄色袍衫的衣擺沾了一片濕潤雨水：「我不信。」

「啊？」

晁一松愣了。

「她的案子尚未審過，既無證據證明她有罪，也無證據證明她無罪，我貿然說信她，便是騙她。」

周挺眼看那女子便要漸遠，他復而抬步，走過晁一松身邊：「先送她回去，今夜你晚些下值，就當報答她為你治腿傷之恩，與我一塊兒審那個阿舟。」

「……」

晁一松無言。

倪素花了好幾日收拾出來的鋪面，被光寧府衙的皂隸搜過之後，便又是一地狼藉，連她擦洗過的地板都滿是凌亂的泥汙腳印。

外面雷聲轟隆，正堂裡光線昏暗，倪素滿身都是雨水。

「晁一松，讓他們來收拾。」周挺進門，看她孤零零地站在那兒，又掃視堂內的狼藉一眼，便回頭說道。

晁一松等人進來便開始扶書架，收撿物件。

「不用了小周大人，我自己可以收拾的。」

倪素心裡惦記著徐子淩，她抬起頭拒絕。

「舉手之勞，不必掛心。」

周挺看她不自知地顫抖，回頭接了晁一松從外頭的茶攤上買來的熱薑茶遞給她。

他們很快收拾好便出去了，只留幾人在外頭找了個能躲雨的隱蔽處守著，周挺隨即撐傘離開。

晁一松深一腳淺一腳地躲在周挺傘下，頗為神祕地琢磨了片刻，才用手肘捅了捅周挺，道：「小周大人，您猜我方才瞧見什麼了？」

「什麼？」

周挺神色一肅，以為他發現了什麼與案子有關的線索。

「一件還沒做好的衣裳！」

晁一松一臉笑意，對上周挺那張冷靜板正的臉，他又無言片刻，無奈：「大人，我瞧著，那可是男人穿的樣式！」

男人穿的樣式？

周挺一怔。

「您說，那倪小娘子不會是給您做的吧！」晁一松終於說到自己最想說的這句話了。

「光寧府那幫孫子，搜查又不是抄家，怎麼跟蝗蟲過境似的，」他嘆了口氣，「那衣裳還沒做好呢，我瞧就那麼和一堆繡線一塊兒落在地上，上面不知道踩了多少髒腳印子，只怕是洗也洗不得了，真是可惜了。」

周挺沒說話，兀自垂下眼睛。

天色徹底黑透了，倪素在周挺等人離開後便立即跑到後廊去，她點上一盞燈籠，連聲喚徐子凌，卻始終未聽有人應。

倪素推開那道房門。

漆黑的居室裡，忽然籠上她手中燈籠的光，她繞過屏風，昏黃光影照見躺在床上的年輕男人。

他很安靜，安靜到讓倪素以為，原來生魂也能再死一回。

「徐子凌！」

倪素放下燈籠，螢塵浮動，她又一次清晰地看見他翻捲的衣袖之下，被生生剮去皮肉般的血紅傷口，交錯猙獰。

她點起這盞燈籠似乎給了他一縷生息，徐鶴雪反應了許久，才睜開一雙眼，沒有血色的唇翕動：「倪素，可以多點幾盞燈嗎？」

倪素立即找出香燭來，藉著燈籠的燭焰才點了十支，便聽他說：「夠了，我看得清了。」

倪素回過頭。

「看來那位周大人去得及時，妳在光寧府沒有受傷。」

他有了些力氣，便攏緊了衣袖。

倪素沒想到他會如此說，心中多了一分動容。

哪怕是今日在阿舟家的院子裡，許多雙眼睛看向她的時候毫不掩飾輕蔑鄙夷，哪怕是被阿舟辱罵「下三濫」，他們不肯以「醫工」稱她，他們總要以「藥婆」加罪於她，倪素也沒有掉過一滴眼淚。

可是她只聽眼前這個人說了一句話，眼眶便頃刻憋紅。

「徐子凌，」淚意模糊她的眼，使她短暫體會到他一個人蜷縮在這間漆黑居室裡，雙目不能視物的感覺：「我再也不要請人送飯了，我自己學。」

她的一句「我自己學」，裹藏著不願言明的委屈。

她也果真如自己所說，翌日一早，便在廚房裡做早飯，從前在家中倪素從未沾手這些事，燒鍋灶不得法門，亦不知該多少米，多少水。

廚房裡煙霧繚繞，嗆得倪素止不住地咳嗽，眼睛熏得也睜不太開，只覺有人小心地牽住她的衣袖，她亦步亦趨地跟著他走出了廚房。

「你出來做什麼？」倪素一邊咳，一邊說：「你的身形若再淡一些，這裡就又該落雪了。」

「我以為著火了。」徐鶴雪鬆開她，說。

倪素在他房中點了許多盞燈，從昨夜到現在也不許他出來。眼皮被倪素揉得發紅，聽見他這句話，她有些窘迫地抿了一下唇。

倪素一言不發地坐到簷廊底下的木階上，抱著雙膝，隔了好一會兒才說：「為什麼做飯也這麼難。」

她的頹喪顯露在低垂的眉眼。

「妳一直知道它的難。」

徐鶴雪立在她身後。

他說的不是做飯，其實她嘴上說的，與她心裡想的也不相同，倪素回頭仰望他：「母親臨終前曾說此道至艱，問我怕不怕，那時我對她說了不怕。」

她脖子仰得有點累，又轉過身，「但其實，我心中也是惶恐的。」

雲京不是雀縣，而這天下更不僅僅只局限於一個小小雀縣，從前倪素在家中，父親雖不許她學醫，但待她卻不可謂不好，後來父親去世，她又有母親與兄長庇護，而如今她只剩自己，孤身在雲京城中，方才意識到，自己從前與父親強嘴，所謂的抵抗，所謂的不服，不過都是被家人所包容的，稚氣的叛逆。

而今父兄與母親盡喪，這雲京的風雨之惡，遠比她想像中還要可怕。

「妳已經做得很好，只是妳在雲京一天，害妳兄長的凶手便會心中不安。」徐鶴雪走來她身邊坐下，並習慣性地撫平寬袖的褶皺。

「真是害我兄長的人在誣陷我嗎？」倪素忙了一個清晨也沒有吃上飯，她負氣地從一旁的簸箕裡拿了個蘿蔔咬了一口，「我總覺得，偷換我兄長試卷與這回誣陷我的人，很不一樣。」

川烏一般是落胎的藥，卻被混在保胎藥裡，這怎麼看也不可能是一時糊塗用錯了藥就能解釋的，阿舟的指認從這裡開始便有錯漏。

那位光寧府的推官田啟忠也正是因此才並沒有貿然給她下論斷。

這手段拙劣，和冬試案的縝密像是兩個極端。

「也許不是同一人，但應該都知曉內情，」徐鶴雪一手撐在木階上，輕咳了幾聲，「此人原本可以讓阿舟在送來給妳的飯菜中下毒，但他卻沒有，他應該一直在暗中注視著妳，並且知道妳身邊有夤夜司的人保護，若妳是中毒而亡，冬試案便會鬧得更大，朝中孟相公與蔣御史已將此案與阻礙新政掛鉤，而再推新政是官家金口玉言的敕令，官家勢必不會放過。」

「他將妳這個為兄申冤的孤女用符合律法的手段送入光寧府，再將從妳家中搜出的川烏作為鐵證，我猜，他下一步，應該便是要利用妳之前在光寧府『胡言亂語藐視公堂』的所謂言辭，來使妳成為一個精神有異，不足為信之人，他甚至可以再找一些替死鬼，來證妳買凶殺兄，只要妳害人的罪定了，妳一死，妳與妳兄長的事，便都可以說不清了。」

即便倪青嵐死時，倪素不在雲京又如何？他們一樣可以加罪於人。

「若是昨日光寧府的皂隸真在這裡搜出了川烏，」倪素說著，又慢慢地咬下一口蘿蔔，「那夤夜司，便不能將我帶走了。」

光寧府雖不吝於將案子移交夤夜司，但他們也不可能事事都肯讓，否則光寧府又該拿出什麼政績稟告官家呢？

缺乏關鍵證據的，案情不明朗的，光寧府才會大方交給夤夜司，但看起來不難辨的案子，他們應該是不讓的。

生蘿蔔其實也甜甜的，倪素一口一口地吃，抬起頭忽然對上身邊人的目光，她問：「你吃嗎？」

暖陽鋪陳在徐鶴雪身上，他在這般明亮的光線之間看著她啃蘿蔔的樣子，這應當是她第一回吃生的蘿蔔，明顯抱有一種對新鮮事物的好奇。

徐鶴雪搖頭，忽然從懷中摸出一個小小的瓷罐，遞給她。

瓷罐上貼著「完玉膏」，倪素一看便知是蔡春絮與她提過的那家藥鋪的去痕膏，倪素蘿蔔也忘了啃，看著那藥膏，又抬眼看他。

淺金的日光落了層在他側臉，倪素接來藥膏，問：「昨日買的？」

他受她所召，本該寸步不離，但昨日他卻冒險回到這裡替她清理那些被有心之人用來加害她的川烏。

甚至，居然還順帶買了藥膏。

「倪素，這次，也還是妳的錢。」

徐鶴雪收回手，「記得我與妳說過的那棵歪脖子樹嗎？我已經記起了它在哪裡。」

庭內清風拂動枝葉，他隨著那陣傳來的沙沙聲而去望地面上那片搖晃的陰影，說：

「我年幼時埋在那裡的錢，都給妳。」

倪素愣了好久。

她掌心的溫度已經捂暖了小瓷罐，她另一隻手拿著半塊蘿蔔，垂下眼簾，目光不自覺地停留在地上的，他的影子。

她找回了自己的聲音：「那是你瞞著潑辣夫人藏的私房錢，我如何能要呢？」

徐鶴雪聽她提及「潑辣夫人」，便知道她在揶揄，他的視線再落回她的臉上，看見方才還鬱鬱難過的倪素臉上已帶了笑。

聞言，徐鶴雪唇角微勾：「沒有的事。」

「真的沒有嗎？」倪素咬著蘿蔔，說。

徐鶴雪搖頭：「我未及娶妻之年便離開雲京了。」

此後身居沙場，更無心此事。

倪素正欲說話，卻聽前堂有人喚，她立即站起身來，將沒吃完的蘿蔔放回簸箕裡，囑咐徐鶴雪道：「你快回去躺著，若是香燭不夠了，你一定要喚我。」

他不能離開倪素太遠，但這一個院子的距離，並不算什麼。

「去吧。」徐鶴雪起身，應了一聲。

看倪素轉身跑到前面去，他才慢慢地走回自己的居室裡，站在屏風前片刻，徐鶴雪將視線挪動到書案上。

那裡堆放著一些雜書。

他走到案前，俯身在其中翻找。

倪素到了前堂，發現是晁一松，「小晁大人，你怎麼來了？」

「我可不敢叫大人，」晁一松揉了揉睏倦的眼睛，走過去就著面前的椅子坐下，「倪小娘子，我們小周大人抽不開身，讓我來與妳說，那阿舟誣陷妳的事，已經坐實了。」

「阿舟母親並非是吃了妳的藥才死的，那阿舟請妳為他母親開保胎藥，卻不知他母親並不想保胎，而是想墮胎。」

「阿舟家徒四壁，父親前些日子又受了傷臥病在床，他母親深以為家中再養不了第二個孩子，便與阿舟父親商量落胎，阿舟卻並不知他父親是知道此事的。」

「阿舟母親沒有喝他煎的保胎藥，也沒有告訴他自己要落胎，大約是擔心阿舟阻攔，所以阿舟母親自己找了一個藥婆。」

「所以，是阿舟母親找的藥婆給她用錯了量？」倪素問。

「是，而且是故意用錯。」

晁一松繼續說道：「阿舟母親前夜喝了藥，胎沒落下來，人卻不行了，阿舟本想去找那藥婆，卻在外面遇上了一個人，那人與他說，若他肯指認妳害死了他母親，便給他足夠的錢財去請名醫救治他父親的病。」

「那人你們找到了嗎？」倪素緊盯著他。

「沒有，」晁一松昨夜與周挺一起審問阿舟，又到處搜人，累得眼睛裡都有了紅血絲，「那人做了掩飾，藥婆也找不到了。」

「原本那人給了阿舟一副藥讓阿舟煎出，再加上他母親用的川烏藥渣，一口咬定那便是妳開的方子，但阿舟前夜喪母，哀慟之下他圖省事，直接將川烏藥渣與妳開的藥煎出的藥渣放到了一起。」

說到這裡，晁一松便有些摸不著頭腦，「可奇怪的是，為何凶手沒有來妳這處放川烏，也沒有偷走妳的記錄書冊？」

倪素自然不能與他說，她有徐子凌相助。

那記錄書冊，一定也是徐子凌仿著她的字跡重新記錄的，他記得她給阿舟母親開的方子是什麼，而這些日，除晁一松的腿傷之外，便再沒有其他人上門看診，記錄書冊上只有寥寥幾筆，也正好方便了徐子凌在光寧府皂隸趕到之前，重新寫好書冊。

至於晁一松說的那個神祕人交給阿舟一副藥，倪素想，那副藥一定更能證明她毫無正經醫術手段，只會渾開方子，而不是一副好好的安胎藥裡混入一味墮胎的川烏。

那人一定沒有想到，阿舟會不按他的叮囑做事。

「不過倪小娘子妳放心，」晁一松也沒指望這個女子能解答他的疑惑，他只自說自話完了，便對她道：「那種收錢下藥的藥婆最是知道自己做下這些事之後該如何躲藏，她一定還活著，只要找到她，那人的尾巴就收不住了！再有，小周大人說，貢院涉事的官員裡，也有人撐不住要張口了。」

「此話當真？」

倪素一直在等的消息，直到今日才聽晁一松透了一點口風。

「再具體些，便只有韓使尊與小周大人清楚，我也是奉小周大人的命，說可以告訴妳這個。」

晁一松帶來的消息，幾乎趕走了倪素連日來所有的疲乏，她請晁一松喝了一碗茶，等晁一松離開後，她便迫不及待地跑到後廊裡去。

日光正好。

倪素直奔徐鶴雪的居室，卻聽身後一道嗓音清泠：「倪素，我在這裡。」

倪素一下回頭。

簷廊之下，穿著青墨圓領袍的那個年輕男人面容蒼白，正坐在階上用一雙剔透的眸子看她。

「你怎麼在廚房門口坐著？」倪素跑過去，問了他一聲，又迫不及待地與他說：「徐子凌，阿舟誣陷我的事查清了。」

「阿舟的母親本想落胎，那凶手便買通了一個藥婆給阿舟母親下了重藥，又……」

她就這麼說了好多的話。

徐鶴雪一邊認真地聽，一邊扶著廊柱站起身，時不時「嗯」一聲。

「被關在夤夜司的那些官員裡，似乎也有人要鬆口了。」

倪素站在木階底下，仰望著站直身體的徐鶴雪，說：「還有那個藥婆，要是小周大人他們能夠早點找到她就好了……」

「我們也可以找。」徐鶴雪說。

我們。

倪素聽他說起「我們」，她的鼻尖就有點發酸。

如果沒有徐子凌，她知道自己就是孤身一人，她不能與這裡的任何人再湊成一個「我們」，沒有人會這樣幫她。

除了孤魂徐子淩。

「但你還沒好，」倪素有些擔心地望著他，「我一定每日都替你點很多香燭，徐子淩，你一定要快點好起來。」

日光清淩，落在她的眼底。

徐鶴雪被她注視著，也不知為何，他側過臉：「要吃點東西嗎？」

聽他忽然這麼一句，倪素不由去望一邊的廊椅。

「我的蘿蔔呢？」

不只蘿蔔，一簸箕的菜都不見了。

「妳跟我進來。」

徐鶴雪轉身。

倪素亦步亦趨地跟著他進去，抬頭正見四角方桌上，擺著熱騰騰的飯菜。

倪素看見她的蘿蔔被做成湯了。

「你……會做飯？」倪素喃喃。

「今日是第一回。」

徐鶴雪搖頭，從袖中拿出一本書給她，「這是妳買的，就在我案頭放著，我在房中想起來見過這麼一本食譜，便用來試試。」

倪素接過來一看——《清夢食篇》。

「這是孟相公寫的食譜？」倪素看見了孟相公的名字，她翻了翻，「書是我請人買的，我讓他多替我買些當代名篇，他應該是因為孟相公其名，將這本食譜也算在內了。」

「我依照食譜做好之後，才想起孟相公早年用鹽要重一些。」

徐鶴雪其實也不知他做的這些算不算好吃。

「我嘗一嘗。」

倪素在桌前坐下，雖只是清粥小菜，但看著卻很不錯，她嘗了一道菜，便抬頭對他笑：「鹽是有些重，可能是因為我平日吃得清淡些。」

「但也不妨事，還是很好吃。」她說。

「你嘗著，是不是也有點重？」倪素喝了一口湯，抬起頭來問他。

門外鋪散而來的光線落在徐鶴雪的衣袂，他輕輕點頭：「嗯。」

「你不吃嗎？」

「妳吃吧。」

倪素知道他身為鬼魅其實一點也用不著吃這些，便點了點頭，捧著碗吃飯，「我是不知道有這本食譜，若我知道，我照著做一定不會發生早晨的事……」

「等我學會，說不定，我還能自己給你做糖糕吃。」

倪素在雀縣不是沒有與藥婆打過交道，也聽說過治死人的藥婆四處逃竄的事，她也清楚一般鄉下窮苦的婦人若身上不好，只會找相熟的鄰里或者親戚提過的，絕不會輕易去找那些陌生的、不知道底細的藥婆。

「夤夜司把人都放回來了？」

倪素朝那舊巷子口張望著。

「小娘子您說什麼呢？買不買啊？」

菜攤的老頭頗為費解，只瞧她握著一把波稜，卻不看菜，歪著腦袋也不知在瞅哪兒，還自說自話似的，老頭也沒聽清她說了什麼。

倪素正看夤夜司的親從官們從巷子口出來，聽見這話，她回頭對上老頭奇怪的目光，面頰浮出薄紅，訕訕地要放下那一把青碧的波稜，卻聽身邊有道聲音：「倪素，這個可以留下。」

她一頓，對上身側年輕男人的目光。

「這個可以用來做湯。」

爛漫日光裡，他的身影淡薄如霧。

倪素乖乖地將波稜放到了自己的菜籃子裡。

「你聽到什麼了？」

倪素給了老頭錢，挎著菜籃子往回走。

這個菜攤是她精心挑選的，離巷口很近，徐子凌去巷內聽夤夜司那些親從官在說些什麼，做些什麼，也不至於受到牽制。

但她還是有些不放心，在人群裡也不住地看他，打量他，「你身上真的不痛吧？」

「不痛。」

徐鶴雪看四周路過的行人或多或少都對她這個不住往身邊張望的姑娘報以一種奇怪的目光，他道：「倪素，看路。」

「你若肯現身與我一塊兒在街上走，他們便不會看我了。」倪素一邊朝前走，一邊低聲道：「像在金向師家中一樣，我給你戴個帷帽。」

徐鶴雪答不了她，哪怕那日在永安湖謝春亭中只有他們兩人，哪怕後來在船上畫畫，他也始終沒有真正顯露身形。

「阿舟的鄰里俱已被放回，那晁一松說，阿舟母親找的藥婆那些人並不認識，但阿舟的父親說，那藥婆似乎與當初接生阿舟的坐婆關係匪淺。」

徐鶴雪回應了她最開始的問題。

「所以晁一松他們去找那個坐婆了？」倪素問道。

「那坐婆幾日前已經去世。」徐鶴雪與她並肩，「他們已查驗過，她是因病而亡，並非他殺。」

那要如何才能找得出那藥婆？倪素皺起眉來，卻見身邊的人忽然停下，她也不由停步，抬頭望向他。

「妳，」徐鶴雪看著她，淡色的唇輕抿一下，「若妳不怕，我們夜裡便去那坐婆家中，夤夜司已查驗結束，也許她家中今夜便要發喪。」

「只是去她家中，我為什麼要怕？」倪素不明所以。

「因為，我們也許要開棺。」

徐鶴雪解釋道：「剛死去的人，會有魂火殘留，只要見到她的魂火，我……」

「不可以再用你的術法。」倪素打斷他。

徐鶴雪看她神情認真，他遲了片刻，道：「我不用。」

「人死後，殘留的魂火若被放出去，便會不由自主地眷念生前的至交、至親，就如同我在雀縣大鐘寺外遇見妳那日一樣。」

倪素聽他提起柏子林中的事。

那時他身上沾染了她兄長的魂火，而那些魂火一見她，便顯現出來。

「這顆獸珠可以吸納死者身上的魂火，用它就足夠了。」

聽見他的聲音，倪素不由看向他舒展的掌心中，靜靜地躺著一顆木雕獸珠。

因為夤夜司將坐婆的屍體帶走查驗，她家中的喪宴挪到了今夜才辦，辦過之後，她兒子兒媳便要連夜發喪，將母親送到城外安葬。

「城門不是一到夜裡就不讓出麼？」吃席的鄰里在桌上詢問主家兒媳龐氏，「怎麼你們夜裡能發喪？」

因為那楊婆惹了人命官司，近來白日在城門把守的官兵都有許多，楊婆的畫像貼得到處都是。

「再不發喪，我阿婆可怎麼辦？她在棺材裡可等不得，」龐氏一身縞素，面露悲戚之色，「本來那日就要發喪的，是夤夜司的大人們高抬貴手，查驗完了，便許我們連夜收葬。」

「夤夜司那地方聽說可嚇人了，你們進去，可瞧見什麼了？」有一個老頭捏著酒杯，好奇地問。

「沒……」龐氏搖頭，「那些大人們只是問我們夫妻兩個幾句話，便將我們先放回來了。」

「聽說夤夜司裡頭的官老爺們最近都在忙著一樁案子呢！只怕是沒那些閒工夫來多問你們，這樣也好，好歹你們這就出來了。」

老頭繼續說道：「都是那黑心腸的楊婆害你們家，她若不作孽，你們何至於遇上這些事呢？」

眾人連連點頭，表示贊同。

龐氏聽到他提起「楊婆」，臉上便有些不對勁，她勉強扯了一下嘴唇，招呼他們幾句，就回過頭去。

門外正好來了一位年輕女子，梳著雙鬟髻，沒有什麼多餘的髮飾，衣著素淡且清苦，提著一盞燈，正用一雙眼朝門內張望。

龐氏見她是個生面孔，便迎上去，道：「姑娘找誰？」

「我聽聞錢婆婆去世，便想來祭奠。」女子說道。

「妳是？」龐氏再將她打量一番，還是不認得她是誰。

「錢婆婆在雲京這些年，替多少人家接生過，您不知道也並不奇怪，我聽母親說，當年若不是錢婆婆替她接生，只怕我與母親便都凶多吉少，如今我母親身子不好，不良於行，她在家中不方便來，便告知我，一定要來給錢婆婆添一炷香。」

龐氏又不做坐婆，哪知道阿婆這些年到底替多少人接生過，她聽見這女子一番話，也沒懷疑其他，便將人迎進門：「既然來了，便一塊兒吃席吧。」

簡陋的正堂裡放著一具漆黑的棺木，香案上油燈常燃，倪素跟在龐氏身後，暗自鬆了一口氣。

龐氏燃了香遞給她，倪素接來便對著香案作揖，隨即將香插到香爐之中。

「來，小娘子妳坐這兒。」

龐氏將她帶到有空位子的一張桌前，倪素頂著那一桌男女老少好奇打量的視線，硬著頭皮坐了下去，將燈籠放在身邊。

「如今人多，只能等宴席散了，我們再尋時機開棺。」徐鶴雪與她坐在一張長凳上，說。

「那我現在……」桌上人都在說著話，倪素努力壓低自己的聲音。

「吃吧。」徐鶴雪輕抬下頜。

倪素原本不是來吃席的，她來之前已經吃過糕餅了，但眼下坐在這兒不吃些東西，好像有點怪。

「夤夜司的人還跟著我嗎？」她拿起筷子，小聲問。

「嗯，無妨。」

徐鶴雪審視四周，「妳若坐在這裡不動，他們便不會貿然進來尋妳。」

「小娘子是哪兒人啊？」

倪素心不在焉地咬了一口肉丸，正欲再說話，坐在她右邊的一位娘子忽然湊過來。

倪素嚇了一跳，對上那娘子笑咪咪的眼睛，答了一聲：「城南的。」

那娘子含笑「哦哦」了兩聲，又神神祕祕地偏過頭與身邊的另一位娘子小聲說話，「可真水靈……」

那娘子嗓門大，自來熟似的，又轉過臉笑著問：「城南哪兒的啊？不知道家中給妳指婚事了沒有？若沒有啊，妳聽我……」

「有了。」倪素連忙打斷她。

「啊？」那娘子愣了一下，下半句要說什麼也忘了，訕訕的，「這就有了？」

倪素點頭，怕她再繼續刨根問底，便索性埋頭吃飯。

哀樂參雜人聲，這間院子裡熱鬧極了。

倪素用衣袖擋著半邊臉，偷偷偏頭，撞上徐鶴雪那雙眼睛，坐著同一張長凳，這間院子燈火通明，卻只有他們之間的這一盞可以在他的眼睛裡留下影子。

倪素張嘴，無聲向他吐露三個字。

「騙她的。」

幾乎是頃刻，徐鶴雪收回目光，立即懂了那是哪三個字。

倪素原本還沒意識到什麼，但發現他讀懂她的話，再與他視線相觸，忽然間，她一下轉過去，也忘了把討人厭的花椒摘出去，吃了一口菜，舌苔都麻了。

她的臉皺起來，匆忙端起茶碗喝一口。

徐鶴雪安靜地坐在她身邊，垂著眼簾在看她地上的影子，她一動，影子也跟著動，可是，他忽然看見了自己的影子。

瑩白不具形，與她，天差地別。

來的人太多，倪素與徐鶴雪找不到時機在此處開棺吸納魂火，很快散了席，那些來幫忙的鄰里親朋才幫著龐氏與她郎君一塊兒抬棺、出殯。

倪素在後面跟著，卻知自己出不了城，但她又不願再讓徐鶴雪因此而自損，正不知該如何是好，卻見身邊的徐鶴雪忽然化為霧氣，又很快在那棺木前凝聚身形。

燈籠提在他手中，旁人便看不見。

徐鶴雪審視著抬棺木的那幾個身形魁梧的男人，視線又落在那漆黑棺木，片刻，他垂下眼簾，伸手往棺底摸索。

果然，有氣孔。

倪素緊跟在人群之後，卻不防有一隻手忽然將她拉去了另一條巷中。

「倪小娘子。」

倪素聽見這一聲喚，即便她在昏暗的巷子裡看不清他的臉，也聽出是夤夜司的副尉周挺。

「不要再往前了。」周挺肅聲。

忽地，外面傳來好些人的驚叫，隨即是「砰」的一聲重物落地，周挺立即抽刀，囑咐她：「妳在這裡不要動。」

周挺疾奔出去，從簷上落來的數名黑衣人與忽然出現的夤夜司親從官們在巷子裡殺作一團，倪素擔心徐鶴雪，正欲探身往外看，卻聽一陣疾步踩踏瓦簷，她一抬頭，上面一道黑影似乎也發現了她。

那人辨不清她，似乎以為她是夤夜司的人，反射性地扔出一道飛鏢。

銀光閃爍而來，倪素眼看躲閃不及，身後忽有一人攬住她的腰身，一柄寒光凜冽的劍橫在她眼前，與那飛鏢一撞，「噌」的一聲，飛鏢落地。

徐鶴雪踩踏磚牆借力，輕鬆一躍上了瓦簷。

那巷中兩方還在拚殺，此人卻先行逃離，徐鶴雪見底下周挺也發現了簷上此人，他立即撿了碎瓦片拋出，擊中那人腿彎。

那黑衣人膝蓋一軟，不受控地摔下去，正好匍匐在周挺的面前。

跟著周挺的親從官們立即將人拿住。

而周挺皺著眉，抬首一望，皎潔月華粼粼如波，鋪陳簷巷，上面並沒有什麼人在。

「躲哪兒不好，真躲棺材裡，和死了幾天都臭了的屍體待一塊兒，那藥婆還真……嘔……」晁一松罵罵咧咧地跑過來，說著話便乾嘔幾下，「小周大人，您……」

晁一松話沒說完，便見周挺快步朝對面的那條巷子中去。

竟空無一人。

「誰在盯倪素？」晁一松才跟過來，就見周挺沉著臉轉過身。

「啊？」

晁一松愣了一下，回頭問了一圈，有些心虛，「大人，方才咱們都忙著抓人呢……」

與此同時，一牆之隔，也不知是誰家的院子。

滿牆月季或深或淺，在一片月華之間，葳蕤豔麗。

倪素躺在草地裡，睜著眼，後知後覺地發現自己枕著一個人的手臂。

燈籠裡的蠟燭燃了太久，忽然滅了，徐鶴雪擔心周挺發現她站在簷上，便匆匆帶她躍入這庭院，但沒有她點的燈照亮，他眼前一片漆黑，一時不察，與她一齊摔了下來。

他嗅聞得到月季的香，下意識地將她護在懷裡。

「倪素？」她一直不說話，徐鶴雪無神的眸子微動，低聲喚她。

「嗯。」倪素應一聲。

「小心花刺。」徐鶴雪說罷，便要扶她起身。

倪素聞言，仰頭看向後面的一叢月季，他的手臂正好將她小心護了起來，避開了那些花刺。

她忽然拉住徐鶴雪的衣袖。

「他們好像走了。」

倪素聽不到外面的聲音了。

她不肯起身，徐鶴雪蹙了一下眉，只好維持著原來的姿勢，只是他們這一動，叢中顫顫的花瓣落來他們的鬢髮與衣袂。

他渾然未覺。

倪素知道兩人如此實在有些不太妥當，便將他的手放回去，隨後往旁邊挪了挪，躲開那一叢有刺的月季。

「我可以看一會兒月亮再回去嗎？」

倪素枕著自己的手臂，望著他的側臉：「一會兒，我們一起回去。」

徐鶴雪看不見月亮，但不知道為什麼，他總能感覺到，她的視線似乎停留在他的臉上。

「好。」

周挺遣晁一松去南槐街查看倪素是否已經歸家，自己則帶著人，將藥婆楊氏，以及那對私藏她的夫妻，還有意欲對楊氏下手的殺手中僅存的幾名活口都帶回了夤夜司。

「小周大人，他們齒縫裡都藏著毒呢。」一名親從官指了指地上，幾顆帶血的牙齒裡混雜著極小的藥粒。

自上回光寧府獄卒服毒自盡後，夤夜司便在此事上更為謹慎。

周挺瞥了一眼，回頭見數名親事官抱著書冊筆墨匆匆跑到刑房裡去，他便問身邊的親從官：「使尊在裡面？」

那親從官低聲答：「是，使尊也剛來不久，聽說，是裡面的林大人要招了。」

那位林大人便是謄錄院中的一位大人，也是此次冬試案的涉案官員之一。

他要招了？

周挺聞聲，望向刑房處鋪陳而來的一片燭影。

「林大人，倪青嵐等一干人的試卷果真是被你親手所毀？」夤夜司使尊韓清坐在椅子上，示意親事官在旁書寫證詞。

「是……」

林瑜一說話，嘴裡就吐出一口血來，他身上的衣裳已經被鮮血浸透，整個人都處在痙攣中。

「那姓嚴的封彌官是最後負責收齊試卷的，他說，有人事先告知他，那舞弊之人在試卷中提及古地名『鳳麟洲』，所以他才能認得出那人的試卷，而倪青嵐，則是他事先便認得倪青嵐的字跡，趁金向師不在，冒險查看他未謄抄完畢的試卷記下了隻字片語，此後他收齊了其他封彌官謄抄過的試卷，又偷偷重新謄抄倪青嵐與那人的試卷送到謄錄院交到你的手裡。」

韓清吹了吹碗沿的茶沫子。

據之前金向師交代，因為有一份試卷不但字寫得極好，文章也寫得很是漂亮，所以金向師對那份試卷有了印象。

也正因為如此，他替同僚去交試卷的路上才會發現那份試卷已被人重新謄抄。

金向師畫完輿圖歸京，聽說死了一個叫做倪青嵐的舉子，便猜測那試卷很有可能出了大問題。

而冬試不只有一位封彌官，韓清讓他們一一留下筆跡，再讓金向師辨認，但因有人刻意隱藏筆鋒，一開始並不順利。

直到周挺從封彌官們家中搜來他們的手書或者文書，又請金向師比對。

這才揪出那個姓嚴的封彌官。

又以那姓嚴的封彌官為破口，頗費了一番工夫，才抓住這位謄錄院林大人的馬腳。

「不錯，」林瑜劇烈地咳嗽幾聲，「那封彌官手裡有已經糊名過的空白試卷，是事先被別人放入貢院的，我與他只知道倪青嵐是他們選中的人，至於舞弊者究竟是誰，我們並不知道，我們也不想知道。只是後來官家改了主意，要再加殿試，我便只得將他們二人的試卷，連同另外一些人的，趁著那兩日天乾，謄錄院失火，一塊兒焚毀。」

「林大人吶，您可真是糊塗，」韓清將茶碗往桌上一擱，冷笑，「你是嫌官家給你的俸祿不夠？哪裡來的豹子膽敢在這件事上犯貪？你以為你咬死了不說話不承認，指著諫院裡那群言官們為你們抱不平，這事便能結了？」

「只要官家的敕令在，咱家可是不怕他們的。」

韓清正襟危坐，睨著他，「說吧，是誰指使的你？咱家猜你，也快受不住這些刑罰了。」

這幾日在夤夜司，林瑜已體會到什麼是真正的生不如死，無論什麼鋒利的脾性見了這裡的刑罰也都要磨沒了，他艱難喘息：「杜琮。」

東方既白，淫雨霏霏。

杜琮在書房中幾乎枯坐了一整夜，自夤夜司將涉冬試案的官員全部帶走後，他幾乎沒睡過一個囫圇覺。

天色還不算清明，杜琮看著內知引著一名身披蓑衣的人走上階來，內知退下，那人進門，卻不摘下斗笠，只在那片晦暗的陰影裡，朝他躬身：「杜大人。」

「他如何說？」

杜琮坐在椅子上沒起來。

那人沒抬頭，只道：「我家大人只有一句話交代您，十五年的榮華富貴，您也該夠本了，是不是？」

杜琮的手指驟然蜷縮。

那人果真只交代了這麼一句話，隨即便轉身出門，消失在雨幕之中。

雨聲更襯書房內的死寂。

杜琮神情灰敗，呆坐案前。

南槐街上沒有什麼賣早點的食攤，倪素只好撐著傘去了鄰街，在一處有油布棚遮擋的食攤前要了一些包子。

「我遇上賊寇那回，在馬車中沒有看清，那時你殺他們，並沒有動用你的術法對嗎？」雨打傘簷，劈啪之聲不絕於耳。

「若以術法殺人，我必受嚴懲。」

雨霧裡，徐鶴雪與她並肩而行，身影時濃時淡。

「那你是何時開始習武的？」

倪素昨夜親眼見過他的招式，也是那時，她才真正意識到，他看似文弱清臞的身骨之下，原也藏有與之截然不同的鋒芒。

「幼年時握筆，便也要握劍，」徐鶴雪仰頭，望了她遮蓋到他頭上的傘簷一眼，「家中訓誡便是如此。」

後來他隨母親與兄長遠赴雲京，家中的規矩沒有人再記得那樣清楚，但他在修文習武這兩件事上，也算得上從未荒廢。

說著話，兩人眼看便要出街口，雨裡忽然一道身影直直地撞過來，徐鶴雪反應極快，立即握住倪素的手腕，拉著她往後退了幾步。

那人衣袖上帶起的雨珠滴答打在倪素手中的油紙包上，他沾著汙泥的手撲了個空，踉蹌著摔倒在地。

雨地裡的青年約莫二十來歲，他衣衫襤褸，膚色慘白，瘦得皮包骨一般，乍見他那樣一雙眼，倪素不禁被嚇了一跳。

尋常人的瞳孔，絕沒有此人的大。

裹纏的布巾鬆懈了些，露出他沒有頭髮的腦袋，竟連眉毛也沒有。

也不知為何，倪素總覺得他的目光，似乎有片刻停留在她的身邊。

倪素從油紙包裡取出來兩個包子，試探著遞給他。

那青年沒有絲毫猶豫，伸手抓來她的包子，從雨地裡起來，轉身就跑。

「他看起來，像是生了什麼重病。」倪素看著那人的背影。

「不是生病。」徐鶴雪道。

「你怎麼知道？」倪素聞聲，轉過臉來。

清晨的煙雨淹沒了那青年的身形，徐鶴雪迎向她的視線，「他看見我了。」

「那他……也是鬼魅？」

倪素愕然。

可既是鬼魅，應該不會需要這些食物來充飢才是啊。

徐鶴雪搖頭，「他不生毛髮，雙瞳異於常人，不是鬼魅，而是——鬼胎。」

倪素差點沒拿穩包子。

那不就是，人與鬼魅所生的骨肉？

雨勢緩和許多，青年穿街過巷，手中緊捏著兩個包子，跑到一處屋簷底下，蹲在一堆雜物後頭，才慢吞吞地啃起包子。

他一雙眼睛緊盯著對面的油布棚子。

餛飩的香味勾纏著他的鼻息，他用力地吸了吸鼻子，三兩口將冷掉的包子吃光，只聽馬車轆轆聲近，他漆黑的瞳仁微動，只見那馬車在餛飩攤前停穩，馬車中最先出來一位老者，看起來是一位內知。

他先撐了傘下車，又伸手去扶車中那衣著樸素，頭髮花白的老者：「大人，您小心些。」

青年隔著雨幕，看那內知將老者扶下馬車，他看著那老者，撓了撓頭，半晌，他才又去認真打量那輛馬車。

馬車簷上掛的一盞燈籠上，赫然是一個「張」字。

「今兒雨大，您還要入宮去，宮中不是有飯食麼？您何必來這兒。」內知絮絮叨叨。

「這麼些年，我對雲京無甚眷戀，唯有這兒的餛飩不一樣，」張敬被扶著到了油布棚最裡頭去坐著，他打量著四周，「這攤子十幾年了，還在，也是真不容易。」

「奴才去替您要一碗。」內知說著，便去找攤主。

「再要一些醬菜。」張敬咳嗽兩聲，又囑咐。

那攤主是個三四十歲的男人，手腳很麻利，很快便煮好一碗餛飩，內知將餛飩和醬菜端來張敬面前，又遞給他湯匙：「奴才問過了，他是原來那攤主的兒子，您嘗嘗看，味道應該是差不離的。」

張敬接來湯匙，只喝了一口湯，神情便鬆快許多，點點頭：「果然是一樣的。」

「賀學士應該再有一會兒便到了，有他與您一道走，也穩當些。」內知望了油布棚外頭一眼，對張敬道。

張敬吃著餛飩就醬菜，哼了一聲，「我又不是老得不能動了，走幾步路的工夫何至於他時時看著？」

「大人哎，賀學士他們多少年沒見您這個老師了，如今天天想在您跟前又有什麼不對呢？他們有心，您該欣慰的。」內知笑著才說罷，卻聽油布棚外頭有些聲響，他一轉頭，見趕車的兩個小廝將一個青年攔在了外頭。

「做什麼不讓人進來？」

張敬重重擱下湯匙。

內知忙出了油布棚，擰著眉問那兩名小廝：「幹什麼將人抓著？」

「內知，他哪像是吃餛飩的，我看他一雙眼睛直勾勾盯著咱張相公，看起來怪得很呢！」一名小廝說著。

內知才將視線挪到那青年臉上，不禁被他那雙眼睛嚇了一跳，青年卻一下掙脫了那兩個小廝，一隻枯瘦的手在懷中掏啊掏，掏出來一封信件。

「給張相公。」

他竟還作了一個揖，卻像一個僵硬的木偶，看起來頗為滑稽。

內知只見此人渾身狼狽而他手中的信件卻沒有沾濕分毫，且平整無皺，他想了想，還是接了過來。

「家榮。」

聽見張敬在喚，內知趕緊轉身。

青年一直盯著那內知，看他將那信件遞給了張敬，他才如釋重負般，趁那兩名小廝不注意，飛快地跑入雨幕裡。

「大人，說是給您的，但其餘的，他什麼也沒說啊。」內知聽見小廝們驚呼，回頭見那青年已經不見，心裡更加怪異。

張敬取出信來一看，他平靜的神情像是陡然間被利刃劃破，一雙眼盯緊了紙上的字字句句，他的臉色煞白無血。

內知看張敬猛地站起來，連拐杖都忘了，步履蹣跚地往前走了幾步就要摔倒，他忙上去扶，「大人，您這是怎麼了？」

張敬勉強走到油布棚子外頭，急促的呼吸帶起他喉嚨與肺部渾濁的雜音，他緊盯二人：「他是哪兒來的？！」

一人老老實實答：「小的問了一嘴，他只說，他是雍州來的。」

雍州。

這兩字又引得張敬眼前一黑，胸口震顫，他將那信攥成了紙團，驀地吐出一口血來。

「大人！」

內知大驚失色。

將將趕來的翰林學士賀童也正好撞見這一幕，他立即丟了傘飛奔過來：「老師！」

眼下還不過申時，但盛大的雨勢卻令天色陰鬱不堪，孟雲獻匆匆走上階，將傘扔給身後跟來的小廝，他踏進房門內便留一串濕潤的印子。

賀童等人才被張敬從內室裡轟出來，迎面撞上孟雲獻，便立即作揖，喚：「孟相公。」

「好端端的，怎麼忽然就吐血了？請醫工了沒有？」

孟雲獻隔著簾子望了內室一眼，視線挪回到賀童身上。

「已經請過了，藥也用了。」賀童回答。

孟雲獻掀了簾子進去，苦澀的藥味迎面，張敬髮髻散亂，躺在床上閉著眼，也不知是醒著還是睡著。

「張敬。」

孟雲獻走到床前，喚了一聲，可看著他枯瘦的面容，一時間，孟雲獻又忘了自己此時該說些什麼。

「既沒有話說，又何苦來。」張敬合著眼，嗓子像被粗糲的沙子摩擦過，「當年咱們兩個割席時說得好好的，此生縱有再見之機，也絕不回頭了。」

「那是你說的，」孟雲獻摸了一把臉上的雨水，「不是我。」

「你也不怕人笑話你孟琢沒臉沒皮。」張敬冷笑，肺部裹起一陣渾濁的雜音，惹得他咳嗽一陣。

「你知道我一向不在乎這些。」孟雲獻搖頭，「當年你與我分道，難道真覺得我做錯了？若真如此，你如今又為何還願意與我共事？」

「皇命難違而已。」

「僅僅只是皇命難違？」

冗長的寂靜。

張敬睜開眼，他看著立在床畔的孟雲獻，「你一定要問？你可知道，我此生最後悔的事，便是當年應你，與你共推新政！」

他不說對與不對，卻只說後悔。

「孟雲獻，至少這會兒，你別讓我看見你。」

張敬顫顫巍巍的，呼吸都有些細微地抖，他背過身去，雙手在被下緊握成拳。

急雨更重，劈啪打簷。

孟雲獻邁著沉重的步子從張宅出來，被內知扶著上了馬車，一路搖搖晃晃的，他也不知自己是如何回的家。

「瞧你這樣子，是見到了還是沒見到啊？張先生如何了？」孟雲獻的夫人姜氏撐著傘將他迎進門。

「見到了。」

孟雲獻堪堪回神，任由姜氏替他擦拭身上的雨水，「他躺在床上病著，哪裡還能攔我，可是夫人，今兒他對我說了一句話。」

「什麼話？」

「他說，至少這會兒，別讓他看見我。」

聞聲，姜氏擦拭他衣襟的動作一頓，她抬起頭。

「沒有橫眉冷對，亦不曾罵我，他十分平靜地與我說這句話，」孟雲獻喉結動一下，也說不清自己心頭的複雜，「卻讓我像受了刑似的……」

「活該。」姜氏打了他一下，「當年拉他入火坑的是你，後來放跑他學生的也是你，他如今就是拿起棍子打你，那也是你該受的！」

「我倒寧願他拎根棍子打我。」

孟雲獻接了姜氏遞來的茶碗，熱霧微拂，他的眼眶有些熱，抬起頭，他望向簷外的婆娑煙雨，徐徐一嘆：「當年他是看了我的《清渠疏》才與我一起走上這條道的，可後來官家廢除新政時，對我是貶官，對他卻是流放，他這一被流放，妻兒俱亡……」

「阿芍，無論好與不好，這些年來我都有妳為伴，可他身邊……還有誰呢？」

天色黑透了，周挺攜帶一身水氣回到夤夜司中，韓清陰沉著臉將一案的東西掃落，怒斥：「昨日才上過朝的人，今兒天不亮你們就去搜了，怎麼就找不到！」

周挺垂眼，沉默不語。

今日天不亮時那林瑜張了口，吐出個「杜琮」來，那杜琮是何人？不正是上回來夤夜司撈過苗太尉的兒子苗易揚的那位禮部郎中，戶部副使麼？

幾乎是林瑜一招供，周挺便領著親從官們去杜府拿人，可出人意料的是，杜琮失蹤了。

周挺冒雨在雲京城內搜了一整日，也沒有找到杜琮。

一夜之間，這個人便像是人間蒸發了似的，夤夜司竟一點痕跡都尋不到。

「沒了杜琮，此案要如何查下去？」韓清當然不認為那杜琮便是此案的罪魁禍首，杜琮已經在朝為官，又無子嗣要他冒這樣的險去掙個前程。

那麼便只有可能是他得了什麼人的好處，才利用起自己的這番關係，行此方便。

「使尊，藥婆楊氏已經招供。」周挺說道：「她證實，的確有人給了她十兩金，要她對阿舟的母親下死手，抓回來的那幾名殺手中也有人鬆了口，他們是受人所僱，去殺楊氏滅口。」

「既都是受人所僱，僱主是誰，他們可看清楚了？」韓清問道。

「並未。」周挺頓了一下，想起那名從簷上摔下來的領頭的殺手，「但我覺得，其中有一人，與他們不一樣。」

既與那些人不一樣，那便一定是知道些什麼了？韓清才接來身邊人遞的茶碗，便「砰」的一聲擱下，「既如此，周挺，那你就盡快讓他開口！」

「是。」

周挺立即垂首。

雲京的雨越來越多了，這幾日就沒有個晴的時候，到了晚上也見不到月亮，倪素只好去永安湖畔，打算多折一些柳枝回家。

朝中一個五品官員失蹤，整個雲京鬧得翻沸，倪素總覺得這件事與她兄長的案子脫不開干係，但周挺不出現，她也不能貿然去夤夜司打聽。

就是去了，他們也不可能與她多說些什麼。

「我記得之前便是那個杜琮從中說和，才讓夤夜司早早地放了苗易揚。」

倪素小心地避開沾水的石階，踮腳折斷一枝柳條，她忽然意識到，「若調換我兄長試卷的真是他，那如今他浮出水面，苗二公子豈不是又添了嫌疑？」

畢竟杜琮在風口浪尖上為苗易揚作保，如今杜琮失蹤，那麼被他擔保過的苗易揚，豈不是又要再回夤夜司一趟？

「如今這樁案子若不查出個真凶，是不能收場的，」徐鶴雪注意著她的腳下，「所以，苗易揚便是那個被選定的『真凶』。」

「但妳也不必憂心，那夜去殺藥婆楊氏的殺手，還在夤夜司受審。」

「我知道。」

倪素聽著雨珠打在傘簷的脆聲，踮腳要去搆更高一些的柳枝，卻看見一隻手繞過她。

雨水淅瀝，柳枝折斷的聲音一響。

濕潤的水霧裡，倪素在傘下回頭，他蒼白的指骨間，點滴水珠落在她的額頭。

「妳不冷嗎？」

河畔有風，徐鶴雪看見她的右肩被風吹斜的雨絲浸濕。

綠柳如絲迎風而蕩，倪素搖頭，任由他接過滿懷的柳枝，自己則從他手中拿來雨傘，避著濕滑處走出這片濃綠。

「其實妳不必做這些。」

雨露沙沙，路上行人甚少，徐鶴雪抱著柳枝走在她身邊。

「可是一直下雨，總不能讓你一直忍著。」倪素步子飛快，只想快點回去換掉這雙濕透了的鞋子。

「多謝。」

徐鶴雪垂眸，看見她腳上那雙繡鞋已被泥水弄得髒透了。

這一段路，即便她走得很快，她撐的這柄傘，一直穩穩地遮蔽在他的頭頂，哪怕她的舉止在尋常人眼中那樣奇怪。

「我若不給你撐傘，你一定不會傷寒生病，但就算你是鬼魅，你也應該不會喜歡身上濕漉漉的。」

倪素拉了拉他的衣袖，示意他往前走，「我不沐浴就會覺得不舒服，難道你不是這樣嗎？我看你就算是鬼魅，也是很愛乾淨的。」

回到南槐街的醫館，倪素看見晁一松在簷下等著，便立即走上前去：「晁小哥，你怎麼來了？」

「倪小娘子折這麼多柳條做什麼？」

晁一松瞧見她懷中抱了一把柳枝，有些疑惑。

「晁小哥不知，其實柳枝也是一味藥。」倪素說道。

「啊，那我還真不知，」晁一松撓了撓頭，想起了自己的來意，跟著倪素進了屋子，接來她的茶水便道：「倪小娘子是否已聽說有位杜大人失蹤的事了？」

「聽說了。」

倪素躲著晁一松的視線將針線活收拾好，藏起裡面還沒做好的男子衣裳，「難道他便是做主調換我兄長試卷的人？」

晁一松愣了一下，然後點點頭：「是的，只是如今他失蹤了，咱們把雲京城都翻了個底朝天，也沒見著他人，我們小周大人叫我來便是與妳說這件事，好教妳安心些，可不要再去摻和危險的事了。」

周挺意在警告她一個女子不要再輕舉妄動，但晁一松沒好意思說得嚴厲些，只得委婉許多。

「請小周大人放心，我不會了。」倪素說道。

晁一松聽她這麼說，自己也算鬆了口氣，轉而又道：「也不知那杜大人是插了翅膀還是怎麼的，竟就這麼憑空消失了，不過那天夜裡抓的藥婆和殺手還在夤夜司，小周大人正審呢。」

「那位杜大人是什麼時候失蹤的？」倪素在桌前坐下來。

「說來也怪，他前一日還上過早朝呢，當夜韓使尊撬開了一個林大人的嘴，我跟著小周大人找到杜大人家裡去時，就剩他乾爹和他妻子兩個，他什麼時候不見的他們倆都全然不知。」

這也不是什麼不能說的，晁一松喝茶吃著糕餅，便與倪素說起那杜琮，「我這兩日可聽了他不少事，聽說他原本是軍戶，以前他是北邊軍中的武官，十五年前認了一位文官做乾爹，一個二十多歲的武官，認了一個三四十歲的文官當爹，妳說好笑不好笑？」

晁一松嘖了一聲，「聽說那會兒他官階其實比那文官還高呢，但咱大齊就是這樣，文官嘛，天生是高武人一等的，他得了這麼個乾爹，後來呢，娶了這個乾爹孀居在家的兒媳，也不知道怎麼走的關係，聽說還改了名字，就這麼一路青雲直上，今年就升任朝官五品了。」

倪素正欲說話，卻聽身後步履聲響，她回頭，看見徐鶴雪不知何時已將柳枝放好，他身上的衣裳沾著水珠，臉色看起來有些怪異。

可晁一松在，倪素不方便喚他。

「倪素，妳問他，那杜大人從前叫什麼？」徐鶴雪抬眸，盯住坐在她對面的晁一松。

倪素雖不明所以，卻還是回頭，問晁一松道：「那你知不知道，那個杜琮以前叫什麼名字？」

這幾日夤夜司中沒少查杜琮的事，晁一松認真地想了想，一拍大腿，「杜三財！對，就這個名！」

徐鶴雪瞳孔微縮，強烈的耳鳴襲來。

倪素看見他的身形化為霧氣很快散去，她心中有了些不太好的感覺，便與晁一松說了幾句話，等他離開後，便趕緊跑去後廊。

「徐子凌。」

倪素站在他的房門外。

房中燈燭閃爍，徐鶴雪望見窗紗上她的影子，「有事嗎？」

「你……」

倪素有點想問他的事，可是看著窗紗裡那片朦朧的燈影，她抿了一下嘴唇，說：「我去給你煮柳葉水。」

她的影子消失在窗紗上。

徐鶴雪還盯著那扇窗看，半晌，他的衣袖覆住眼睛。

昔年丹原烽火夜，鐵衣沾血。

十四歲那年，他在護寧軍中，被好多年輕的面孔圍著，喝了此生第一碗烈酒，嗆得他咳個不停，一張臉都燒紅。

他們都笑他。

「小進士酒量不好啊，這往後可得跟咱們在一處好好練練！」年輕的校尉哈哈大笑。

他年少氣盛，一腳勾起一柄長槍來，擊破了那校尉手中的酒罈子，與他在眾人的起鬨聲中打過。

「薛懷，你服不服？」

最終，他以膝抵住那校尉的後背。

「你們徐家的功夫，我能不服麼？」校尉薛懷整個人都趴在地上也不覺丟臉，仍笑著，「你年紀輕輕，便有這樣漂亮的功夫，小進士，那群胡人該吃你的虧了！」

酒過三巡，他枕著盔甲在火堆旁昏昏欲睡。

一名靦腆的青年忽然湊了過來，小聲喚：「徐進士。」

「嗯？」他懶懶地應。

「你才十四歲便已經做了進士，為何要到邊關來？」青年說話小心翼翼的，手中捏著個本子，越捏越皺。

「你手裡捏了什麼？」他不答，卻盯住青年的小本子。

「哦，這個，」青年一下更緊張了，「徐進士，我、我想請您教我認字，您看可以嗎？」

「好啊。」

他第一次見軍營裡竟也有這般好學之人，他坐起身來，拍了拍衣袍上的灰痕，問：「你叫什麼？」

火堆的光映在青年的臉上，他笑了一下，說：「杜三財。」

徐鶴雪沉浸於眼前這片衣料遮蔽起來的黑暗裡，他的指節收緊，泛白，周身的瑩塵無聲顯露鋒利稜角，擦破燭焰。

杜三財竟然沒有死。

他到底，為什麼沒有死？

第六章 烏夜啼

十五年前牧神山那一戰，杜三財是負責運送糧草的武官。

可徐鶴雪與他的靖安軍在胡人腹地血戰三日，不但沒有等到其他兩路援軍，也沒有等到杜三財。

十五年，三萬靖安軍亡魂的血早已流盡了，而杜三財卻平步青雲，官至五品。

房內燈燭滅了大半，徐鶴雪孤坐於一片幽暗的陰影裡，他的眼前模糊極了，扶著床柱的手青筋顯露。

「徐子凌。」

倪素端著一盆柳葉水，站在門外。

徐鶴雪本能地循著她聲音所傳來的方向抬眸，卻什麼也看不清，生前這雙眼睛被胡人的金刀劃過，此刻似乎被血液浸透了，他不確定自己此刻究竟是什麼模樣，可那一定不太體面。

「你好些了嗎？」

倪素放下水盆，轉身靠著門框坐下去，簷廊外煙雨融融，她仰著頭，「我其實很想問你的事。」

昏暗室內，徐鶴雪眼瞼浸血，眼睫一動，血珠跌落，他沉默良久，才道：「沒什麼好問的。」

她是將他招回這個塵世的人。

他本該待她坦誠。

可是要怎麼同她說呢？說他其實名喚徐鶴雪，說他是十五年前在邊城雍州服罪而死的叛國將軍？

至少此時，他尚不知如何開口。

倪素抱著雙膝，回頭望向那道門，「你有難言之隱，我是理解的，只是我還是想問你一句話，如果你覺得不好回答，那便不答。」

隔著一道門，徐鶴雪循著朦朧的光源抬頭。

「你認識杜三財，且與他有仇，是嗎？」

門外傳來那個姑娘的聲音。

徐鶴雪垂下眼睛，半晌，「是。」

「那他還真是個禍害。」倪素側過臉，望著水盆裡上浮的熱霧，「既然如此，那我們便有仇報仇就是。」

徐鶴雪在房內不言。

他要報的仇，又何止一個杜三財。

他重回陽世，從來不是為尋舊友，而是要找到害他三萬靖安軍將士背負叛國重罪的罪魁禍首。

簷廊外秋雨淋漓不斷。

徐鶴雪在房中聽，倪素則在門外看。

「倪素，我想去杜三財家中看看。」他忽然說。

杜三財家中如今只有他那位乾爹與他的妻子，杜府如今一定被圍得滴水不漏，倪素若想進去，是絕不可能的。

但她還是點點頭，「好。」

「那我進去了。」

柳葉水尚是溫熱的，用來給他洗臉正好。

雨露沙沙，徐鶴雪坐在床沿，一手扶著床柱，沾血的眼睫略微抖動，直到她用溫熱的帕子輕輕遮覆在他的眼前。

「杜府那樣大，裡裡外外還有不少人在守，我知道我不能陪你進去，只能在外面等你，我會盡量離你近一些，也會多買一些香燭等著你，」倪素擦拭著他薄薄的眼皮，看見水珠從他濕漉漉的睫毛滴落臉頰，「但是若能不那麼痛，你就對自己好一些吧。」

徐鶴雪聞言，睜開眼睛。

他不知道她原來這樣近，烏黑的髮髻，白皙的臉頰，一雙眼睛映著重重的燭光，點滴成星。

「多謝。」他說。

「你的睫毛怎麼一直動？」

倪素卻用濕潤的帕子邊緣撥弄一下他濃而長的睫毛。

徐鶴雪錯開眼，卻不防她的手指貼著他的眼皮捉弄他。

「你怕癢啊？」

倪素彎起眼睛。

徐鶴雪忘了自己生前怕不怕癢，但面對她的刻意捉弄，他顯得十分無奈，側著臉想躲也躲不開，從門外鋪陳而來的天光與燭影交織，她的笑臉令他難以忽視。

他毫無所覺地扯了一下唇角，那是不自禁的，學著她唇邊的笑意而彎起的弧度。

很僵硬，也不夠明顯。

天色逐漸暗下去。

杜府之中一片愁雲慘澹，秦員外聽煩了兒媳的哭鬧，在房中走來走去：「哭哭哭，我親兒子死了妳也只知道哭，那個不成器的義子是失蹤了不是死了，妳哭早了！」

「他一定是跑了，將您和我兩個扔在這兒，那個天殺的，我這些年是白待他好了啊……」杜琮的妻子何氏幾乎要將手中的帕子哭濕透了。

「事情是他做下的，官家仁厚，又不是天大的事，還到不了牽連妳我兩個的地步。」

「您怎的就如此篤定？」何氏哭哭啼啼的，「難、難道他真不回來了？」

「他回來就是個死，傻子才回來！」

秦員外冷哼一聲，「也不知他在外頭是如何做事的，平日裡送出去的銀子那麼多，底下人孝敬的，他自個兒貪的，這麼些年有多少只怕他自己也數不清，可那些銀子到他手裡頭待了多久？不還是送出去了？可妳瞧瞧，如今他落了難，有誰拉他一把麼？」

說罷，秦員外看著何氏，「那天晚上，他真沒與妳說起過什麼？一夜都沒有回妳房裡？」

「沒有，他一連好多天都在書房裡歇，」何氏一邊抽泣，一邊說：「我還當他外頭有了什麼人，正要……」

說著話，一陣凜冽的夜風掠窗而來，無端端地引得二人後脊骨一涼。

秦員外抬頭望了窗外一眼，他心中不知為何添了一分怪異，沉吟片刻，他對何氏道：「不行，我還得去書房裡找找看。」

「找什麼？他若真留了什麼字句，不就早被夤夜司的那些人搜走了？」何氏哽咽著說。

「他留不留字句有什麼要緊？」秦員外擰著眉，「重要的是這個節骨眼，除了冬試案，別人送銀子給他，他送銀子給別人的事可得能藏便藏，若是其中牽扯了什麼大人物，我們再沒將東西收好，少不得人家跺一跺腳，到時候咱們兩個還真就得給他杜琮陪葬了！」

夜雨淅瀝，燈籠的火光毛茸茸的。

倪素坐在茶攤的油布棚裡，聽著劈啪的雨聲，用油紙將籃子裡的香燭裹好，她才抬起頭，卻驀地撞見雨幕之間，身著玄色衣袍的青年的眼睛。

青年不撐傘，英朗的眉目被雨水濯洗得很乾淨，他解下腰間的刀，走入油布棚來，一撩衣擺在倪素對面坐下。

「小周大人。」倪素倒了一碗熱茶給他。

「妳在這裡做什麼？」周挺瞥桌上熱氣繚繞的茶碗一眼。

「來看看。」

「只是看看？」

倪素捧著茶碗，迎上他的目光，「不然我還可以做什麼？小周大人看我有沒有那個本事進杜府裡去？」

這間茶攤離杜府很近，離南槐街很遠，她出現這裡，自然不可能只是喝茶。可正如她所說，如今杜府外守滿了人，她既進不去，又能冒險做些什麼？

周挺不認為她的回答有什麼錯處，可是他心中總有一分猶疑，他視線挪到她手邊的籃子上。

「小周大人是專程來尋我的嗎？」倪素問道。

「不是。」周挺回神，道：「只是在附近查封了一間酒肆，我這就要帶人回夤夜司中，細細審問。」

他喝了一口茶便站起身，「倪小娘子，即便杜琮失蹤，還有其他線索可以追查害妳兄長的凶手，還請妳謹記我的勸告，喝了這碗茶，便早些回去吧。」

「多謝小周大人。」倪素站起來，作揖。

「職責所在，倪小娘子不必如此。」周挺將刀重新繫好，朝她點頭，隨即便走入雨幕之中。

倪素隔著雨幕看見晁一松在不遠處，他們一行人壓著好幾人朝東邊去了，她不自禁往前幾步，多看了幾眼。

再回到桌前，她一碗茶喝得很慢，攤主有些不好意思地提醒：「小娘子，我這兒要收拾了。」

倪素只好撐起傘，提著籃子出了茶攤。

夜霧潮濕，她站在矮簷底下，靠著牆安安靜靜地等，她盯著簷下的燈籠看了好久，那火光還是被雨水澆熄了。

她蹲下身，怕雨水濕了香燭，便將籃子抱在懷中，數著一顆顆從簷瓦上墜下來的雨珠。

也不知過了多久，

她低垂的視線裡有暖黃的燈影臨近。

倪素一下抬頭。

年輕男人雪白的衣裳被雨水與血液浸透，顏色沖淡的血珠順著他的腕骨而落，他擁有一雙剔透的眸子，映著燈籠的光。

他手中的燈，是她親手點的。

周挺走了，可跟著倪素的夤夜司親從官們卻還在，倪素不能與他說話，可是此刻仰頭望見他的臉，她也不知道為什麼鼻尖酸了一下。

她站起身，沉默地往前走，卻偏移傘簷，偷偷地將他納入傘下。

雨聲清脆。

倪素望著前面，沒有看他，她的聲音很輕，足以淹沒在這場夜雨裡：「你……要緊嗎？」

「不打緊。」

徐鶴雪與她並肩，在她不能看他的這一刻，他卻無聲望向她的側臉。

倪素垂眼，看著篋子裡積蓄在油紙上的水珠：「騙人。」

徐鶴雪才走幾步，便覺眩暈，他踉蹌地偏離她的傘下，倪素下意識地伸手要去扶，卻見他搖頭：「不必。」

倪素看他一手撐在濕潤的磚牆上，似乎緩了片刻，才勉強站直身體。

「我們說好的，最多兩盞茶你就出來。」

可她卻在外面等了他半個時辰。

徐鶴雪主動回到她的傘下，「那位小周大人有為難妳嗎？」

「我只是在茶棚裡喝茶，他做什麼為難我？」

傘簷脆聲一片，倪素目不斜視。

徐鶴雪擰著眉正思索著什麼，聽她這番話，他頓了一下，抬起眼，「耽誤妳了。」

「沒有。」

話是這麼說的，但這一路倪素幾乎都沒有再說什麼話，回到南槐街的醫館裡，她也沒顧得上先換一身衣裳，便將提了一路的香燭取出來，多點了幾盞。

徐鶴雪坐在床沿，看她點燃燈燭便要離開，他幾乎是頃刻出聲：「倪素。」

倪素回頭。

她還是什麼話也不說，徐鶴雪站起身，走到她的面前，說：「妳等一下。」

倪素沒有辦法無視他認真的語氣，她抿了一下唇，抹開貼在臉頰的濕潤淺髮，嘆了聲：「你在他家找到什麼了嗎？」

徐鶴雪點頭，「從他老丈人那兒拿到了一本帳冊。」

「你在他面前現身了？」倪素訝然。

「他並未看清我。」

徐鶴雪之所以遲了那麼久才出來，是因為他悄悄跟著那位秦員外去了杜三財的書房，那秦員外在書房中找了許久也沒找到什麼，臨了卻在他自己床下的隔板裡發現了一本帳冊。

秦員外還沒看清那帳冊的封皮，一柄劍便抵在了他的後頸，他嚇得魂不附體，也不敢轉頭，不敢直起身，顫顫巍巍地問：「誰？」

冰冷的劍鋒刺激得秦員外渾身抖如篩糠，他根本不知站在自己身後的，乃是一個身形如霧的鬼魅。

任是徐鶴雪再三逼問，他也仍說不知杜三財的下落，徐鶴雪便手腕一轉，劍柄重擊其後頸，帶走了帳冊。

倪素點點頭，聽見他咳嗽，便也不欲在此時繼續問他的事，她轉身去櫃子裡取出乾淨的中衣放到他的床邊，說：「其實只要你不會因為離開我太遠而受傷，我在外面等你多久都可以。」

「你知道我在茶棚裡的時候，在想什麼嗎？」她抬起頭來，望他。

「什麼？」

「我在想，」倪素站直身體，迎上他的目光，「我明明是一個醫者，可我一直以來，卻只能旁觀你的痛苦，也許你已經習慣如此，但我每每看著，心裡卻很不是滋味。」

她雖鑽研婦科，但也不是離了婦科便什麼也不懂，這世上的病痛無數，但只要她肯多努力一分，多鑽研一分，便能為患病者多贏一分希望。

可唯獨是他，她從來都束手無策。

徐鶴雪冰冷的眸底微動，正欲啟唇，卻見她從籃子裡拿出來一塊糖糕分成兩半，一半遞來給他，她又說：「你知道我為什麼會想做一個專為女子診隱祕之症的醫者嗎？」

「因為妳兄長。」

徐鶴雪若有所思，接來糖糕咬下一口，他依舊嘗不出其中滋味。

「是因為我兄長，但還因為一個婦人，」倪素吃著糖糕，說：「那時候我還很小，那個婦人追著我兄長的馬車追了好久，她哭著喊著，請我兄長救她，那時我看到她衣裙上有好多血，她來的路上都拖著血線……」

「我兄長不忍，為她診了病，可她還是死了，是被流言蜚語逼死的。」

「兄長因此絕了行醫的路，而我記著那個婦人，一記就是好多年，我時常在想，若我那個時候不那麼小，若那時，救她的是我，她也就不會死了，那我兄長，也不會……」

倪素說不下去了，她捏著糖糕，在門外那片淋漓的雨聲中沉默了好一會兒，才抬頭望向他，「徐子凌，如果可以，我也想救你，讓你不要那麼疼。」

紛雜的雨聲敲擊著徐鶴雪的耳膜。

「可我好像做不到。」她說。

徐鶴雪一直都知道，她有一顆仁心，這顆仁心驅使著她心甘情願地逆流而行，她以仁心待人，也以仁心處事。

即便他是游離陽世的鬼魅，她也願給他房舍棲身，甚至分食一塊糖糕。

徐鶴雪忽而看向她，眼底沒有什麼情緒，「我為殘魂，本應受幽都約束，妳其實不必掛懷。」

後半夜雨停了，呼呼的風聲吹了好久，倪素夜裡夢見了兄長倪青嵐，可他站在那兒，什麼話也沒有說，只是朝她笑。

倪素早早地醒來，在床上呆呆地望著幔帳好一會兒，聽見外面好像有些動靜，她才起身穿衣洗漱。

廚房裡的方桌上擺好了熱氣騰騰的粥飯，年輕的男人穿著一身青墨色的衣袍，坐在簷廊裡握著一卷書在看。

他聽見她推門出來的聲音，抬起頭。

「你在看什麼？」

倪素走過去。

「在杜府裡找到的那本帳冊。」徐鶴雪扶著廊柱要起身，不防她忽然伸手來扶，她掌心的溫度貼著他的手腕，更襯他的冷。

這種陌生的溫度令他下意識地回握，指腹在她腕骨的皮膚輕輕摩挲了一下，但很快，他一下收回手，轉過身去：「吃飯吧。」

倪素走進廚房裡去，見他沒有跟來，便道：「我們一起吃吧。」

徐鶴雪收起帳冊，頷首，走進去。

「怎麼還有糖水啊？」

倪素看了桌上一眼，驚喜地望向他。

「看孟相公的食譜上寫了做法，我便試了試。」

徐鶴雪坐下來，看她捏起湯匙喝了一口，他便問：「會覺得很甜嗎？」

「還行，你沒有嘗過嗎？」倪素問。

「沒有。」

徐鶴雪垂下眼簾。

「那你也喝點吧，」倪素拿來一個空碗，分了一些給他，「你身上還痛不痛？我說了要學做飯，你總不給我機會……你是不是擔心我燒廚房？」

「不是。」

徐鶴雪捏起湯匙，在她的目光注視下喝了一口。

「你心裡肯定是那麼想的。」

倪素才將將開始學著自己做這些事，即便有孟相公的食譜在手，只要她一碰灶臺，便會自然而然地手忙腳亂起來。

徐鶴雪正欲說話，卻倏爾神色一凜：「倪素，有人來了。」

倪素聞聲抬首，果然下一刻，她便聽到晁一松的聲音：「倪小娘子！倪小娘子在嗎！」

她立即站起身，跑到前面去。

晁一松滿頭大汗，看見倪素掀簾出來，他便喘著氣道：「倪小娘子，我們韓使尊請您去夤夜司一趟。」

倪素心中一動。

這個時候去夤夜司意味著什麼，倪素再清楚不過，她當下什麼也顧不得，幾乎是飛奔一般的，往地乾門跑。

清晨的霧氣濕濃，倪素氣喘吁吁地停在夤夜司大門前。

「倪小娘子，妳、妳跑這麼快做什麼？」晁一松這一來一回也沒個停歇，他雙手撐在膝上，話還沒說完，便見倪素跑上階去。

他立即跟上去，將自己的腰牌給守門的衛兵看。

韓清與周挺都是一夜未眠，但周挺立在韓清身邊，看不出絲毫倦色，反倒是韓清一直在揉著眼皮。

「倪小娘子來了？坐吧。」

一見倪素，韓清便抬了抬下頜，示意一名親從官給她看茶，「咱家這個時候叫妳來，妳應該也知道是為什麼吧？」

「韓使尊，」倪素無心喝茶，她接來親從官的茶碗便放到一旁，站起身朝韓清作揖，「請問，可是查到人了？」

「原本杜琮一失蹤，這條線索也該斷了，但是好歹還有那些個殺手在，他們雖是僱的，不知道內情，可他們的掌櫃不能什麼也不知道啊。」

韓清抿了一口茶，「昨兒晚上咱家讓周挺將他們那老巢翻了個底朝天，忙活了一夜，那掌櫃好歹是招了。」

倪素想起昨夜在茶棚中時，周挺說他查封了一間酒肆，想來那酒肆便是那些殺手的棲身之所。

「可是倪小娘子，咱家須得提醒妳，此人，妳或許開罪不起。」韓清慢悠悠地說著，掀起眼皮瞥她。

「是誰？」倪素緊盯著他，顫聲：「韓使尊，到底是誰害了我兄長？」

韓清沒說話，站在一旁的周挺便開口道：「檢校太師，南陵節度使吳岱之子——吳繼康。」

「這位吳衙內的姊姊，正是宮中的吳貴妃。」韓清看著她，「倪小娘子，妳也許不知，自先皇后離世，官家便再沒有立新后，如今宮中最得官家寵愛的，便只有這位吳貴妃。」

先是檢校太師，南陵節度使，又是吳貴妃。

倪素很難不從他的言辭中體會到什麼叫做權貴，「韓使尊與我說這個，是什麼意思？」

「只是提醒妳，妳招惹的，可不是一般的人。」

韓清擱下茶碗，「若非是那吳衙內對妳起了殺心，露了馬腳，只怕咱家與妳到此時都還查不出他。」

倪素聽明白了韓清的意思，此前她與徐子凌的猜測沒有錯，掩蓋冬試案的人與用阿舟母親陷害她的，的確不是同一人。

前者滴水不漏，後者漏洞百出。

但前者所為，無不是在為後者掩蓋罪行。

「韓使尊想如何？要我知難而退？」

「咱家可沒說這話，」韓清挑眉，「只是想問一問倪小娘子妳怕不怕？妳才只嘗過吳衙內的那點手段，可咱家要與妳說的是官場上的手段，那一個個的，都是豺狼，妳一個不小心，他們就能生吞活剝了妳。」

「那就讓他們來生吞活剝我好了！」

倪素迎著他的目光，「就因為他們是這樣的身分，便要我害怕，便要我的兄長含冤而亡不能昭雪？韓使尊，難道您今日要我來，便是要為害我兄長之人做說客？」

周挺皺了一下眉，「倪小娘子，慎言……」

韓清聽出這女子話中的鋒芒，卻不氣不惱，他抬手阻止了周挺，隨即定定地審視起倪素，道：「妳就真不怕自己落得與妳兄長一般下場？到時曝屍荒野，無人問津，豈不可憐？」

倪素憋紅眼眶，字字清晰：「我只要我兄長的公道。」

「好。」

韓清站起身，雙手撐在案上，「倪小娘子可千萬莫要忘了今日妳與咱家說的這些話，咱家本也不喜歡半途而廢，怕的便是咱家在前頭使力，妳在後頭若是被人嚇破了膽，那就不好了。」

倪素本以為韓清是權衡利弊之下不願再繼續主理此案，卻沒想到他那一番話原是出於對她的試探。

走出夤夜司，外頭的霧氣稀薄許多，被陽光照著，倪素有些恍惚。

周挺道：「妳尚不知他們的手段，韓使尊是擔心妳抵不住威逼利誘。」

吳繼康是太師之子，官家的妻弟，而倪素一個孤女，到底如何能與強權相抗？

她若心志不堅，此案便只能潦草收尾，到時韓清作為夤夜司使尊，既開罪了吳太師，卻又不能將其子吳繼康繩之以法，只怕在官家面前也不好自處。

「是我錯怪了韓使尊。」倪素垂下眼，「但我如今孑然一身，其實早沒有什麼好怕的，韓使尊還願意辦我兄長的案子，這比什麼都重要。」

「小周大人留步，我自己可以回去的。」

朝周挺彎腰行禮，倪素轉身朝人群裡走去。

她的步子很快，周挺立在原地，看著她的背影很快淹沒在來往的行人堆裡，晁一松湊上來，「小周大人，人家不讓您送，您怎麼還真就不送啊？」

周挺睨了他一眼，一手按著刀柄，沉默地轉身走回夤夜司中。

指使藥婆楊氏給阿舟母親下過量川烏並要阿舟誣陷倪素，後又買凶殺藥婆楊氏的，是吳太師之子吳繼康的書童，此事已經是板上釘釘，夤夜司使尊韓清仰仗官家敕令，當日便遣貪夜司親從官入吳太師府，押吳繼康與其書童回貪夜司問話。

此事一出，朝堂上一片譁然。

吳太師子嗣不豐，除了宮中的吳貴妃以外，便只得吳繼康這麼一個老來子，此次冬試吳繼康也確在其中。

吳繼康在貪夜司中五日，吳太師拖著病軀日日入宮，沒見到官家不說，還在永定門跪暈了過去。

第六日，吳繼康親手所寫的認罪書被韓清送至官家案頭，但官家卻不做表態，反而是令諫院與翰林院的文官們聚在一處議論吳繼康的罪行。

「孟相公，那群老傢伙們都快將金鑾殿的頂掀翻了，您怎麼一句話也不說啊？官家看了您好幾眼，您還在那兒裝沒看見。」

中書舍人裴知遠回到政事堂的後堂裡頭，先喝了好大一碗茶。

「太早了。」

孟雲獻靠坐在折背椅上，「你看他們吵起來了沒？」

「那倒還沒有。」

裴知遠一屁股坐到他旁邊。

「那不就得了？」孟雲獻慢悠悠地抿一口茶，「沒吵起來，就是火燒得還不夠旺。」

「您這話怎麼說的？」裴知遠失笑。

孟雲獻氣定神閒，「現今他們都還只是在為倪青嵐的這個案子鬧，不知道該不該定吳繼康的罪，如何定罪，只要還沒離了這案子本身，咱們便先不要急，就讓蔣御史他們去急吧。」

得知吳繼康認罪的消息時，倪素正在苗太尉府中看望蔡春絮夫婦，苗易揚又進了一回夤夜司，出來又嚇病了。

「那吳繼康就是個瘋子。」

苗易揚裹著被子，像隻貓似的靠著蔡春絮，「我那天出來的時候瞧見他了，倪小娘子，他還笑呢，跟個沒事人似的，笑得可難聽了……」

「阿喜妹妹，妳快別聽他胡說。」

蔡春絮擔心地望著倪素。

倪素握筆的手一頓，隨即道：「這副方子是我父親的祕方，二公子晚間煎服一碗，夜裡應該便不會驚夢抽搐了。」

「快讓人去抓藥。」

王氏一聽倪素的解釋，她想起自己上回另找的醫工看了這姑娘的方子也說好，她面上便有些訕訕的，忙喚了一名女婢去抓藥。

苗太尉並不在府中，聽說是被杜琮氣著了，苗太尉本以為杜琮是感念自己曾在他護寧軍中做過校尉，所以才幫他撈人，哪知那杜琮根本就是藉著他的兒子苗易揚來欲蓋彌彰。

苗太尉氣不過，稟明了官家，親自領兵四處搜尋杜琮的下落。

「阿喜妹妹，不如便在咱們府中住些時日吧？我聽說南槐街那兒鬧流言，那些鄰里街坊的，對妳……」

蔡春絮親熱地攬著倪素的手臂，欲言又止。

「這幾日醫館都關著門，他們便是想找由頭鬧事也沒機會，何況還有夤夜司的親從官在，我沒什麼好怕的。」

阿舟母親的事這兩日被有心之人翻出來在南槐街流傳著，夤夜司雖早還了倪素清白，卻仍阻止不了一些刻意的汙衊，甚至還出現了倪素是因與夤夜司副尉周挺有首尾才能好端端地從夤夜司出來的謠言。

背後之人的目的，倪素並不難猜。

無非是想逼周挺離她遠一些，最好將守在她醫館外面的人撤了，如此才好方便對她下手。

蔡春絮想說很多安撫的話，可是話到嘴邊，她看著倪素越發清瘦的面龐，卻只輕聲道：「阿喜妹妹，妳別難過……」

倪素聞言，她對蔡春絮笑了笑，搖頭說：「我不難過，蔡姐姐，我就是在等這一天，吳繼康認了罪，他就要付出代價。」

「無論如何，我都要在這裡等，我要等著看他，用他自己的命，來償還我兄長的命債。」

倪素忘不了，忘不了那天自己是如何從夤夜司中接出兄長的屍首，忘不了那天周挺對她說，她兄長是活生生餓死的。

她總會忍不住想，兄長死的時候，該有多難受。

只要一想到這個，倪素便會去香案前跪坐，看著母親與兄長的牌位，一看便是一夜。

「希望官家盡快下令，砍了那天殺的！」

蔡春絮想起方才自家郎君說的話，那吳繼康進了夤夜司竟也笑得猖狂不知害怕，她不由恨恨地罵了一聲。

離開太尉府，倪素的步子很是輕快，爛漫的陽光鋪散滿地，她在地上看見那團瑩白的影子，自始至終，都在她的身邊。

回到南槐街，倪素看見幾個小孩聚在她的醫館門前扔小石子玩，她一走近，他們便作鳥獸散。

周遭許多人的目光停在她身上，竊竊私語從未斷過，她目不斜視，從袖中取出鑰匙來開門。

躲在對面幌子底下的小孩眼珠轉了轉，隨即咧嘴一笑，將手中的石子用力丟出去。

瑩白的光影凝聚如霧，轉瞬化為一個年輕男人的頎長身形，他一抬手，眼看便要打上倪素後背的石子轉了個彎。

小孩看不見他，卻結結實實被飛回來的石子打中了腦門。

「哇」的一聲，小孩捂著腦袋嚎啕大哭。

倪素被嚇了一跳，回頭望了一眼，那在幌子底下哭得上氣不接下氣的小孩便好似驚弓之鳥般，一溜煙跑了。

「難道他看見你了？」倪素摸不著頭腦，望向身邊的人。

徐鶴雪只搖頭，卻並不說話。

天色逐漸暗下來，倪素在簷廊底下點了許多盞燈籠，將整個院子照得很亮堂，徐鶴雪在房中一抬眼，便能看見那片被明亮光影映著的窗紗。

一牆之隔，徐鶴雪聽不到她房中有什麼動靜，也許她已經睡了，她今夜睡得要比以往好些吧？

畢竟等了這麼久，她兄長的案子終於看到了曙光。

徐鶴雪坐在書案前，又低眼，看著案前的帳冊。

「徐子凌。」

忽地，他聽見了隔壁開門的聲音，緊接著是她的步履聲，幾乎是在聽到她這一聲喚的剎那，徐鶴雪抬眼，看見了她的影子。

「我睡不著。」倪素站在他的門外，「我可不可以進去待一會兒？」

「進來吧。」徐鶴雪輕聲說。

倪素一聽見他這麼說，便立即推門進去，滿室燈燭明亮，他在那片光影裡坐得端正，一雙眸子朝她看來。

「你還在看這個啊。」倪素發現了他手邊的帳冊。

「嗯。」

「那你有看出什麼嗎？」

倪素在他身邊坐下。

「杜三財多數的錢財都流向這裡……」徐鶴雪修長的手指停在帳冊的一處，卻不防她忽然湊得很近，一縷長髮甚至輕掃過他的手背，他一時指節蜷縮，忽然停住。

「滿裕錢莊。」

倪素念出那四個字。

徐鶴雪收回手，「嗯」了一聲。

「那我們要去滿裕錢莊看看嗎？」倪素一手撐著下巴。

「不必，這本帳冊，我想交給一個人。」徐鶴雪望向她的側臉。

「誰？」倪素的視線從帳冊挪到他的臉上。

「御史中丞蔣先明。」

這幾日，徐鶴雪已深思熟慮，這本帳冊雖記錄了杜三財的多數銀錢往來，但其上的人名卻甚少，甚至多充以「甲乙丙丁」，單憑徐鶴雪自己，他早已離開陽世多年，並不能真正弄清楚這些甲乙丙丁到底都是誰，但若這帳冊落入蔣先明之手，那個人是絕對有能力將杜三財的這些舊帳查清楚的。

「可你怎麼確定，他一定會查？」倪素問道。

「他會的。」

徐鶴雪的睫毛在眼瞼底下投了一片淺淡的影。

杜三財當年究竟因何而逃脫貽誤軍機的罪責，他又究竟為何十五年如一日的給這些不具名的人送錢，只要蔣先明肯查，便一定能發現其中端倪。

「那我們不如現在就去。」倪素忽地站起身。

徐鶴雪抬眸，對上她的目光。

此時月黑風高，的確算得上是一個好時候，倪素裹了一件披風，抱著徐鶴雪的腰，頭一回這樣直觀地去看雲京城的夜。

他即便不用身為鬼魅的術法，也能以絕好的輕功躲開外面的夤夜司親從官，帶著她悄無聲息地踩踏瓦簷，綴夜而出。

夜風吹著他柔軟的髮絲輕拂倪素的臉頰，他的懷抱冷得像塊冰，倪素仰頭望著他的下頷，一點也不敢看簷下。

蔣府有一棵高大的槐樹，枝繁葉茂，他們棲身簷瓦之上，便被濃蔭遮去了大半身形。

蔣先明在書房裡坐了許久，內知進門奉了幾回茶，又小心翼翼地勸道：「大人，夜深了，您該休息了。」

「奏疏還沒寫好，如何能休息？」蔣先明用簪子撓了撓發癢的後腦勺，長嘆了一口氣。

「大人您平日裡哪回不是揮筆即成？怎麼這回犯了難？」內知心中怪異。

「不是犯難，是朝中得了吳太師好處的人多，官家讓他們議論定罪，他們便往輕了定，這如何使得？我得好好寫這奏疏，以免官家被他們三言兩語蒙蔽了去。」

蔣先明想起今日朝上的種種，臉色有些發沉。

後腰有些難受，他喝了口茶，索性起身，打算先去外頭透口氣。

書房的門一開，在簷上的倪素便看見了，她拉了拉徐鶴雪的衣袖，小聲道：「他出來了。」

書房裡出來兩個人，一個微躬著身子，一個站得筆直，正在簷廊底下活動腰身，倪素一看便猜到誰才是蔣御史。

「你看不清，我來。」

倪素說著便將徐鶴雪手中的帳冊抽出，看準了蔣御史在簷廊裡沒動，她便奮力將帳冊拋出。

徐鶴雪手中提著燈，但燈火微弱並不能令他看清底下的情況，他只聽見身邊的姑娘忽然倒吸一口涼氣，他便問：「怎麼了？」

「……我打到蔣御史的腦袋了。」倪素訕訕的。

「誰啊！來人！快來人！」

果然，底下有個老頭的聲音咋咋呼呼，倪素一看，是那躬著身的內知，她貓著腰，看見蔣御史俯身撿起了帳冊，她便催促徐鶴雪：「快，我們走！」

底下的護院並不能看見徐鶴雪提在手中的燈籠的光，更不知道簷瓦上藏著人，徐鶴雪攬住倪素的腰，藉著樹幹一躍，飛身而起。

兩人輕飄飄地落在後巷裡，徐鶴雪聽見倪素打了一個噴嚏，便將身上的氅衣取下，披在她身上。

厚重的氅衣是燒過的寒衣，並不能令她感覺到有多溫暖，但倪素還是攏緊了它，看見袖口的「子凌」二字，她抬頭，不經意目光相觸。

兩人幾乎是同時移開目光。

徐鶴雪周身散著淺淡的瑩塵，更襯他的身形如夢似幻，好似這夜裡的風若再吹得狠些，他的身影便能如霧一般淡去。

可是倪素看著，忽然就想讓他再真實一點，至少不要那麼幽幽淡淡，好像隨時都要不見一般。

出了窄巷，倪素往四周望了望，那麼多場秋雨一下，天似乎就變得冷了，食攤上的熱氣兒更明顯許多，她嗅聞到很香甜的味道。

徐鶴雪看她快步朝前，他便亦步亦趨地跟著她，看她在一個食攤前停下來，那油鍋裡炸的是色澤金黃的糍粑。

她與食攤的攤主說著話，徐鶴雪便在一旁看她。她說了什麼，他也沒有注意聽，他只是覺得，這個攤子上的青紗燈籠將她的眼睛與眉毛都照得很好看。

倪素對攤主說道：「我可以買您一盞燈籠嗎？」

「成啊。」

攤主看她一個人也沒提盞燈籠，便笑咪咪地點頭。

倪素拿著一包炸糍粑，提著那盞藤編青紗燈籠走到無人的巷子裡，才蹲下來從懷中取出一個火摺子。

「自從遇見你，我身上就常帶著這個。」倪素說著，將油紙包好的糍粑遞給他，「你先幫我拿一下。」

徐鶴雪接來，才出鍋的炸糍粑帶著滾燙的溫度，即便包著油紙也依舊燙得厲害，他垂著眼簾，看她鼓起臉頰吹熄了青紗燈籠的蠟燭，又用火摺子重新點燃。

火光滅又亮，照著她的側臉，柔和而乾淨。

倪素站起身，朝他伸手。

徐鶴雪將糍粑遞給她，卻聽她道：「燈籠。」

他怔了一瞬，立即將自己手中提的那盞燈給她。

倪素接了燈籠，又將自己這盞才買來的青紗燈籠遞給他，說：「這個一看便是那個攤主自己家做的，你覺得好不好看？」

半晌，他頷首：「還好。」

徐鶴雪握住燈杖，燭火經由青紗包裹，呈現出更為清瑩的光色，映在他的眼底，可他的視線慢慢的，落在地上，看到了她的影子。

倪素看著他，他的面龐蒼白而脆弱，幾乎從不會笑，但她不自禁會想，他如果還好好活著，還同她一樣有這樣一副血肉之軀，那麼他會怎麼笑呢？

至少那雙眼睛會彎彎的，一定比此刻更剔透，更像凝聚光彩的琉璃珠子。

那該多好。

「徐子凌。」

兩盞燈籠終於讓他的身影沒有那麼淡，倪素沒有再看他，只是朝前走著走著，她又忍不住喚他一聲。

「嗯？」

徐鶴雪的視線從青紗燈籠移到她的臉上。

「我的兄長死在這兒，所以我一點也不喜歡雲京，我之前想著，只要我為兄長討得了公道，只要我幫你找到了舊友，我就離開這裡，再也不要回來這個地方。」

「你對這個地方呢？歡喜多，還是遺憾多？」

倪素還是忍不住好奇他的過往。

「我……」

徐鶴雪蹙眉，因她這句話而努力地回想那些零星的，尚能記得住一些的過往。

他在這裡其實有過一段極好的時光，稱得上恣肆，那時的同窗們還能心無芥蒂地與他來往，他們甚至在一塊兒打過老師院子裡的棗兒吃。

他在老師的房簷上將哭得眼淚鼻涕止不住的好友一腳踹下去，彷彿還是昨日的事。

可是她問，到底是歡喜多，還是遺憾多？

「我離開這裡時，過往歡喜，便皆成遺憾。」他說道。

倪素聞言，想了想說：「我覺得你既然能夠再回來，那麼說不定，也能彌補一些遺憾。」

「我的事似乎是要了了，只要吳繼康一死，我便能告慰我兄長的生魂，」這是倪素來到雲京後，最為輕鬆的一日，「但是我還是會在這裡，直到你找到你回來陽世的目的，我是招你回來的人，何況這一路若不是你，我也許撐不到現在。」

她若是一個人上京，說不定就淹沒在這世道裡了，又何來的機會為兄長伸冤？

一句「我是招你回來的人」，幾乎令徐鶴雪動容。

寂寂窄巷裡，隱約可聞遠處瓦子裡傳來的樂聲。

他其實沒有什麼遺憾，生前種種，他本該忘了許多，若不重回陽世，他本該忘得更加徹底，只是幽都寶塔裡的生魂忘不了那些恨，那些怨。

他們放不下，所以他更不能放下。

他回來，本就是為了一個真相，三萬血債。

「瓦子裡的琵琶真好聽，等這些事結束，我們一塊兒去瓦子裡瞧瞧吧？」

倪素的聲音令他堪堪回神。

她此刻顯露出來她這個年紀的姑娘本該有的那分天真與輕鬆。

而他與她並肩，瑩白的光與她漆黑的影子交織在一塊兒，他青墨色的衣袂暫時可以勉強充作是與她一樣的影子。

半晌，他輕聲：「好。」

冬試案已破，然而諫院與翰林院議定吳繼康的罪責便議論了整整一個月之久，兩方之間最開始僅僅只是在議罪這一項上難以統一，到後來，兩邊人越發劍拔弩張，日日唇槍舌劍，急赤白臉。

眼看正是要過中秋的好日子，諫院和翰林院嘴上一個不對付，竟在慶和殿裡動起手來。

兩方當著官家的面一動手，官家的頭疾便犯了，引得太醫局好一陣手忙腳亂，又要替官家請脈，又要為官員治傷。

「賀學士啊，這就是你的不是了，他們打就打唄，你跟著瞎起什麼鬨？躲遠點就是了。」

裴知遠一回政事堂，便見翰林學士賀童跪在大門外邊，他順手便將人家的官帽掀了，瞧見底下裹的細布，「瞧你這腦袋，嘖……」

「誰想打了？諫院那些老臭蟲簡直有辱斯文！」賀童憤憤地奪回長翅帽重新戴好，「除了蔣御史，他們一個個的，都在官家面前放屁！說不過了，便動起手來，我若不知道還手，不助長了他們諫院的氣焰？」

眼看沒說兩句，賀童這火氣又上來了，裴知遠點頭「嗯嗯」兩聲，還沒繼續附和呢，門裡一道聲音隱含怒氣：「賀童！你給我跪好！」

聽到老師張敬發怒，方才還理直氣壯的賀童一下蔫噠噠的，垂下腦袋不敢再說話了。

「賀學士，帽子歪了。」裴知遠涼涼地提醒了一句，又說：「張相公在氣頭上呢，你先在外頭待會兒，我就先進去瞧瞧看。」

賀童正了正帽子，聽出裴知遠在說風涼話，他哼了一聲，理也不理。

「崇之，他畢竟身在翰林院。」

政事堂裡的官員還沒來齊整，孟雲獻瞧著張敬烏雲密布的臉色，便將手中的奏疏放到膝上，壓著些聲音道：「你雖是他的老師，可有些事啊，你是替他做不了主的。」

張敬聞聲，側過臉來瞧著他，「你莫要以為我不知道你心裡在想些什麼，要說如今這般局面，可不就是你最想看到的麼？」

「諫院和翰林院鬧到這般水火不容的地步，你還不如那蔣先明知道著急上火，倪青嵐的這樁案子，已經不單純了，他們已經不是在為倪青嵐而鬧。」

張敬咳嗽了好一陣，也沒接孟雲獻遞來的茶，自己讓堂候官斟了一碗來喝了幾口，才又接著道：「我倒是想問問你，這事夠了沒有？」

孟雲獻收斂了些笑意：「不夠。」

「雖說吳太師這麼久也沒見到官家一面，可你看，今兒官家這麼一病，吳貴妃立即便往慶和殿侍疾去了。」

「吳貴妃在官家身邊多少年了，她是最得聖心的，只吳繼康這麼一個弟弟，兩人年紀相差大，她也沒有子嗣，對吳繼康不可謂不偏疼，而官家呢，也算是看著吳繼康長大的，你以為他不見吳太師，便是表明了他的態度？」

孟雲獻望向門外那片耀眼的日光，意味深長：「我看，官家未必真想處置吳繼康。」

中秋當日，正元帝仍臥病在床，諫院與翰林院之間的鬥爭越演越烈，卻始終沒有拿出個給吳繼康定罪的章程。

「聽說他有哮喘，在夤夜司裡發了病，他那個貴妃姊姊正在官家身邊侍疾，聽說是她與官家求的情……」

「官家今兒早上發的旨意，准許他回吳府裡養病……」

午後秋陽正盛，倪素聽著周遭許多人的議論聲，卻覺身上是徹骨的寒涼，恍惚間聽到身邊有人嚷嚷了聲「出來了」，她立即抬起頭。

夤夜司漆黑森冷的大門緩緩打開，一名衣著華貴的青年被人用滑竿抬了出來，他的臉色泛白，氣若遊絲般靠著椅背，半睜著眼睛。

「韓清，自從接了這冬試案，你啊，就少有在宮裡的時候，若不是咱家今兒奉旨來這一趟，要見你還難吶。」

入內內侍省都都知梁神福才囑咐抬滑竿的人仔細些，回頭見夤夜司使尊韓清出來，便笑咪咪地說。

「乾爹，今兒晚上兒子就回宮裡去，中秋佳節，兒子自當是要在乾爹面前的。」韓清面露笑容。

「咱們這些人哪有個佳節不佳節的，官家頭疾難捱，你就是來了，咱家只怕也是不得閒的。」梁神福拍了拍他的肩，「你有心，咱家知道的，正因如此，咱家才要提點你一句，少較真，當心真惹官家不快。」

這話梁神福說得很委婉，聲音也壓得很低，只有韓清一個人聽得見。

韓清垂首，「兒子記下了。」

兩人正說著話，一旁的周挺看見了底下人堆裡的倪素，她一身縞素，額上還綁著一條白色的細布，烏黑髮髻間裝飾全無。

「使尊，倪小娘子來了。」周挺提醒了一聲。

這話不只韓清聽見了，梁神福也聽見了，他們兩人一同順著周挺的目光看去，朗朗日光底下，那一個穿著素白衣裳的年輕女子尤為惹眼。

「別讓她在這兒鬧事。」韓清皺了一下眉，對周挺道。

周挺立即走下階去，與此同時吳繼康的滑竿也正要穿過人群，吳府的小廝們忙著在看熱鬧的百姓堆裡分出一條道來，一名小廝嘴裡喊著「讓讓」，目光倏爾觸及到面前這個穿著喪服的姑娘，他明顯愣了一下。

一時間，所有人的目光都隨之落在這女子身上。

「倪小娘子，妳今日不該來。」周挺快步走到倪素身邊，低聲說道。

「我只是來看看，你們也不許嗎？」

話是說給周挺聽的，但倪素的視線卻一直停在滑竿上。

「看什麼？」

大庭廣眾，周挺並不方便與倪素細說案情。

「自然是來看看這個害我兄長性命的殺人凶手，究竟什麼樣。」

滑竿上的青年病懨懨的，而倪素這番話聲音不小，他一聽清，那雙眼睛便與之目光一觸。

隨即，他猛烈地咳嗽起來。

那入內內侍省都都知梁神福瞧見他那副一口氣好似要過不來，咳得心肺都要吐出來的模樣，便連忙道：「快！快將衙內送回府裡，太醫局的醫正都等著呢，可不要再耽誤了！」

所有人手忙腳亂地護著那位滑竿上的衙內，倪素冷眼旁觀，卻見那吳繼康居高臨下般，向她投來一眼。

他在笑。

頃刻間，倪素腦中一片空白。

好多人簇擁著吳繼康從人堆裡出去，身邊周挺低聲與她說了什麼她聽不清，她滿腦子都是方才吳繼康朝她投來的那一眼。

猶如綿密的針，不斷戳刺她的心臟，撕咬她的理智。

她轉頭，死死盯住那個人的背影。

他高高在上，被人簇擁。

「倪小娘子。」

周挺不許她往吳繼康那邊去。

周遭的百姓已散去了，此時夤夜司門前只剩下倪素與周挺，倪素看著他握住自己手腕的手，抬起頭。

周挺立即鬆了手，對上她微紅的眼眶，他怔了一瞬，隨即道：「妳不要衝動，他如今是奉旨回府，妳若攔，便是抗旨。」

「那我怎樣才不是抗旨？」

倪素顫聲，「小周大人，請你告訴我，為什麼他殺了人，還可以堂而皇之地被人接回？為什麼我要從這裡走出來，就那樣難？！」

為什麼？

因為吳繼康堅稱自己是過失殺人，因為官家對吳繼康心有偏頗，還因為，吳家是權貴，而她只有自己。

這些話並不能宣之於口，若說出來，便是不敬官家。

周挺沉默了片刻，道：「倪小娘子，妳想要的公道，我同樣很想給妳，眼下夤夜司並沒有要放過此事，請妳千萬珍重自身。」

倪素已無心再聽周挺說些什麼，她也犯不著與夤夜司為難，轉身便朝來的路去。

「大人，聽說翰林院的官員們幾番想定那吳衙內的罪，官家都藉口臥病不予理會……官家的心都是偏的，又哪裡來的公正呢？您說會不會到最後，吳繼康的死罪也定不下來？我看咱們使尊也快管不了這事了，他怎麼著也不會與官家作對啊……」

晁一松嘆了一口氣。

周挺也算淫浸官場好些年，他心中也清楚此事發展到如今這個地步，對倪素究竟有多麼不利，他英挺的眉目間浮出一絲複雜。

中秋之日，團圓之期，街上不知何時運來了一座燈山，青天白日，不少人搭著梯子點上面的燈盞，它慢慢地亮起來，那光也並不見多好看。

倪素恍惚地在底下看了會兒，只覺得那些人影好亂，那座燈山高且巍峨，好像很快就要傾塌下來，將她埋在底下，將她骨肉碾碎，連一聲呼喊也不及。

她好像聽見燈山搖搖欲墜的「吱呀」一聲，可是她在底下也忘了要往哪一邊去，只知道抬手一擋。

天旋地轉。

她幾乎看不清燈山，也看不清街上的人，直到有個人環住她的腰身，她迎著熾盛的日光，盯著他蒼白漂亮的面容看了片刻，又去望那座燈山。

原來，它還穩穩地矗立在那裡，並沒有傾塌。

倪素的眼眶幾乎是頃刻間濕潤起來，她忽然像抓住救命稻草般一下子緊緊抱住徐鶴雪。

為了讓她看起來不那麼奇怪，徐鶴雪皺了一下眉，還是悄無聲息地在人前幻化成形，將她攬住。

他的面前，是那樣巨大的一座燈山，那光亮照在他的臉上，映得他眼睛裡凝聚了片晶瑩的影子。

沒有人注意到他是如何出現的，而他靜靜聽著她抽泣，仰望那座燈山，說：「倪素，妳不要哭，此事還未到絕處。」

倪素淚眼朦朧，在他懷中抬頭。

徐鶴雪瞇了一下眼睛，寒芒微閃，「縱是官家有心袒護，也仍不能改吳繼康殺人之實，而妳，可以逼他。」

怎麼逼？

倪素眼瞼微動，喃喃：「登聞鼓院……」

「官家在乎民間的口舌，妳便可以利用它，要這雲京城無人不知妳兄長之冤，讓整個雲京城的百姓成為妳的狀紙。」徐鶴雪頓了一下，復而看向她，說：「可是倪素，妳應該知道，若妳真上登聞鼓院，妳又將面臨什麼。」

她這已不僅僅是告御狀，更是在損害官家的顏面，登聞鼓院給她的刑罰，只會重，不會輕。

「我要去。」倪素哽咽著說。

他知道，她是一定要去的，若能有更好的辦法，他其實並不想與她說這些話，官家對於吳繼康的偏袒已經算是擺到了明面上，他大抵也能猜得到孟雲獻此時又在等什麼。

這是最好的辦法，最能與孟雲獻的打算相合。

可是徐鶴雪又不禁想，這些官場上的骯髒博弈對於倪素來說，實在是殘忍至極。

燈山越來越亮了，幾乎有些刺眼。

周遭的嘈雜聲更重。

徐鶴雪在這片交織的日光燈影裡，心頭彷彿有什麼東西呼之欲出，揉了一下她的頭髮。

日光漸弱，襯得燈山的光便顯得更盛大明亮起來。

有一瞬，徐鶴雪將它看成了幽都那座寶塔，那些跳躍閃爍的燭焰，多像是塔中浮動的魂火。

「公子，您的月餅。」

買糕餅的攤主手腳麻利地揀了幾個月餅放進油紙包裡遞給他，又不自禁偷偷打量了這個年輕人一眼。

他的臉色未免也太蒼白了些，像是纏綿病中已久。

「多謝。」

徐鶴雪頷首，接來月餅，他回頭看見身著素白衣裙的姑娘仍站在那兒，周遭來往的人很多，可是她的眼睛卻一直在望著他。

像一個不記路的孩童，只等著他走過去，她便要緊緊地牽起他的衣角。

徐鶴雪走了過去，她竟真的牽住了他的衣袖，他不自禁地垂下眼睛，也還算克制地看了她的手一眼，他從油紙包中取出一個渾圓的月餅，遞給她：「棗泥餡的。」

倪素「嗯」了一聲，吸吸鼻子，一邊跟著他走，一邊咬月餅。

走過那座燈山旁，徐鶴雪其實有些難以忍受周遭偶爾停駐在他身上的視線，即便那些目光不過是隨意的一瞥，也並不是好奇的窺視，可他只要一想到陽世才僅僅過去十五年，他也許會在這個地方遇見過往的同窗，也許會遇見老師，也許，會遇見那些他曾識得的，或者識得他的人，他便難以面對這街市上任何一道偶爾投來的目光。

他怕有人當著她的面喚出「徐鶴雪」這個名字，他抬起頭，審視她的側臉，又不禁想，若她聽到這個名字，她會是何種神情。

可她很安靜地在吃月餅，也不看路，只知道牽著他的衣袖跟著他走。

徐鶴雪知道，自己不能因為心頭的這份難堪而化為霧氣，讓她一個人孤零零地走這條回家的路。

她這個時候，是需要一個人在她身旁的，真真實實的，能被眾人看見的，能夠帶著她悄無聲息地融入眼前這片熱鬧裡。

徐鶴雪早已沒有血肉之軀了。

他原本做不了那個人。

徐鶴雪安靜地看著她吃月餅。

月餅盈如滿月，而她一咬則虧。

吳府裡的奴僕們正忙著除塵灑水，為方才回來的衙內驅除晦氣，太醫局的醫正在內室裡給吳繼康看診，入內內侍省都都知梁神福則在外頭與吳太師一塊兒飲茶。

「這都是好茶葉啊太師，給咱家用，是破費了。」梁神福瞧著一名女婢抱上來幾玉罐的茶葉，他端著茶碗笑咪咪地說。

「梁內侍在官家跟前伺候，這麼多年聞慣了官家的茶香，想來也是愛茶之人了，你既愛茶，又何談什麼破費不破費的。」

吳太師說著便咳嗽起來。

「太師在宮裡受的風寒怎麼還不見好，不若請醫正再給您瞧瞧？」梁神福不免關切一聲。

「不妨事，」吳太師擺了擺手，「其他什麼毛病都沒有，只是咳嗽得厲害些，再吃些藥，應該就好了。」

「太師多注意些身體，官家雖沒見您，但是貴妃娘娘這些日子都在官家跟前呢，」梁神福收了好茶，便知道自己該多說些話，「當年官家微服巡幸江州，正遇上那兒一個姓方的糾集一眾莊客農戶鬧事，若不是您臨危不亂，敢孤身與那姓方的周旋，招安了他，指不定要鬧出多大的事來呢……」

那時梁神福便在正元帝身側隨侍，正元帝一時興起要去尋訪山上一座道觀，卻帶少了人，上了山才發覺那道觀早已被一幫子人數不小的盜匪占了。

「您如今雖然已不在朝，但您先頭的功勞苦勞官家心裡都還記著呢，再說了，還有貴妃娘娘呢，她又如何能眼睜睜地看著衙內真去給人償命？」梁神福喝了一口茶，繼續道：「那到底只是個舉子，官家連他的面都沒見過，可衙內不一樣啊，自從安王殿下夭折後，官家就一直沒有其他子嗣，衙內入宮看望貴妃的次數多了，官家瞧著衙內也是不一樣的……」

梁神福壓低了些聲音：「太師啊，官家是最知道骨肉親情之痛的，您老來得子本也不易，官家是不會讓你丟了這個兒子的。」

「梁內侍說的這些我都曉得了。」

吳太師聽了梁神福這一番話，才吃了顆定心丸似的徐徐一嘆：「此事本也怪我，官家要再推新政，所以蔭補官這塊兒便收得緊了，我知道官家待我吳家，待貴妃已是極大的恩寵，便想著要康兒他爭些氣，不以恩蔭入仕，以此來報官家恩德，遂將其逼得太緊了些，以至於他做下這等糊塗事……」

三言兩語，吳太師便將自己這一番擁新政，報君恩的熱忱說得清清楚楚，梁神福是在正元帝身邊最親近的內侍，他在宮中多年，如何聽不明白吳太師這些話到底是想說給誰聽的，他笑了笑，說：「太師的這些話，官家若聽了，一定能明白您的忠君之心。」

雖說是拿人手短，但梁神福到底也不是只看在吳太師那連罐子都極其珍稀的茶葉的分上，而是官家心向太師，他自然也就心向太師。

梁神福帶著太醫局的人離開了，吳太師坐在椅子上又咳嗽了好一陣，僕人們進進出出，珠簾搖晃個不停。

「都出去。」

吳太師咳得沙啞的聲音既出，所有的僕人們立即被內知揮退，房中一時寂靜下來，那道門被內知從外面緩緩合上。

「出來。」

吳太師瞇著眼睛，打量門縫外透進來的一道細光。

「爹，我還難受……」

吳繼康身形一僵，靠在床上，隔著屏風與珠簾他根本看不見坐在外頭的父親，他盡量讓自己的聲音聽起來更孱弱些。

可他沒有聽見父親給他任何回應。

心裡的慌張更甚，吳繼康再不敢在床上待著，起身掀簾出去。

「跪下。」

只聽父親冷冷一聲，吳繼康渾身一顫，雙膝一屈，他自己還沒有反應過來，便已經跪了下去。

「夤夜司的人並未對你用刑？」

吳太師面上看不出多餘的神情。

「是……」吳繼康低聲應。

「那你為何如此輕易就認了罪？」

「是、是賈岩先認的！夤夜司的人雖沒對兒子動刑，可是他們當著我的面刑訊賈岩了！爹，賈岩他指認我，我、我太害怕了……」

賈岩便是吳繼康的書童。

吳繼康談及此人，他便幾欲嘔吐，他想起這個人在貪夜司中已經被折磨得不成人形了，而且是當著他的面受的刑。

他甚至不敢細想賈岩血肉模糊的臉皮，不敢想那雙望向他的眼睛，可是這些畫面非要往他腦子裡鑽，他渾身止不住地顫抖，腰塌下去便開始乾嘔。

「我看你是覺得，你姊姊在宮裡，而我又找了人替你遮掩，你覺得你自己如何都死不了，是不是？」

吳太師在梁神福面前表現得那般愛子之深，此時他的臉色卻越加陰沉冷漠。

「難、難道不是嗎？」

吳繼康雙膝往前挪，一直挪到吳太師面前，他抖著手抓住吳太師的衣袍，「爹，我不會死的對不對？您和姊姊都會救我的對不對？我不想再去貪夜司了，那裡好多血，好多人在我面前被折磨，我做惡夢了……我做了好多的惡夢！」

吳太師一腳踢在他的腹部，這力道很大，吳繼康後仰倒地，疼得眼眶都紅了，在地上蜷縮起來。

「早知如此，你為何還要給我添亂？」吳太師猛地一下站起來，居高臨下地盯著他，「你當初找杜琮行舞弊之事時，可有想過此事有朝一日會被人翻出來？我在前頭想盡辦法替你遮掩，你倒好，陷害倪青嵐妹妹不成，反倒讓韓清那麼一條沒事物的惡狗抓住了把柄！」

「爹，官家要保我，官家要保我的！」

吳繼康艱難呼吸，「我只是不想她再鬧下去，我想讓她滾出雲京，若是她不能滾，我殺了她就是，像，就像殺了倪青嵐一樣簡單……」

他像是陷入了某種魔障。

準確地說，自倪青嵐死後，他便一直處在這樣的魔障之中。

「你啊你，我怎麼生了你這麼個東西！」

吳太師怒不可遏，「我倒還沒問你，你為何要將倪青嵐的屍首放在清源山上的泥菩薩裡！你若謹慎些，這屍首誰能發現！」

「超渡嘛。」吳繼康的反應很遲鈍，像喃喃似的，「我把他放進菩薩裡，他就能跟著菩薩一塊兒修行，然後，他就去天上了，就不會變成厲鬼來找我……」

「爹，我只是忘了給他吃飯，我本來沒想殺他，可是他餓死了……」吳繼康煩躁地揉著腦袋，髮髻散亂下來，「為什麼他要有個妹妹，要不是她，沒有人會發現的，沒有人！」

「你看看你這副樣子！哪裡像是我吳岱的兒子！學問你做不好，殺人你也如此膽小！」

吳太師氣得又狠踢了他一腳。

「那您讓倪青嵐做你的兒子好了！」

吳繼康敏感的神經被吳太師觸及，他又受了一腳，疼得眼眶濕潤，他喊起來：「葉山臨說他學問極好，他們都說他能登科做進士！只有我，無論我如何刻苦讀書，我始終成不了您的好兒子！」

吳太師的臉色越發鐵青，吳繼康越來越害怕，可他抱著腦袋，嘴裡仍沒停：「您一定要逼我讀書，您再逼我，我也還是考不上……」

外人都道太師吳岱老來得子，所有人都以為吳岱必定很疼這個兒子，連早早入宮的貴妃姊姊也如此認為。

可只有吳繼康知道，都是假的。

比起他這個兒子，吳太師更看重的是他的臉面。

老來得子又如何？他見不得自己的兒子庸碌無用，自吳繼康在宮中昭文堂裡被翰林學士賀童痛批過後，吳太師便開始親自教導吳繼康。

十三歲後，吳繼康便是在吳太師極為嚴苛的教導下長大的，他時常會受父親的戒尺，時常會被罰跪到雙腿沒有知覺，時常只被父親冷冷地睇視一眼，他便會害怕得渾身止不住地顫抖。

即便是如此強壓之下，吳繼康也仍不能達到父親的要求。

原本吳繼康還想自家有恩蔭，他再差也差不到哪裡去，可官家忽然要重推新政，父親為表忠心，竟要他與那些寒門子弟一塊兒去科考。

臨近冬試，吳繼康卻惶惶不安，他生怕自己考不上貢生，將得父親怎樣的嚴懲，他什麼書也看不進去，便被書童賈岩慫恿著去了一些官家子弟的宴席。

那宴席上也有幾個家境極一般的，都是些會說漂亮話兒的人，被其他的衙內招來逗趣的，其中便有一個葉山臨。

酒過三巡，席上眾人談及冬試，那家中是經營書肆的葉山臨沒的吹噓，便與他們說起一人：「我知道一個人，他是雀縣來的舉子，早前在林員外的詩會上現過真才的，是那回詩會的魁首！說不得這回他便要出人頭地！」

眾人談論起倪青嵐，有人對其起了好奇心，便道：「不如將人請來，只當瞧瞧此人，若他真有那麼大的學問，咱們這也算是提前結交了！」

葉山臨卻搖搖頭：「他不會來的，我都沒見過他。」

「只是被林員外看重，此人便清傲許多了？咱們這兒可還有幾位衙內在，什麼大的人物還請不來？」

「不是清傲，只是聽說他不喜這樣的場面，他的才學也不是假的，我識得他的好友，一個叫何仲平的，那人給我看了他的策論，那寫得是真好啊，這回冬試又是為新政選拔人才，他那樣的人若不能中選，可就奇了！」

葉山臨打著酒嗝，竹筒倒豆子似的說了，到後頭，甚至還背出了一些倪青嵐寫的詩詞和策論。

吳繼康叫書童給了葉山臨銀子，請他默了倪青嵐的詩文來看，只是這一看，他就再也喝不下一口酒了。

他自慚於自己的庸碌。

同時，他又隱隱地想，若那些詩文都是他的就好了，如此，他便能表裡如一的，做父親的好兒子，風光無限。

這樣的想法從萌芽演變成舞弊，僅僅只是一夜。

吳繼康藉著父親的關係送了許多銀子給杜琮，此事杜琮安排得很好，只要將倪青嵐的試卷與他的一換，他便能直接入仕，從此再不用被父親逼著用功。

為了確保倪青嵐冬試之後不會出來壞事，吳繼康便在冬試結束的當夜，令人將其迷暈，隨後關在了城外的一間屋子裡。

書童賈岩便是幫著他做完所有事的人，甚至發現倪青嵐逃跑，也是賈岩帶著人將其抓回，好一番折磨痛打。

吳繼康起初只是想等冬試結束，等自己順利入仕，他便弄啞倪青嵐的嗓子，再使些銀子將人放回雀縣。

可那夜，賈岩急匆匆地從城外回府，說：「衙內，咱們守門的幾個吃醉了酒，說漏了嘴，倪青嵐已經知道您為何關著他了！奴才看他那樣子，若您放過了他，只怕他不會善罷甘休！若鬧到官家耳裡，可如何是好啊……」

官家？

吳繼康怎麼有心情管官家如何想？他滿腦子都是父親的言語折辱與家法。

誰知屋漏偏逢連夜雨，第二日一早，他便聽見宮裡傳出的消息，官家採納了諫院的提議，改了主意，冬試之後，還有殿試。

吳繼康當夜便去見了倪青嵐。

那青年即便衣衫染血，姿儀也仍舊端正得體，在簡陋發霉的室內，冷靜地盯著他，說：「衙內的事既不成，那你我便就此揭過此事，往後我們誰也不提，如何？」

「真的不提？」

吳繼康心有動搖。

他本能地豔羨著倪青嵐，他不知道這個人在此般糟糕的境地之下，為何還能如此鎮定。

「我無心與衙內作對。」倪青嵐說。

吳繼康本來是真信了他的，可是賈岩後來卻說：「衙內，您沒聽杜大人說嗎？那倪青嵐的試卷是絕對能中選的，您此時將這人放了，不就是放虎歸山嗎？如今他也許還沒有那個能力與您作對，可往後他若是入仕為官，指不定爬上哪根竿子呢，到那時他再與您清算，您該如何？」

「怕就怕，咱們太師若知道了您……」

一聽賈岩提起太師，吳繼康只覺得自己渾身的血都冷透了，他本能地害怕起父親，而賈岩還在他耳邊不停道：「衙內，他之前可是逃跑過的，您換試卷這事，也是他故意套我們話套出來的，他絕不是個省油的燈！他在蒙您吶！」

吳繼康聽了這些話，便也覺得倪青嵐一定是在矇騙他，他一氣之下，便道：「這幾天不要給他飯吃！」

不但沒有給倪青嵐飯吃，吳繼康還讓賈岩等人將倪青嵐吊起來打，雖都不是致命的折磨，但卻令倪青嵐患上了離魂之症。

吳繼康其實也沒想鬧出人命，他只是不知該如何處置倪青嵐才能保全此事不被發覺，卻不承想，倪青嵐患上離魂之症後，一口飯都吃不下去了。

人，是生生餓死的。

吳繼康那時還在猶豫該不該替倪青嵐請醫工，他極其害怕自己被發現，可就是這麼猶豫著，人便死了。

天色陰沉，悶雷湧動，很快疾風驟雨交織而來。

吳太師看著地上癱軟得好似爛泥一般的兒子，他滿是褶皺的臉上沒有一點溫情，握起一根鞭子，狠狠地抽在吳繼康的身上，咬牙冷笑：「若倪青嵐是我兒，你哪怕只是動了他的試卷，沒傷他性命——」

「我也要你用命來償。」

可惜，他不是。

你才是。

中秋已過，翰林院與諫院的鬥爭越發激烈，「倪青嵐」這個名字屢被提及，這些大齊的文官們恨不能使出渾身解數來駁斥對方。

諫院認為，國舅吳繼康是過失致倪青嵐死亡，倪青嵐最終是因患離魂之症，自己吃不下飯才生生餓死，故而，吳繼康罪不至死。

翰林院則認為，吳繼康收買杜琮舞弊在先，又囚禁倪青嵐，使其身患離魂之症，最終致使其死亡，理應死罪。

兩方爭執不下，然而正元帝卻依舊稱病不朝，諫院與翰林院遞到慶和殿的奏疏也石沉大海。

正元帝如此態度，更令諫院的氣焰高漲。

「這幾日倪青嵐的事鬧得越發大了，市井裡頭都傳遍了，我也去茶樓裡頭聽過，那說書先生講的是繪聲繪色，連吳繼康是如何起了心思，又是如何囚禁折磨倪青嵐的事都講得清清楚楚，不少人當街怒罵國舅爺吳繼康，那罵的，可真難聽……」裴知遠一邊剝花生，一邊說道。

「我聽說，光寧府昨兒都有不少學生去問倪青嵐的案子要如何結，尤其是那些寒門子弟，一個個義憤填膺的，快鬧翻天了。」有個官員接話道。

「你也說了是寒門子弟，天下讀書人，除了官宦人家，有幾個聽了他的事還不寒心的？官家若不處置吳繼康，他們只怕是不願甘休的。」另一名官員嘆了聲。

那些沒個家世背景的年輕人，誰又不擔心自己會成為下一個倪青嵐呢？只要權貴有心，便能使其十年寒窗之苦付之一炬，甚至付出生命為代價。

此事在讀書人中間鬧得如此地步，實在是因為它正正好，戳中了那些血氣方剛，正是氣盛的年輕人的心。

「咱們啊，還是好好議定新政的事項，別去摻和他們諫院和翰林院的事……」趁著翰林學士賀童還沒來，有人低聲說道。

話音才落，眾人見張相公與孟相公進來，便起身作揖。

「都抓緊議事。」

孟雲獻像是沒聽到他們說了些什麼似的，背著手進門便示意他們不必多禮，隨即坐到位子上便與張敬說起了正事。

官家雖仍在病中，但政事堂議論的新政事項依舊是要上摺子到官家案頭的，官員們也不敢再閒聊，忙做起手邊的事。

天才擦黑，孟雲獻從宮中回到家裡，聽內知說有客來訪，他也懶得換衣裳，直接去了書房。

「倪青嵐的事在雲京城裡鬧得這樣厲害，是你夤夜司做的？」等奉茶的內知出去，孟雲獻才問坐在身邊的人。

「是倪青嵐的妹妹倪素，但咱家也使了些手段，讓周挺將那書童賈岩的證詞也趁此機會散布出去，如此一來，茶樓裡頭說書的就更有得說了。」

若非是韓清有意為之，外頭也不會知道那麼多吳繼康犯案的細節。

「這個姑娘……」孟雲獻怔了一瞬，端著茶碗卻沒喝，「竟是個硬骨頭。」

他語氣裡頗添一分讚賞。

「難道，她想上登聞鼓院？」孟雲獻意識到。

「若非如此，她何必四處花銀子將此事鬧大？咱家心裡想著，這登聞鼓院，她是非去不可了。」

韓清談及此女，眉目間也添了些複雜的情緒。

「登聞鼓院的刑罰，她一弱女子，真能忍受？」茶煙上浮，孟雲獻抿了一口茶，「不過她這麼做，的確更方便你我行事。」

「官家本就在意生民之口，而今又逢泰山封禪，想來官家心中便更為在意這些事，倪青嵐的事被鬧到登聞鼓院，官家便不能坐視不理，他一定要給出一個決斷才行。」

可如何決斷？滿雲京城的人都盯著這樁案子，那些寒門出身的讀書人更由倪青嵐之事推及己身，若官家此時仍舊鐵了心包庇吳繼康，只怕事情並不好收場。

那倪素，是在逼官家。

思及此，孟雲獻不由一嘆：「韓清，我覺得她有些像當初的你。」

「當年咱家若能上登聞鼓院，咱家也定是要去的。」韓清面上浮出一分笑意。

那時韓清不過十一二歲，是個在宮中無權無勢的宦官，而他這樣的宮奴，是沒有資格上登聞鼓院的。

幸而求到孟雲獻面前，他才保住親姊的性命。

孟雲獻沉吟片刻，一手撐在膝上，道：「只等她上登聞鼓院告了御狀，官家一定會召見我。」

九月九是重陽。

倪素起得很早，在香案前添了香燭，她看見昨日蔡春絮送來的茱萸，朱紅的一株插在瓶中，她想了想，折了一截來簪入髮髻。

「好不好看？」她轉身，問立在簷廊裡的人。

徐鶴雪看著她，她一身縞素好似清霜，挽著三鬟髻，卻並無其他飾物，唯有一串茱萸簪在髮間，極白與極紅，那樣亮眼。

「嗯。」他頷首。

倪素笑了一下，她的氣色有些不好，臉也更清瘦了，她從瓶中又折了一截茱萸，走到他的面前，拉住他的衣帶一邊將茱萸纏上去，一邊說：「今日我們要去登一座很高很高的山，戴上這個吧。」

那座很高很高的山，在登聞鼓院。

徐鶴雪垂眸，看著她的手指勾著他霜白的衣帶，眼神微動。

「你聽我說，」倪素打斷他，「今日你一定不要幫我，不要讓任何人發現你的存在。」

纏好了茱萸，倪素的視線從殷紅的茱萸果移到他潔白嚴整的衣襟，再往上，看著他的臉。

「我受了刑，還要拜託你來照顧我，」倪素的語氣很輕鬆，「若你不照顧我的話，我就慘了。」

「放心。」他說。

「嗯。」倪素的眼睛彎了一下，「那我先謝謝你。」

登聞鼓在皇城門外，倪素從南槐街走過去，晨間的霧氣已經散了許多，日光越發明亮起來。

街上來往的行人眾多，她在形形色色的人堆裡，看見皇城門外的兵士個個身穿甲冑，神情肅穆。

登聞鼓側，守著一些雜役。

沒有人注意到倪素，直到她走到那座登聞鼓前，仰望它。

日光燦燦，刺人眼睛，看鼓們互相推搡著，盯著這個忽然走近的姑娘，開始竊竊私語。

「她要做什麼？」

「難道要敲鼓？這鼓都多少年沒人敢敲了……」

「她就不怕受刑？」

看鼓們正說著話，便見那年輕女子拿下了木架上的鼓槌，他們看著她高高地抬起手，重重地打在鼓面。

「砰」的一聲響。

鼓面震顫。

好多行人被這鼓聲一震，很快便聚攏到了登聞鼓前，鼓聲一聲比一聲沉悶，一聲比一聲急促。

「快，快去稟告監鼓大人！」一名看鼓推著身邊的人。

監鼓是宮中的內侍，消息隨著鼓聲送入宮中，又被監鼓送到登聞鼓院，這麼一遭下來耽擱了不少時間，可那鼓聲卻從未停止。

倪素滿額是汗，手腕已經痠痛得厲害，可她仍牢牢地握住鼓槌，直到宣德門南街的登聞鼓院大門敞開。

「何人在此敲鼓？」監鼓扯著嗓子喊。

倪素鬢髮汗濕，回轉身去，她雙膝一屈，跪下去高舉鼓槌，朗聲道：「民女倪素，為兄長倪青嵐伸冤！」

倪青嵐這三字幾乎是立時激得人群裡好一陣波瀾。

「就是那個被吳衙內害死的舉子？」

「我也聽說了，好像是被那吳衙內折磨得患了離魂之症，水米不進，生生的給人餓死了……」

「真是作孽！」

監鼓用手巾擦了擦額上的汗，叫了看鼓們來，道：「判院大人已經到了，你們快將她帶到鼓院裡去！」

「是！」看鼓們忙應聲。

自有了告御狀必先受刑的規矩後，登聞鼓院已許久無人問津，登聞鼓院的判院還兼著諫院裡的職事，在宮裡頭正和翰林院的人吵架呢，聽著登聞鼓還覺得自己是聽錯了，直到監鼓遣人來尋，他才趕忙到鼓院裡來。

坐到大堂上，譚判院見著大門外聚集了那麼多的百姓還有些不習慣，他正了正官帽，用袖子擦了擦汗，便正襟危坐，審視起跪在堂下的年輕女子：「堂下何人？因何敲鼓？」

「民女倪素，狀告當朝太師吳岱之子吳繼康殺害吾兄！」

倪素俯身磕頭。

譚判院顯然沒料到自己攤上的是倪青嵐這樁事，他面上神情微變，又將這女子打量一番，沉聲道：「妳可知入登聞鼓院告御狀，要先受刑？」

「民女知道，若能為兄長伸冤，民女願受刑罰！」

譚判院瞇了瞇眼睛，他只當這女子無知，尚不知登聞鼓院刑罰的厲害，因而他按下其他不表，對鼓院的皂隸抬了抬下頷：「來啊。」

皂隸們很快抬來一張蒙塵的春凳，一人用衣袖草草地在上頭擦了一把灰，另兩人便將倪素押到了春凳上。

倪素的一側臉頰抵在冰冷的凳面上，聽見堂上的譚判院肅聲道：「倪素，本官再問妳一遍，妳是否要告御狀？」

「民女要告。」倪素說道。

「好。」

譚判院點頭，對手持笞杖的皂隸道：「用刑！」

皂隸並不憐惜她是女兒身，只聽判院一聲令下，便揚起笞杖，重重地打下去。

震顫骨肉的疼幾乎令倪素收不住慘聲，她眼眶裡淚意乍湧，痛得她渾身都在發顫，這是比光寧府的殺威棒還要慘痛的刑罰。

皂隸一連打了幾板子，站在門外的百姓們都能聽到那種落在皮肉上的悶響，蔡春絮被苗易揚扶著從馬車裡出來正好聽見門內女子的顫聲慘叫，她雙膝一軟，險些摔下馬車。

蔡春絮快步跑到門口，推開擋在前面的人，她一眼就望見了青天白日之下，那女子被人按在一張方長的春凳上，霜白的衣裙，斑駁的血。

「阿喜妹妹……」蔡春絮眼眶一熱，失聲喃喃。

「倪素，本官再問妳，這御狀，妳還告嗎？」幾板子下去，譚判院抬手示意皂隸暫且停手。

「告。」

倪素嘴唇顫抖。

譚判院眼底流露一分異色，他沒料到這幾板子竟還沒嚇退這個女子，思及諫院與翰林院如今的水火之勢，他面上神情算不得好，揮了揮手。

皂隸點頭，兩人一前一後的又下了板子。

倪素痛得手指緊緊地攥住春凳的一角，指節泛白，她咬著牙卻怎麼也忍不下身上的疼，她難捱地淌下淚。

徐鶴雪並不是第一回見她受刑，可是這一回，他心中的不忍更甚，他甚至沒有辦法看她的眼淚，笞杖又落下去，他的手緊握成拳，閉了閉眼。

「倪素，告訴本官，妳伸冤所求為何？」端坐堂上的譚判院冷聲道。

所求為何？

皂隸還沒停手，倪素痛得神思遲鈍，她喃喃了一聲：「我求什麼？」

又是一板子落下來，痛得她眼淚不止，發出一聲短促的慘叫，她艱難地呼吸著，哭喊：「我要殺人者死！我要他還我兄長性命！我要他還我兄長性命！」

憑什麼？

憑什麼她兄長的性命比不得那個人的性命？憑什麼殺人者還能堂而皇之地脫離牢獄？

「大人，若不能為兄長伸冤，民女亦不懼死！」

「不要再打了！」蔡春絮被皂隸攔在門外，她眼睜睜地看著又一杖打下去，她焦急地喊：「大人！不要再打她了！」

可皂隸們充耳不聞。

徐鶴雪看著倪素鬢髮間鮮紅的茱萸掉在了地上，她身上都是血，而笞杖不停，狠狠地打在她身上。

他下頜繃緊，終究還是難以忍耐，他伸出手，雙指一併，銀白的瑩塵猶如綿軟的雲一般，輕輕附在她的身上。

皂隸一杖又一杖打下去，但倪素卻發現自己感覺不到。

她遲鈍地抬眼，沾在眼睫的淚珠滑落下去，她看見他周身瑩塵浮動，衣袖的邊緣不斷有殷紅的血珠滴落。

她看見了他腕骨的傷口寸寸皸裂，連他的衣襟也染紅了，也許衣袍之下，越來越多的傷口都已顯現。

他的那張臉，更蒼白了。

倪素的臉頰貼在春凳上，嗓子已經嘶啞得厲害，嘴唇微動，聲音微弱到只有她自己能聽得見：「徐子凌，你其實……不必管我。」

——《招魂》（卷一） 完——

高寶書版集團
gobooks.com.tw

YE 114
招魂（卷一）
作　　者　山梔子
封面繪圖　單　宇
封面設計　單　宇
責任編輯　楊宜臻
內頁排版　賴姵均
企　　劃　何嘉雯

發 行 人　朱凱蕾
出　　版　英屬維京群島商高寶國際有限公司台灣分公司
　　　　　Global Group Holdings, Ltd.
地　　址　台北市內湖區洲子街88號3樓
網　　址　gobooks.com.tw
電　　話　(02) 27992788
電　　郵　readers@gobooks.com.tw（讀者服務部）
傳　　真　出版部(02) 27990909　行銷部 (02) 27993088
郵政劃撥　19394552
戶　　名　英屬維京群島商高寶國際有限公司台灣分公司
發　　行　英屬維京群島商高寶國際有限公司台灣分公司
法律顧問　永然聯合法律事務所
初版日期　2025年08月

原著書名：《招魂》由北京晉江原創網絡科技有限公司授權出版。

國家圖書館出版品預行編目(CIP)資料

招魂 / 山梔子著. -- 初版. -- 臺北市 : 英屬維京群島商高寶國際有限公司臺灣分公司, 2025.08
冊；　公分. --

ISBN 978-626-402-316-0（卷1 : 平裝）. --

857.7　　114010209